中公文庫

対談集

六人の橋本治

橋本　治

中央公論新社

まえがき

「六人の橋本治」とその謎について

この本は、「一体これはどういう本なんだ?」ということが簡単に説明しにくい本ばかり書いている私の本の中では、比較的というか、一番はっきりと説明できる本です(だからと言って「分かりやすい本」かどうかは分かりませんが)。

この本に収録されている六つの対談は、すべて「橋本治のした仕事」を前提にしています。私もまたへんな人間で、「どっかの舞台で活躍はしているのかもしれないけれど、それとは無関係に不思議なキャラクターを買われてテレビのバラエティー番組に出ている舞台俳優」のようなところがあって、「これこれの仕事をした人」というスポットの当てられ方をあまりしません。ところが、二〇〇七年から二〇〇八年にかけて、私がかなりの長期にわたってして来た仕事が立て続けに完了するということが起こって、いくつかの雑誌から「それを記念して」というわけでもないでしょうが、「完結した仕事について対談をしませんか」という話が来ました。それで、こういう対談集が出来上がるような結果になったわけです。

自分でこんなことを言うのもへんですが、普通「橋本治」という作家が存在する時は、「いろんな橋本治がごっちゃになって存在する」というあり方をします。私にしてみれば「自分一人」のことなので、べつにそんな風にも思いませんが——思わないようにしていますが、ハタから見ればどうやらそうです。それは、私自身が「この作品を形にするためには、いかなる書き手であればよいか」を考えて、自分を使い分けているからなのでしょうが、それで言えば、この本の中にいるのは「それぞれ別個の六人の橋本治」です。おそらくは、そういうことになるかとも思います。

最初の高橋源一郎さんとの対談に登場するのは「小説家としての橋本治」です。おそらく「小説家としての橋本治」がなにかを語るのは、この対談が最初です。べつにそれを拒んでいたわけではなくて、そういう要請がこの以前になかっただけです。

この対談の前年に私の書いた『蝶のゆくえ』という短篇小説集が、柴田錬三郎賞という私にとっては初めての小説の賞をいただくことになって、それでまず思ったのは「じゃ、俺は小説書いててもいいの？」ということです。私が『桃尻娘』という小説で作家デビューしたのはもう三十年ばかり前のことで、その間ずっと思っていたのは「やっぱり自分は小説家でありたい」ということだったので、そのOKサインが出たように思えたのは嬉し事はみんな、フィールドワークでありエチュードであり、デッサンであるというような人間なので、一連の対談の中で、この対談が真っ先に来たのは嬉しいことです。こういうことは、本当だったら言わない方がいいのですが、この本に登場する「六人の橋本治」の中で、生き残っているのは「小説家としての橋本治」だけです。

「小説家としての橋本治」というのも、高橋源一郎さんの目から見ればかなり「普通じゃない」というもので、おそらくは、私よりも高橋源一郎さんの方が「普通」に関しては詳しいはずなので、このジャッジは正しいでしょう。しかし、私は「小説家ではない橋本治」の方がもっとへんだということをよく知っています――おそらくは誰よりも。

その不思議の第一は、ロクに知らないのに「なんとなく分かるような気がする」だけで、平気でとんでもないものに手を出してしまうことです。なんでそんなことが出来てしまうのかと言えば、それは「手を出した後で一生懸命頑張る」という前近代的な鉄則に私が従っているだけで、そう不思議なことでもありません――と、当人は考えています。そんなことよりも不思議なのは、ちゃんとした予備研究、あるいは勉強もせずに、「なんとなく分かるような気がする」だけのものに平気で手を出してしまう、そのことです。『ひらがな日本美術史』も『小林秀雄の恵み』も『窯変《ようへん》源氏物語』も『双調《そうぢょう》平家物語』も『広告批評』誌の時評類も、みんなそうです。だから、これを扱った五つの対談の中には、平気で「分かりません」「知りません」の語が登場してしまいます。ある程度のことをやっていながら、私にはその全体を包括する知識――つまり専門家であるために必要な教養が欠けているのです。「そのくせお前は、なぜ大それたことに手を出すのか？　出したその後でケロッとしているのか？」ということが、おそらくは「橋本治に関する最大の謎」です。私はそのように思っています。

なぜそんなことが起こるのかと言えば、それは浅田彰さんや茂木健一郎さんとの対談の中でも少し触れていますが、私がそんなに行く必要もなかった大学というところへ行ってしまったからです。

高校時代の私は大学に行きたいとも思わず、「なんで大学受験のことしか考えてないんだろう？」とそれを唯一の不満にして、でも他に行くところもないので、「みんなが行くから」というイージーな流れに乗って、大学に行きました。行ったところが東京大学というところで、自分の知ってることがなんの役にも立たない「わけの分からないことだらけのところ」で、おまけに時期は「大学解体」という言葉が叫ばれる学生運動の絶頂期で、「わけの分からない」が二乗になってしまった私は、「やっぱりここは自分の来るところじゃなかったんだ」と思い、それでもどういうわけか勉強だけは好きになっていて、「大学解体っていうんだから、大学をやめて勉強しなきゃいけないのかな」と思い、それをする度胸も力もないまま大学にいて、その時に本文中にもある山根有三先生の一言に出会ったというわけです。ある意味それは、「あんたはその気になれば一人でも生きて行けるかもしれない」というようなことでもあって、私の中のアカデミズム体験は、その二〇代の始めで終わっちゃってるんです。だから、私の中には「その後のアカデミズムの成果」に関する知識もない中途半端な形でアカデミズムの世界から出てそのまんまで、でも、「学問というのはカクカクシカジカのものです」というアカデミズムの原則みたいなものだけは残っている。私の中にへんにアカデミックな要素があるのはその時の名残で、「どういうわけか知りたいことはある」というのも、その時の名残りです。私の「よく分かんないけど、これだけはクリアしとかないと、自分としても困るな」というフィールドワークは、そこからスタートします。「知ってることは知ってるけど、それ以外のことは知らない」という私の態度はその結果で、私はやはりアカデミズムの外にいるのです。

ある意味で、私の仕事のあらかたは「門外漢が手を出した個人的な営み」でしかないようなもので、だからこそ評価も位置付けもむずかしい。個人的な営みだから、本という形に結実してしまうと、私の手から離れ、「それをやった橋本治」も消えてしまう。別に対談集のまえがきでこんなことを書く必要もないのですが、私としては、それをはっきりさせておかないと、この本の中で私の相手をして下さって、私のしたことを「まともなもの」と位置付けて下さった六人の方に申し訳が立ちません。

この本の中にへんな歪みがあるとすれば、それは私自身のあり方ゆえで、この本がまともなものに見えるとすれば、それは私の相手をして下さった六人の方のまともなあり方ゆえです。もしかしたら、余分なことを書きました。

目次

まえがき　「六人の橋本治」とその謎について　3
短篇小説を読もう　高橋源一郎　13
日本美術史を読み直す　浅田彰　45
「小林秀雄」とはなにものだったのか　茂木健一郎　111
紫式部という小説家　三田村雅子　183
王朝を終焉に導く男たちの闘い　田中貴子　225

二〇〇九年の時評
天野祐吉　267

文庫版増補
「リア家」の一時代
宮沢章夫　310

対談集　六人の橋本治

短篇小説を読もう

高橋源一郎

（たかはし・げんいちろう）作家。一九五一年一月一日広島県尾道生まれ。横浜国立大学除籍。八一年『さようなら、ギャングたち』でデビュー。八八年『優雅で感傷的な日本野球』で三島由紀夫賞、二〇〇二年『日本文学盛衰史』で伊藤整文学賞、一二年『さよならクリストファー・ロビン』で谷崎潤一郎賞を受賞。

高橋　今日は橋本さんが相手なんで、けいこをつけてもらうという感じです。よろしくお願いします。僕は基本的に鈍感だから誰と対談しても臆さないんだけど、橋本さんだけは根本的に苦手なんですよね。

橋本　と、昔も言ってた。

高橋　言った覚えがある。何かね、橋本さんに見透かされているようで、すごくいやなんだけど、もう気にしないことにします（笑）。

最近すごく面白いことに気がつきました。内田樹*さんの『下流志向』*という本が出たんですが、これが目からうろこが落ちる話だった。

橋本　まだ途中だけど読みました。ああ、こういうふうにちゃんと書く人がいるんだったら、もう余分なこと言わなくてもいいかなと思った。

高橋　なぜ現代の子どもたちが勉強しないかという問題について、内田さんは、これまで見てきたお父さんとお母さんの様子から判断して、子どもたちが家庭内で、ある種の等価交換、というか経済原則を主張しているからじゃないかという独創的な解釈をしている。その内容はともかく、読みながら、こういう論旨の展開は前にも読んだことがあるなという気がしたんですよ。つまり「これ、橋本さんじゃん」って。

内田さんは専門がフランス思想だから、社会学みたいなリサーチはしないんです。いじめにしても、親子の問題にしても、学力崩壊にしても、新聞とか論壇でやるとみんな上から見ていろいろものを言うんだけど、それを読んでもちっともピンとこない。でも内田さんの文章は現場の、しかも当人になりきって書いている。こういう書き方は学者も新聞記者も、誰もしません。それをやるところがすごいんだけど、そういえば橋本さんはずっと前からそのスタイルで書いてたなということを思い出したんです。

最近そういう思考のスタイルを、いろいろなところで見るようになりました。でも不思議なことに、若い世代がそういうことをしてるかというとそうではないんです。彼らはすごく頭が固い。むしろ「おじさん」、橋本さんよりちょっと若い、内田さんや僕の世代に顕著だし、こう考えないと無理でしょうというロジックがめちゃめちゃわかりやすい。それはじつは、橋本さんが昔からやっていたことなんです。まずこのことを言いたかった。

さて、それではインタビューをはじめましょうか（笑）。橋本さんの連作短篇についてです。

橋本さんには、「どんな人間も必ず一つの物語をもっている。なんの変哲もない日常の中にあるものこそ物語なのだ」という考えによってたつ一群の短篇があります。第一作「にしん」が書かれたのは九二年暮れ。以後十四年間に二六篇が書きつがれ、『生きる歓び』*（九四年）『つばめの来る日』*（九九年）『蝶のゆくえ』*（〇四年）の三冊の本にまとめられています。この「一人芝居的短篇」を百篇は書きたいと、橋本さんはかねがね語っていました。

『蝶のゆくえ』は、『小説すばる』に連載されているときからすごいなと思っていましたが、単行本が出たときその圧倒的なすごさに驚愕して、書評にもそう書いたんです。でも橋本さんがこんな小説を書いていたことを、じつは知らなかった。橋本さんは書く量が多過ぎるから、読者はセレクトしていくしかないでしょう。僕は『桃尻娘』*のシリーズのあと小説は読まずに『人生相談』*なんかのほうにいっちゃった。だから、たぶんベルリンの壁の崩壊以来はじめて橋本さんの小説を読んだんだけど（笑）、ええっずいぶん前からこんなこと書いていたのかってびっくりしたんですね。

だいたい、書評しようと思っても、困るのは、橋本さんは自分で自分を論じちゃうんですよね。

橋本　『生きる歓び』の文庫解説でしょう。はじめは他人の名前で書いたんだけど、あとから自作解説にしてくれっていわれて。べつに自作に関して語りたいこともないんだけど。

高橋　最初は、誰だか知らないけどすごく橋本さんのことわかってるなと思った。でも名前もないし、あとで自作解説だって気づいたんです。まったく他人みたいな書き方なんですよね、「橋本は」というし。

橋本　自分を論じられるのは自分だけということは、知ってるんです。

高橋　なのに橋本さんの小説を論じるなんて、僕でもやりたくない（笑）。これやられたら、もう書くことがないでしょう。それってあんまり幸せなことじゃないと思うんだけどね。

橋本　絶望の末に発掘した手法ですから（笑）。

＊内田樹（うちだたつる）一九五〇年東京大田区生まれ。東京大学文学部仏文科卒。思想家、エッセイスト。二〇〇六年に『私家版・ユダヤ文化論』（文春新書）で小林秀雄賞受賞。武道家でもある。

＊『下流志向──学ばない子どもたち、働かない若者たち』内田樹著。講談社、二〇〇七年刊。格差問題の原因について、思想家内田樹が解明した。若者たちが下流階層に下っていく背景にあるのは、貧困など環境の問題ではなく、「労働」や「学び」から逃避する現代の若者特有の思考だと説く。

＊『生きる歓び』橋本治著。角川書店、一九九四年刊（角川文庫、二〇〇一年刊）。社会に押しつぶされそうになりながらも、タフに生きる市井の人々を描いた短篇。人生のささやかな歓び、哀しみを切々と描いている。

＊『つばめの来る日』橋本治著。角川文庫、二〇〇一年刊。なんでもない「ふつう」の人々が生きる、ごく「ふつう」の人生を描いた短篇集。『生きる歓び』に引き続き、人生のささやかな歓びを紡いだ。

＊『蝶のゆくえ』橋本治著。集英社、二〇〇四年刊（集英社文庫、〇八年刊）。児童虐待、定年退職した夫を若者に殺された妻、恋愛に振り回される女性など、現代の女性を取り巻く人間関係を鋭く描いた短篇集。「ふつう」の人々を淡々と描くことで、現代の世相を浮かび上がらせている。第一八回柴田錬三郎賞受賞作。

＊『桃尻娘』　橋本治の処女作にして代名詞ともいえる青春小説。女子高校生の口語体を大胆にとり入れ、リアルなストーリーにユーモアをまじえてベストセラーとなった。一九七七年『小説現代』（講談社）で発表され、第二九回小説現代新人賞佳作を受賞。その後シリーズ化され、九七年には『橋本治小説集成』として、河出書房新社よりシリーズ六巻が刊行された。

＊『人生相談』　橋本治が八〇年代日本人類の悩みと困惑、狼狽と悲劇に立ち向かい、相談者に決断をうながす、愛と勇気の人生相談。『親子の世紀末人生相談』というタイトルで一九八五年に出版。その後ちくま文庫に移り、『青空人生相談所』として発行されている。

登場人物のワークショップ

高橋　さっきの話に戻るんですけど、『桃尻娘』で書いていたようなものから、人生を描く方向へシフトしたのは、橋本さんにとって自然なことだったんですか。

橋本　『窯変源氏物語』＊のあと、現代人もかかなきゃと単純に思ったんです。昭和が終わって、みんな寂しくなっているじゃないですか。小説は、登場人物が動かないとどうにもならないんだけれど、その登場人物自体が、ドラマを演じられるような能力を持ってないという状況があった。だから、登場人物のためのワークショップをやろうと思ったの。一人ずつ、この人はこういう人で、この人がもうちょっとどうにかなったらドラマやれるかもしれませんね、とそういうつもりで始めたんです。

高橋　あらゆるタイプの人が出てきますよね。僕が教えている大学のゼミで『蝶のゆくえ』を読ませたんです。日頃本を読まない学生たちなんですが、何の偏見もないから、かえってよく理解してくれる。それで女の子は「どうして女のことがこんなにわかるのか理解できない」と言う。男の子はみんな「すごい」。ただ「すごい」。「何かわからないけどすごいです」。でも全員「こんな小説読んだことないです」って言うんですね。

橋本　自分では特別なことをやってるつもりは全然なくて、小説ってこういうものだったんじゃないのと思ってるだけなんです。ただ、自分が「こういうもの」と思うところまで到達できるかどうかわからないから、もう書いて、書いて、書いて、書いて、自意識が減っていけば、そこに近づけるだろうとずっとやってきたという話で。

ただ『蝶のゆくえ』の一作目、「ふらんだーすの犬」を書きはじめたときに、「あ、何か変わったな」と思ったの。それまで一所懸命ガラスペンで細かく書いていたのが、いきなり筆でぐいっと線を引いている感じになった。それだけは変わったと思ったけど、あとは別に何でもない。だから柴田錬三郎賞をもらって、文芸の新聞記者にインタビューされたとき、逆に聞いちゃったんですよ、「どこがいいんですか」って。いいところがわかれば、そこを伸ばしていけばいいんだから。

高橋　いやだな、受験生みたいで（笑）。

橋本　むこうも困ったみたいなんだけど、「普通に美しいんです」と言われたのね。じゃあそれでいいんだと思って。ただ「それでいいんだ」のレベルをずっと維持していくのってしんどいから、今後どうなるかわからないんだけど。

高橋　でもね、普通に美しいって、そうだと思いますよ。書き方は変わってないじゃないですか、『生きる歓び』も『つばめの来る日』も『蝶のゆくえ』も。ただ、『蝶のゆくえ』に載っている短篇は、どれもすごくきれいな感じがする。橋本さんの唯一の欠点は、刀が切れすぎること。何でも切れちゃうでしょう。それは異常なことなんだけど、当人は異常だと思ってないところがまた異常なんですよね。僕の想像なんですけど、橋本さんは小説書くときにリサーチしていないでしょう。

橋本　してない。

高橋　でしょう。このシリーズはすべて、基本的に内心の吐露だから、「……というふうには思わなかった」とか「思えなかった」とか「この程度しか思えなかった」という記述が、すごくたくさん出てくる。登場人物は五、六歳の子どもからおばあさん、おじいさん、男、女、疲れたサラリーマンまで、あらゆるタイプの人間なのに、読んでいると本当に、そうでしかあり得ないような気がしてくるんだよね。これがなぜかと考えると、ひとつは「完璧にリサーチしているから説得力がある」。もうひとつは「当人に憑依できる」。どっちかですよね。

橋本　憑依というのはあると思います。ただしそれはシャーマニックなものではなくて、演劇的なもの。もともと演劇が好きで、それも昔の演劇だから、舞台の上に人間が出てきたら、それがどういう人かは全部決まってなきゃいけないと思ってるんです。まず舞台になにか情景があって、そこに人物が出てきて、出てきた人間が何か語り始めた瞬間、もうその人は「その人」なわけですよ。小説もそういうふうに書くものだと思っていたから、登場人物がどういう人なのかがわからない限り始まらない。出てきてしゃべっているうちに、どんどんその人は本当になっていく。そうしたらここでひとつ芝居させなきゃ、そういう考え方をするんです。

高橋　どんな人間でも演じられるってことですね。

橋本　いや、そんなことない。いちおう選んではいます。書けない人もいるもの。

高橋　たとえば？

橋本　本当言うと、サラリーマンがまだわからないんですよ。何とか株式会社の何とか営業部第二課長みたいな人がどういう人間か、そういう細かいことになるとわからない。小説ってディテールだから、そのディテールを知らないと書けないですよね。だから会社ってどんなものか、日本人のつくる組織とはどういうものなのかっていうところからわかっていくしかなくて……。

高橋　そこからいわば演繹して出てくるわけですね、個人が。

橋本　そう、『双調平家物語』*もそれをやってる。

高橋　なるほど。だからむちゃくちゃ説得力あるんですね。

橋本　当人が問題にしているのは、役がはまっているかどうかだけなんです。だから「金魚」（『蝶のゆくえ』所収）の最後に姑が出てきて一言言うのも、その前の食事のシーンも、ずっとあらすじのように淡々としたリズムだけで進んできて、「どうすりゃいいんだ」と読者が思いはじめた瞬間、ぱたっとドラマが起こるという。ここで芝居をひとつさせなきゃなと思って、その芝居は何だ、食事のシーンだ、という風に瞬間的に出てくるんです。最後でどんでん返しになっちゃうみたいな作品もあるけれど、それもつくろうと思ってつくったわけじゃない。こう来たらこうなるしかないだろうという演劇的な飛躍みたいなもの、それが自分の体の中にあるからだと思う。

＊『窯変源氏物語』　橋本治による源氏物語。全一四巻。光源氏の一人称という斬新な切り口で描き、単なる現代語訳ではなく、原作を踏まえながら、まさに千年の窯で色を変えた新しい解釈。新しい切り口でありながら、現代の人間に通じる心の機微を描いた作品。（三田村雅子対談参照）（中公文庫）

＊『双調平家物語』　光源氏の一人称という形で描いた『窯変源氏物語』に続き、橋本治が紡ぎ直した平家物語。一九九八年秋から刊行がはじまり、約十年がかりで全一五巻を完成させた。平家ではなく本朝が範とした中国の叛臣伝から説きおこし、飛鳥・平安時代の政争の歴史も織り込みながら、「平家」を新しい視点で描いている。（田中貴子対談参照）（中公文庫）

人形浄瑠璃とフローベール

高橋　さっき橋本さんは「現代人を書かなくちゃ」とおっしゃいましたけど、基本的に人間は変わってないということなんですね。『平家物語』＊や『源氏物語』＊の頃と、着ているものや格好は違うけど……。

橋本　その人の置かれている状況は変わりますけどね。でも『平家物語』を明治時代の人が読んでわかったわかり方と、オレが改めて読むわかり方とはおのずと違うわけですよ。『源氏』をやるまで、原文で読んだことなんかなかったんです。でもむこうも小説家、こっちも小説家、ヨーイドンで同じところから始めれば、ゴールはわかっているんだから、同じところに行き着くだろうと思ったの。

高橋　紫式部に出会っちゃうわけだよね。

橋本　本当にそうだった。たとえば原文には、このときこの女がどういう色の着物を着ていたとは書いてない。ないけど、このシチュエーションからいったらこの色に決まっていると思って書くと、あとになって、そういうものを着ていたという記述が出てくるから、「ほらみろ」みたいな。

高橋　すごいね、やっぱり考え方が普通じゃない（笑）。以前、普通の作家を目指すという時期があったようなことを書いてたでしょう。

橋本　それがオレの言う普通だから。

高橋　あ、そうか（笑）。

橋本　基本的にオレが目指しているのは、人形浄瑠璃*の文楽の太夫なんですよ。人間のドラマが舞台の上で演じられていて、太夫は横ですべてを語っている。語っていることが登場人物に届くわけでもない。太夫は口ではかわいそうだと言いつつ、かわいそうな顔をしているわけでもない。仕方がないんだという形でずっとやっている。小説家ってそういうもんだと思ってるんです。それが近代で一度途切れて違う方向へ行ったけど、オレは文学やってる人じゃないし、人形浄瑠璃の物語があり、歌舞伎があり、それが講談になりという流れは最初からあるわけだから、その流れでもういっぺんというところですね。

高橋　いま「文学やってる人じゃない」って言ったでしょう。

橋本　うん。

高橋　でも、すごく文学だと思うんだよね（笑）。『蝶のゆくえ』を読んでいて、これが何に似ているかといったら、フローベールの『ボヴァリー夫人』*とか『感情教育』*、あのすごい冷たくて嫌な感じのフランス近代文学だと思った。でもああいうのは日本には合わないと思ってたんですよ。日本の作家はいろんなものを輸入するけど、フローベールは冷たすぎてだめだった。橋本さん、浄瑠璃とか『源氏物語』とか言ってるけど、じつはフローベールじゃないかと思うんだよね。

橋本　うーん、世界文学全集系の作者ってまず読んでないから（笑）。

高橋　これだからね（笑）。

＊『平家物語』　鎌倉時代に成立したと思われる、平家の栄華と没落を描いた軍記物。「祇園精舎の鐘の声……」の有名な書き出しをはじめ、日本人に広く知られている。作者については古来多くの説がある。

＊『源氏物語』　平安時代中期に成立した長篇物語、小説。紫式部により著された。まばゆいばかりの美貌と才能に恵まれた桐壺帝の第二皇子、光源氏を主人公に繰り広げられるラブストーリー。巧みな心理描写、巧妙な筋立て、文章の美しさなどから「古典の中の古典」と呼ばれる。

＊人形浄瑠璃　人形を用いた日本の伝統芸能における音曲の一種。ユネスコ無形文化遺産の保護に関する条約に基づく「人類の無形文化遺産の代表的な一覧表」にも掲載されている。

＊『ボヴァリー夫人』『感情教育』　フランスの小説家ギュスターヴ・フローベール（一八二一年～八〇年）の代表作。『ボヴァリー夫人』（一八五七）は若い女主人公エマ・ボヴァリーが、不倫と借金の末に追い詰められて自殺するまでを描いた作品で、写実主義文学の礎とされる。『感情教育』（一八六九）はフローベールの自伝的要素の強い作品で、『ボヴァリ

ー夫人』『サランボー』に続く長篇小説。

小説は述べればいい

高橋　『蝶のゆくえ』で小説の書き方を変えたなという印象をもちつつも、でも読んだことがある気がしたのは、橋本さんの評論と同じだからなんです。最初の『生きる歓び』では、たしか評論でこういう分析の仕方してたよなというのがあったんだけど、『蝶のゆくえ』になると、完全にストーリーの中に溶け込んでいる。ふつうお話をつくるとき分析はしない。分析しちゃったら、お話にならない。お話って人を酔わせるものだから。でも橋本さんのこの短篇シリーズはむちゃくちゃ分析してるじゃないですか。でも、それで物語になるというのが、僕にとってはコロンブスの卵だった。

橋本　分析したことを当人は忘れてるんですよ。小説を書くうえで一番重要なのは忘れることだって、けっこう早い段階で気がついてね。何でもかんでも分析したがる自意識が一番厄介なんだけど、それを解消するにはもう、量の中に溶け込ませるしかない。で、小説で一番難しいのは、ずっと初めからそう思ってるんだけど、小説に「なっているかどうか」なんです。

高橋　そうだよね。

橋本　自分で診て「小説になってるな」と思えりゃいいんだけど、願望が入ってるかもしれないし、そこらへんのジャッジは諦めてるんです。だからまずは忘れて、他人の目で見てみる。小説って織物なんですよね。なにかわからないけど、流れがいろいろ動いていて、時空間がひとつの絵になっていくみたいなところに破綻がなければ、それが小説になっているということなんだと思う。

そう思ったのは、「白菜」(『蝶のゆくえ』所収)という小説を書いたとき。いまどき「白菜」なんてタイトルでよく小説を書くよなって、その度胸には自分でも感心したの。でも故郷に年老いた母親を一人置いて都会で生きている、普通に人生を楽しんでいる主婦について書くと、どこかで告発しそうになったんですよ。それだけはしたくなくて、ばあさんの方に焦点を合わせちゃったのね。霜がおりた畑に白菜が一個だけ立っているという絵が最後に浮かび上がればそれでいいや、と思って話を変えたんです。初めのタイトルは「埴生の宿」だった(笑)。

高橋　ちょっと残酷な感じだったんですね。

橋本　でも最後に白菜がきれいに輝きゃいいかなって。小説というのは究極のところ風景がひとつ残ればいいんじゃないかと思ってるから。だから「金魚」だって、最後は三和土《たたき》の上でぶっ壊れている携帯電話がぱっと見えればそれでいい。書いても書かなくても、情景は頭の中にあるんですよ。小説の前にやってた挿絵を描くことって、小説家が書いてない、行間に見えそうなものを拾いだす作業だから、そういうものを込みにしないと、風景がリアルじゃない気がする。

高橋　僕は他人の小説を分解して調べるのが好きなんですよね。どうやってできてるんだ、ここのネジはどんな形をしてるんだ、とか考えるとすごく楽しい。さっき言ったように、お話をつくってキャラクターに当てはめていくとか、キャラクターを自由に動かしてみるとか、小説の作り方にはいろいろあります。でも橋本さんの小説の場合、基本的には理解する、分析するというか、ずけずけと入り込んでいって丸裸にしちゃうでしょう。すると、小説としては普通薄くなるんだよね。ところが、そこに描写がある。一方で人を内側から裸にしておいて、全然関係なく描写があって、有機的なつながりがあるかないかよくわからないまま、バンと放り出されるんです。

橋本　分析的になりすぎると、描写が生まれなくて色気がなくなるからやばいなって意識はあるんですよ。でも分析体質はもうしようがないから、いっそ行ってしまえと。『チャンバラ時代劇講座』*を一四〇〇枚書いている途中に、「ああ、小説ってこういうことなんだ」ってわかったの。何でもいいんだって。

高橋　あれも、すごい分析ですよね。

橋本　分析でもなんでも、述べればいい、語っていくことに芸がありさえすればいいんだって。あと小説っていうのは、つくりこんだディテールそのものを使ってつくりあげていくものなんだって、書いてるうちにわかった、オレ、頭でわかる人じゃなくて、体感で蓄積していってやっとわかるんですよ。

高橋　不思議なのはね、橋本さんって何でも分析する病気でしょう。当然自分も分析してるんだよね。それはやばいことでしょう。でも、自分を分析するときのスルーの仕方がうまくいってるんだよね。

橋本　自分を分析しているんじゃなくて、文章を書いている自分を分析してるだけだから。反省なんかこまめにしてるけど、根本で自分を否定しようなんて気はかけらもないし。役に関する劇評はあるけど、役者の人間性なんか問題にしないもんだし。それと同じ。

＊『完本　チャンバラ時代劇講座』一九八六年、徳間書店刊。橋本治がチャンバラ時代劇について語り尽くした本。チャンバラ時代劇とは何か？　という問いに真っ向勝負を挑んでいる。〔『完本　チャンバラ時代劇講座』一・二巻　河出文庫　二〇二三年刊〕

解剖学から新派へ

高橋　これもどこかで橋本さんが書かれてたと思うんですけど、女の子の話を書くのはなかなか難しいかもしれない、それはつまり現代の女の子の幸せがわからないからって。その点は、いまはどうなんですか。

橋本　いまでもそうですよ。小説を書くってことは、その人にとっての幸せって何だろうということをいちおう頭においてからじゃないと始まらないと思ってるから、若い人のことは書かないよね。

高橋　そう？　書いてない？　書いてますよ。僕が『蝶のゆくえ』を読ませた女の子たちが、つまり当人が、「何でこの人はわたしたちのことがこんなにわかるんですか」って言ってるんですから。

橋本　というか、そんなに自分のことがわかられないと思っているの？　って、逆に言いたいぐらいで。

高橋　びっくりする方がおかしいと。

橋本　うん。だって、人はだいたいばれてるものじゃない。そのばれてることを、何となく小出しにしながらつきあいを成り立たせているわけだから、自分が人にわかられるはずがないという前提で人とつきあうのはおかしいじゃない。

高橋　それですね、きっと。橋本さんが文壇から遠ざけられてる理由は。普通の小説は秘密があるという前提で書かれているから。わかるのが当たり前ってことになると、文壇の小説は根底が崩壊する（笑）。

橋本　だってオレ、『桃尻娘』が小説誌に初めて載ったとき、その雑誌を読んだじゃない。ほかのもんがみんな笑えちゃったの。

高橋　そうでしょうねえ。

橋本　これは何かやばいと思った。そのときは、これはさすがにちょっと慎まなきゃいけないと。それもいつの間にか忘れちゃいましたね。読まなきゃいいんだし。

高橋　だから読んでないでしょう。

橋本　もともとオレ、日本の小説読まないから。だって高校時代に読んだ本、すごいですよ。イアン・フレミングの『007』*、五味川純平の『人間の條件』*、あと『風と共に去りぬ』*だもん。どれも映画化されている、そしてどれも長い（笑）。
一〇代の終わりというのは字が書けないから絵をかいている、そういう人だったんですよ。だから文章でつかまえるんじゃなくて、まずイメージでつかまえちゃうのね。それで自分のつかまえたものは何なんだろうっていう順番で考えないと、理解できないんですよ。

人から見ればそれが分析してるってことなのかもしれないけれども、イメージとしてはつかまえたものが何なんだってことを描写しているだけなんですよね。

高橋　当人は分析しているつもりはないわけですね。

橋本　ある意味で。だって作家になっちゃったと思った瞬間、ものの考え方というか見方を変えたんだもん。

高橋　え、どう変えたの？

橋本　絵を描いてるときは、冬になると嬉しいんですよ。なぜかというと木の葉が落ちて、枝の形が丸見えになるから。絵を描くためには解剖学的な知識が必要なので、木というものはこうやって枝を伸ばしているのかと、目でデッサンするわけです。ずっとそういうふうに、情景を頭にメモ書きするように覚えてたの。でもこれじゃ小説書けねえじゃんと思って、ぱっと見たとき「この木はこういうふうに枝が出てる」じゃなくて、「この木を見てどう思うか」って考えるようにすればいいんだろうと。そこで解剖学から新派の芝居に変わった（笑）。でも結局、解剖学でも色気があればいいかみたいなところに落ち着いちゃった。そういうようなものですよ。

高橋　やっぱり基本は絵の方なのかな。

橋本　それはあると思う。いきなり絵が見えちゃうから、これを書いてあれを書いて、書き漏らしはないだろうかとか、これ書かなくてもあれが見えるだろうかというふうに考えます。「白菜」のばあさんの家に入った瞬間、もう室内の様子が見えるんだもの。こたつ布団の模様がどんなもので、畳はこんな感じって、面倒から全部書くわけにいかないけど。

高橋　愚問だけど、なぜ見えるんですか（笑）。

橋本　絵描きはそうやって絵を構築するものだと思ってたから――だと思うな。日本の挿絵画家はワンキャラクターでも仕事ができるけど、アメリカのイラストレーターはいろいろ描けなきゃいけないっていう前提を教わったの。その通信教育を受けたの。講談社フェーマススクールズの第一期生ぐらいなんだけど（笑）、まずいろんなものを描くために資料を集めましょうと始まるんです。写真やなんかを切り抜いて、建物でも一八世紀のロココ風の家とか、一九世紀の帝国主義的な家とか、いろいろ違いがありますから全部スクラップしましょうという御教えがあって、もう片っ端からやってた。破くのはいいんだけど分類ができないから、紙袋にごまんとたまっちゃう。でもそうやって引き破りながら、こういうものがあるのかって瞬間的に見ているから、頭の中にストックされていくのね。そうすると、小説で何か書こうとするときは、まず畳がどうで着物がこうで柱がどうで、障子の桟が何本でとかっていう考え方するじゃないですか。

高橋　しないです、普通は（笑）。

橋本　絵を描く人はするんです。でも絵を描かなくなって、そのことから自由になっちゃったんですよ。イメージすることがとっても楽になったの、描かなくて済むから。そういう意味で、ぱっと出てくるんです。

高橋　つまり絵描きの時代にストックされたものが財産として残っているわけですね、自由に使えるものとして。

橋本　うん、体質として残っちゃっているっていうことかもしれない。

高橋　これがすごくてね。だから普通の……こうやって話してると何が普通だかわからなくなってくるんだけど（笑）、普通の小説を書くときストックになるのは、自分の経験か、読んだ本じゃないですか。読んだ本のストックだと言葉だし、経験もイメージじゃなくて言葉に置き換えられているから、結局言葉のストックから言葉を持ってくることになる。だからみんな似たようなものになってくるんだけど、橋本さんの小説を読んでると、これはどこから来たのって言葉が突然出てくるんだよね。

橋本　それは演劇的なものだと思うよ。

＊『007』　イギリス、ロンドン生まれの作家イアン・フレミング（一九〇八～六四年）が

描いたスパイ小説シリーズ。殺人許可証を持つイギリス諜報部のエース、ジェームズ・ボンドを主人公とする痛快劇は、全世界で人気を博している。フレミングの死後も、新作が出た。映画のシリーズは現在も継続中。

＊『人間の條件』 五味川純平（一九一六〜九五年）は旧満州生まれの小説家。『人間の條件』全六部（三一新書、五六〜五八年刊）は自らの従軍体験を基にして描かれたもので、約一三〇〇万部を超える大ベストセラーとなった。

＊『風と共に去りぬ』 アメリカの作家マーガレット・ミッチェル（一九〇〇〜四九年）の時代長篇小説。タイトルの意味は、南北戦争という「風と共に」、当時隆盛を極めたアメリカ南部の貴族社会が消え「去った」というもの。十年近い歳月をかけて書かれ、一九三六年に出版され、ピューリッツァー賞も受賞。三九年に公開された同名の映画は不朽の名作として知られる。

すべての文章は小説に通じる

橋本　ずっと昔、『桃尻娘』の一作目を書き終わったときから、小説家になるためにはどうすればいいんだろうってことしか考えてないから。これまでの著作全部にそういう余分な要素がまじってる。セーターの編み方についての本を書くときに何を考えたかっていうと、写生文というものはもうすでに存在しなくなっている。でも小説の文章は「説明するもの」だから、その説明がきちんと揺るがずに存在しているということがはっきりしない限り、小説は書けないんじゃないかと。セーターの編み方だったら、この棒で一目をすくいます、で、次にこれをこっちに持ってきますねということを全部説明しなくちゃいけないわけじゃないですか。あれは写生文の勉強でもあった。

高橋　修業というわけですね。じゃ、すべての文章はというか、書いたものは一応小説に通じるっていうことなのかな。

橋本　タブローは次の作品のためのデッサンだっていう、そういうあり方なもので。

高橋　ところで、橋本さん、何で小説書きたいの（笑）。

橋本　それがわかんないのよ。おれ小説家になる以前に小説家になりたいと思ったことないんだもん。

高橋　ねえ。でも小説は書きたいんだ。

橋本　もしかしたらすごく前近代的な職人のモラルに近いものがあるのかもしれないけど。本当は芝居をやりたかったんですよ。でも脚本書いたからって別にどうなるわけでもないから、じゃあ小説家になっちゃえばいいんじゃんと思ったんだけど、なった瞬間、あ、これはこれで大変なものだって気がついた。そうすると、なっちゃった以上ちゃんとしたものにならないと恥かしいからなって、それが一番大きいかな。そうすると、日本の小説は一八世紀の人形浄瑠璃で一つの完成はあったけど、そのあとはないかもしれないっていうめちゃくちゃな立場を取るんだけど、そんな考え方、誰もしない。

高橋　しないよね。

橋本　じゃあ自分でやっていくしかないなって。

高橋　小説の考え方はいろいろあると思うんだけど、やっぱり人間だよね。

橋本　私はそれ以外ないですもん。

高橋　詩と小説の違いは何かといったら、詩には人間は出てこなくてもいいんだよね。太陽とか永遠とか神とか言ってても、人間が出てこない小説ってないでしょう。じゃあどういう人間が出てくるかっていうことになる。自分がそういう小説を書いてないせいもあるんだけど、橋本さんのを読むとうらやましい。人間がたくさん出てきて。

橋本　だから、ずっと以前にも言ったと思うんだけど、私は別に新しいことをやってなくて、昔から自然主義でそのままなんだって（笑）。自然主義が自分のことしか書くことがなくなってしまったっていうことの方が問題であって、その目をもっと外に向けてあげれば、バルザック*やゾラ*みたいになれるのに、何で日本はそっち行かないんだろうみたいな。

高橋　何でだろうね。じゃあいまはもう、孤独に小説道を突き進んでいるわけですね。

橋本　突き進んでいると孤独って感じしないんですよ。やることのある人はあまり孤独じゃないし。いいにつけ悪いにつけ、借金返すのは当たり前で、毎月百万からの金が何もしないで出ていくってことに、慣れちゃったらそれだけだもの。

高橋　言いたくないけど、僕もそうだ（笑）。何か麻痺するよね。

橋本　うん。

高橋　月末になると百万払わなきゃって、それだけしか考えてない。

橋本　だから、慣れるまでが一番嫌なの。何でオレはこんな思いをしてまで、みたいなのがあるんだけど、怒鳴ったって金が出てかないわけじゃないんだもの。

高橋　じゃあ、粛々と払うしかない。

橋本　そうそうそう。そうなってみて、昔の人にとって貧乏とつきあって生きていくっていうのは、こういう感じなのかなとわかった。いまの人の不満って、慣れることを嫌がってるところに起因するじゃない。

高橋　とすると、借金と小説が橋本さんを大地に引きとめておく重力みたいなものなんですね。

橋本　そう。というか、仕事してたいから借金しちゃったっていうところもあるんですよ。貧乏を経験してないのは困ったなっていうのもあったけど、それよりも何よりも、ほっときゃずっと仕事してたいわけだし、じゃあ何でそんなに仕事するんですかと訊かれて、答えるのも面倒くさい。「借金返すため」ってことにしちゃえば話は簡単だしっていうことかな。

＊セーターの編み方についての本　『男の編み物、橋本治の手トリ足トリ』（一九八三年、河出書房新社刊）のこと。一九七〇年代に著者が編んでいたセーターを紹介しつつ、男でも編み物ができるということを書いた実用書。

＊オノレ・ド・バルザック　一七九九〜一八五〇年。フランスの小説家。九〇篇の長篇、短篇からなる市井の人を描いた小説『人間喜劇』を書き、ドストエフスキーやトルストイで知られる一九世紀ロシア文学のさきがけにもなった。

＊エミール・ゾラ　フランスの小説家。一八四〇〜一九〇二年。自然主義文学の定義者で、その代表的な存在。『ルーゴン家の繁栄』から『パスカル博士』まで全二〇巻からなる大作

『ルーゴン・マッカール叢書』を執筆し、フランス自然主義文学の黄金期を築いた。

（二〇〇七年二月二二日収録／『考える人』二〇〇七年春号掲載）

日本美術史を読み直す

浅田 彰

（あさだ・あきら）批評家。一九五七年三月二三日兵庫県神戸生まれ。京都大学経済学部卒。八三年発表の『構造と力』（勁草書房）（中公文庫、二〇二三年刊）と翌年の『逃走論』（筑摩書房）がベストセラーとなり、「ニューアカデミズム・ブーム」を生む。その後、哲学・思想史から、美術、建築、音楽、映画、文学等多様な分野で批評活動を展開。

浅田　お久しぶりです。二十五年くらい前に、『広告批評』*が紀伊國屋ホールで開いたシンポジウムで、オブザーヴァーと称して隣どうしに座らされて以来ですよね。

橋本　あれは何だったんですかね。僕はオブザーヴァーになってくださいって言われた記憶もないんですよ。客席にいてくださいって言われて、何か最後に言ってくださいって言われて、すごく過激なことを言ったという記憶だけはあるんですけどね。

浅田　ぼくはそのとき、橋本さんのデビュー作「桃尻娘」が雑誌に掲載されたときからのファンだと言ったんですけど、あれ以来、橋本さんは、元祖ひきこもりという感じで部屋にこもりながら、膨大な仕事を積み上げてこられた。ぼくはあちこち出歩きながら仕事らしい仕事もせず、ファンと言いながら橋本さんの仕事をきちんとフォローすることさえできずにいるありさまです。ともあれ、橋本さんは、その仕事の一環として、『古事記』*から『源氏物語』や『平家物語』を経て『南総里見八犬伝』*に至るまで、いわば日本というものを自分で改めて書き直すという途方もない企てを実行してこられた。このたび完結した『ひらがな日本美術史』* 全七巻もその一環で、これまた埴輪から東京オリンピック・ポスターまでの日本美術史を全部自分で書いてしまうという途方もない企てです。「みんな日本について知らなさ過ぎる」と言う人は多いけれど、だからと言って「じゃあ自分が日本を全部やっちゃうよ」という人はまずいない。橋本さんのその気力は一体どこから来るんでしょう。

橋本　「やっちゃうよ」じゃなくて、『ひらがな日本美術史』の場合は、「やっていいんだったら」なんですよ。私が自分からやりたいっていったのは、枕草子*（『桃尻語訳枕草子』）と源氏物語（『窯変源氏物語』）と平家物語（『双調平家物語』）だけなんです。この仕事はいきなり『芸術新潮』の編集者に「美術史を書いてください」と言われて、「やっちゃうよ」じゃなくて「やらないとわからないだろう」と思って引き受けました。人がどれだけ知らないかは、大体分かるんですよ。じゃあ自分はどれだけ知っているかになると曖昧だから、取り敢えずやってみた、とそんな感じですね。

浅田　橋本さんはやっぱり職人だと思うんです。自分でやってみて分かる、そこで分かったことには絶対的な確信をもつ、と。一方で「漢字日本美術史」というべきものも世の中にはあって、専門家がやたら難しい用語で決まりきった日本美術史のメイン・ストリームを語り続けている。そちらが「源平盛衰記」* なら、こちらは「ひらがな盛衰記」* なんだ、職人として勝手に逸脱しながらつくっていくんだ、というのが、この本のコンセプトでしょう。ただ、今回通読してみて思ったのは、そういう建前でありながら、実際にはこの本はものすごく正統的に日本美術史のメイン・ストリームを呈示しているな、ということです。

世の中では、ここ三十～四十年というもの、どの領域でもリヴィジョニズム（歴史修正主義）が広がった。昔は例えば江戸時代の絵画なら土佐派・狩野派・円山派なんかがメイン・ストリームだったのに対し、一九七〇年に辻惟雄*の『奇想の系譜』*が刊行され、伊藤若冲*とか、曽我蕭白*とか、あるいは歌川国芳*とか、それまでの主流から落ちこぼれたところにヘンな人たちを見つけて面白がる風潮が出てきた。西洋美術史で、セザンヌ*からキュビスムへというメイン・ストリームに対し、高階秀爾*なんかが象徴主義やアール・ヌーヴォーなんかをジャポニスムがらみで評価したのも同じ文脈だと思います。最初は、そういう仕事には、メイン・ストリームをひっくり返すという意味で大きなインパクトがあったかもしれない。けれども、それ以来、主流派の「大きな物語」なんていうのはどこにもなくなったにもかかわらず、彼らの弟子たちも同じように路傍の異端の花々を探すようなことばかりやっている。そんな中で、実は『ひらがな日本美術史』が一番真っ当なメイン・ストリームを呈示しているというところが、とても面白いと思うんです。例えば円山応挙はなぜいいのか。松の絵なんかはダメだけれど、子どもの絵はなぜあれほど生き生きしているのか。それは応挙が一八世紀市民社会の画家だったからだ、と。そんな真っ当なことを言っている人はいまやどこにもいない。

橋本　辻惟雄先生の『奇想の系譜』が刊行されたのは私が大学生の頃で、当時はやはりオッと思ったんです。でも、そのすぐ後で、『奇想の系譜』関連の展覧会があって、そこで曽我蕭白の《群仙図屏風》を見て、これ好きじゃない、《商山《しょうざん》四《し》皓《こう》図《ず》屏風《びょうぶ》》のほうがずっといい、と思ってしまったんですよ。それに私は、歌川国芳を奇想だと思わなかったんですね。これは私にとってはオーソドックスなものであるし、これをオーソドックスだというところからスタートする美術史というのがあってもいいんじゃないか、初めからやればそれが整理できるかな、と思って書いたところもあるんです。だから、もう奇をてらうもへったくれもない。私のなかに「奇」はないのね。「これもいい、あれもいい」の、イーブンであるというところから考えはじめて、なんとなく宙に浮いているもの二つを、この同じ宙の浮き方で二つは繫がっているんじゃないの、という風に書いたのがこの美術史なんだと思います。

＊『広告批評』天野祐吉対談参照。

＊『古事記』 ここでは、一九九三年に講談社より橋本治現代語訳で出された『古事記』少年少女古典文学館1をさしている。本書一二三ページも参照。

＊『南総里見八犬伝』 ここでは滝沢馬琴を本歌取りした『ハイスクール八犬伝』をさしている。同書は一九八七年から九一年まで八巻が徳間書店（トクマノベルズ・ミオ）から出されているが、未完。現在絶版。

＊『ひらがな日本美術史』『芸術新潮』に連載され、一九九五年から二〇〇七年まで全七巻で新潮社から出版。縄文から東京五輪のポスターまでの日本美術を論じた。

＊『枕草子』（「桃尻語訳」）『桃尻語訳 枕草子』全三巻。河出書房新社より一九八七年から八八年に刊行。「春って、曙よ！」で、古典文学界に衝撃を与えた。著書初の現代語訳。（河出文庫）

＊『源平盛衰記』 二条院の応保年間（一一六一〜六二年）から、安徳天皇の寿永年間（一一八二〜八三年）までの二十年余りの平家対源氏の興亡盛衰を描いた、四八巻の軍記物。「平

家物語」の異本。
＊『ひらがな盛衰記』「源平盛衰記」を判りやすくした、浄瑠璃。元文四年（一七三九）に初演。有名な義経の木曽義仲討伐から一ノ谷の合戦までの史実に、梶原源太景季のエピソードなどを脚色。後に歌舞伎化された。「ひらかな」とも書く。
＊辻 惟雄（つじのぶお）一九三二年、名古屋市生まれ。美術史研究家。東京大学文学部教授、多摩美術大学学長などを歴任。日本人の美意識、日本美術におけるエキセントリックな表現や「かざり」「アニミズム」などの遊びの精神を発掘。
＊『奇想の系譜 又兵衛―国芳』一九七〇年、美術出版社刊。近世絵画史において傍系とされてきた岩佐又兵衛、伊藤若冲、曽我蕭白、歌川国芳ら表現主義的傾向の画家を、「奇想」という言葉で定義して、〝異端〟ではなく〝主流〟として再評価する。（ちくま学芸文庫）
＊伊藤若冲（いとうじゃくちゅう）正徳六年（一七一六）京都生まれ。寛政一二年（一八〇〇）没。狩野派に学んだ後、宋元画を模写、光琳派を研究し、独自のスタイルを作り上げ

た。動植物の写生画を得意とし、ことに鶏の絵は高く評価されている。

＊曽我蕭白（そがしょうはく）　享保一五年（一七三〇）京都生まれ。天明元年一月（一七八一）没。京狩野派の画法に雪舟様の画法を取り入れた高田敬輔（高田派）に大きな影響を受け、仙人、唐獅子、中国の故事などの伝統的な題材をグロテスクにかつユーモラスに描いた。

＊歌川国芳（うたがわくによし）　寛政九年（一七九八）江戸生まれ。文久元年（一八六一）没。最後の浮世絵師といわれる。武者絵で人気をとったが、西洋画も学び、写実的な肖像画も残している。猫や蛸などの動物を擬人化した風刺画も描いた。

＊ポール・セザンヌ　一八三九年南仏エクス＝アン＝プロヴァンス生まれ。一九〇六年没。当初印象派の一員として活動していたが、八〇年から独自の画風を確立し、キュビスムなどに影響を与え、ポスト印象派、「近代絵画の父」ともよばれている。

＊高階秀爾（たかしなしゅうじ）　一九三二年東京生まれ。美術史学者、美術評論家。東京大学文学部名誉教授。大原美術館館長などを務めた。ルネサンス以降の西洋美術を専門とす

るも、日本美術にも造詣が深い。

弥生的なものこそ

浅田　『ひらがな日本美術史』では、前近代が終わったところで一種の仕切りなおしがあって、弥生的なものを改めて日本美術史の枠組みとして設定し、縄文的なものを「奇」として面白がる岡本太郎*的なポーズを排除するわけでしょう。ある意味で定番と思われている弥生的なものこそ、ヘンなものを自由に取り込みながら、日本美術史のメイン・ストリームをつくってきた。そっちのほうが主観的な好き嫌いを超えていいんだ、主観的に面白いとかいうんじゃなくたんにいいからいいんだ、という宣言をしている。全面的に賛成するかどうかは別として、潔い態度だと思いました。「俺は反動だ」と言っているのに近いところもあるわけだから（笑）。

橋本　潔い決断をしちゃったから、困っているんですよ。その後、分からなくなったのは、「弥生の器を捨ててしまったあとには何があるの？」ということ。もう一度、弥生の器の中に何か入れるにしたって、壊れているものの中には入らないんじゃないか、という問題がある。例えば、柳宗悦*、河井寛次郎*、北大路魯山人*がしたのは弥生的な器のなかに何かを復活させようという動きなんだけど、それって美術史全部をフォローしようとするようなものじゃないから、ある時代のディレッタントな営みにしかならないんですよね。でもじゃあどうすればいいの、ということになると私分かんないんです。

浅田　例えば丹下健三*は日本における近代建築のパイオニアということになっているけれど、広島平和記念資料館なんかはまさに弥生的なんですよ。細い木の柱を、コンクリートの打ち放しでいかに繊細に模倣できるか。当時、そういう弥生的＝公家的なものに対し縄文的＝民衆的なものの方に向かうべきだという議論があり、世界の建築界でブルータリズムが流行ったこともあって、丹下健三もそちらに傾斜するわけだけれど、全体としてみるとやっぱり弥生的なんですね。だから、弥生的な器が壊れたかに見えても、近代建築のもっとも荒っぽいところまでそれが続いているようにも見える。まあ、それが現在の建築にまで続いているのかどうかといえば、微妙ですけどね。

橋本　『ひらがな日本美術史』で、逃げちゃったことがいくつかあるんですが、近代に関して、建築からは逃げましたね。近代の建築に必然があるんだろうか、ということになるとよく分からないんですよ。建物として、そういうものを造らなければいけない必然はあるだろう、しかし、あれは日本人の美的な必然と合致しているものなのか、ということになると私は大疑問なんです。例えば東京駅をみれば、嫌いじゃないよなと思うけど、嫌いじゃないよなと思うことと、美術史のなかでどう位置づけるかということになるとまったく別なんでね。美術史の流れそのものがまったく違う。横山大観、*菱田春草*系の近代日本画を『ひらがな日本美術史』から外しちゃったというのも同じなんだけども、そういう流れがやってくるのは分かる、やってきたのをどう処理したのかも分かる、でも何かそれに意味があったんだろうか、ということになると、分かんないんですよ。

浅田　江戸の職人、橋本治としては、ある意味で当然の選択だろうと思います。ただ、たまたま橋本さんの連載中に刊行された、磯崎新*の『建築における「日本的なもの」』*や、磯崎新と福田和也が日本各地の建物を行脚した『空間の行間』*なんかで、興味深いパラダイムが提起されている。日本史においては、外圧があって内乱が起きると、橋本さんの言う弥生的なものが揺らいで、とんでもないものが出現するんだけれど、それがまた和様化されて弥生的なものに戻るというパターンがある、と。具体的に言えば、白村江の戦いと壬申の乱、元寇とその前後の内乱、鉄砲やキリスト教の伝来と戦国の乱、黒船と明治維新ですね。その中でも特権的に取り上げられている建築物が、『ひらがな日本美術史』にも出てくる重源*の東大寺南大門で、そこには磯崎新の、近代建築を本気でやるならああいう構造がむき出しになったようなものを屹立させたい、という気持ちが、明らかに透けて見える。だけど実際は、南大門のようなものはなし崩しに和様化されて弥生的になってしまうんですね。

橋本　つまり、弥生化というのは卑小化だということでもあるわけでしょ。

浅田　卑小化というか、外からのインパクトを融通無碍に散らして、やんわり受けいれる、と。それに抗って、インパクトを直接受け止めるようなもの、それ自体もインパクトのあるものが出来るかどうかというのが、磯崎新の問いだと思うんですね。だから、橋本さんの「弥生的な構造が本流だ」という言い方と、磯崎さんの「それにどうやって抗えるか（ただし岡本太郎流の縄文的な『爆発』によってではなく）」という問いは、背中合わせになっているとも言えるんじゃないか。

橋本　私にとって、弥生的だというのは、これはいいと思う、これもいいと思う、これもいいと思う、と「いい」が並んでくると、この「いい」の間に何か共通しているんだよな、ということなんですよ。言ってしまえば、縄文的なものっていうのは常にちょろちょろ湧いてくるんだけど、結局それを洗練してしまうのが日本美術であって、その洗練するという行為を弥生的って言ってしまえばいいのかな、というくくりなんですね。そう考えると、近代以前は洗練する時間的な余地があった。でも、近代以後になると洗練する余地がなくなった。だから、年寄りよりも若者がやることのほうがいい、となってしまったんだと思います。

浅田　幼児的な前衛芸術家気取りというのがあって、彼らは「近代では何でも新しいほうがいいんだ」と思い、つねに新奇なショックを生み出そうとする。それに対して、江戸の職人である橋本治は、大人の職人として成熟するということを言い続けている。それはよくわかります。ただ、その上で僕は、一方で新しいものをどんどん使い捨てながら、他方で弥生的なものが支配的なイデオロギーとして今もずっと残っている、という気がするんですね。

橋本　でもそれは、いい弥生的なものが残っているかなのか、あるいはこれがいいものだという思い込みが残っているのかってところで、微妙じゃありませんか。

浅田　それはそうです。

橋本　そういう線引きもなんか嫌だって思って、それで『ひらがな日本美術史』の近代篇はあっさり終わらせてしまったんですよ。そういうことを入れていくと、ひらがなじゃなくなって、アルファベットになってしまうんです。

＊岡本太郎（おかもとたろう）　明治四四年（一九一一）川崎生まれ。平成八年（一九九六）没。漫画家岡本一平と作家岡本かの子の長男。画家、彫刻家。八一年の流行語大賞にもなった「芸術は爆発だ」などの名言を残したことでも知られる。

＊柳宗悦（やなぎむねよし）　明治二二年（一八八九）東京生まれ、昭和三六年（一九六一）没。白樺派に属し、生活の用品の美に注目し、民芸運動を起こした。

＊河合寛次郎（かわいかんじろう）　明治二三年（一八九〇）島根県安来市生まれ。昭和四一年（一九六六）没。陶芸家。民芸運動の一員。文化勲章を辞退し、生涯「無位無冠の陶工」だった。

＊北大路魯山人（きたおおじろさんじん）　明治一六年（一八八三）京都生まれ。昭和三四年（一九五九）没。現在は美食家、エッセイストとして知られるが、書家としてスタートし、画家、陶芸家としても評価は高い。

＊丹下健三（たんげけんぞう）　大正二年（一九一三）大阪生まれ。平成一七年（二〇〇五）没。建築家。都市計画家。「世界の丹下」として、戦後の日本を代表する建築家。主な作品に、東京オリンピックの会場だった代々木第一体育館、都庁などがある。

＊横山大観（よこやまたいかん）　明治元年（一八六八）水戸生まれ。昭和三三年（一九五

八）没。西洋画を勉強後、狩野芳崖に学ぶ。その後、岡倉天心に影響され、日本画の新しいスタイルを確立した。

＊菱田春草（ひしだしゅんそう）明治七年（一八七四）長野県飯田生まれ。明治四四年（一九一一）没。明治を代表する日本画家。横山大観とともに、日本画の新しいスタイルを確立。

＊磯崎新（いそざきあらた）一九三一年大分県生まれ。日本を代表する建築家。評論、執筆活動でもよく知られ、ポストモダン建築を牽引する一人である。〔二〇二二年没〕

＊『建築における「日本的なもの」』二〇〇三年、新潮社刊。伊勢神宮から未来都市まで、日本建築の変遷を大胆に再構成した画期的な磯崎新の日本＝建築論。

＊『空間の行間』二〇〇四年、筑摩書房刊。建築家磯崎新と文芸評論家福田和也の対談集。日本のある時代や文化を象徴する建築物を磯崎が、それに呼応する文学作品を福田が語るという日本文化史。

*重源（ちょうげん）保安二年（一一二一）生まれ。建永元年（一二〇六）没。浄土宗の開祖法然の弟子。焼き討ちされた東大寺の再建に尽力。

本居宣長的な構造

浅田　たしかに、橋本治日本美術史のいいところは、退屈だけれどもいいものだということを、はっきり言っていることだと思います。狩野派は、唐絵とやまと絵を織りまぜて、いわば和漢混淆《こんこう》文のようなものを作った、それこそが日本画のマトリクスになりえた、と評価されているところや、さっき言ったように、円山応挙を一八世紀の近代日本画の祖として評価するところですね。

それに対し、「奇想の系譜」だけを追いかけるのはやはり問題がある。だいたい、伊藤若冲が忘れられた画家だとかいうけれど、あえて京都人として言わせて貰えば一回も忘れられたことはないと思うし（笑）、現に夏目漱石*の『草枕*』にも出てくるぐらいでしょう。曽我蕭白はたしかに忘れられていたかもしれないけれど、あれはやはりゲテモノと言われてもしようがない、その上であえて面白がるかどうかというようなものだと思うんですね。やはり、いかに退屈ではあっても、土佐派*があり、狩野派*があり、円山派*があり、というまともな美術史をわかっていないと、日本美術史の面白さはわからないんじゃないか。そこは橋本さんと同感なんですよ。絵は真面目でないといけないという古典主義やモダニズムに対し、絵は面白くないといけないというリヴィジョニズムが出てきた、それもしかし行き過ぎなんで、面白くなくても面白くてもいい、とにかくいいものはいいと改めて言ってしまうべきだ、と。

橋本　ゲテモノという言葉がなくなったのは問題だと思う。ゲテモノはやはりゲテモノなんですよ。人は時々、ゲテモノが好きになる。基準が二つあるってことがいいんであって、ゲテモノだから全部いいということはない。

浅田　ちなみに、和漢混淆文の話をきっかけとして、先ほどの磯崎新パラダイムをさらに敷衍《ふえん》すると、柄谷行人の*『日本精神分析』*や石川九楊の*一連の漢字論のような議論があるでしょう。まず漢字を受容した上で、漢字＝真名《まな》から仮名《かな》を作り出す。ところが、仮名は漢字から派生したものであるにもかかわらず、仮名こそ日本人本来の自然な心情を表現するのに適している、漢意《からごころ》に対するやまとごころの媒体である、というイデオロギーが出来上がる。中国の仏教寺院の様式を導入して法隆寺なんかを建てておきながら、あえてもっと自然発生的な日本建築と称して伊勢神宮なんかを建てるのと同じです。つまり、純日本的なものというのは、漢字に対する仮名のように、外部からのインパクトを受容する過程で捏造された「起源」なのではないか。それが和漢混淆文のように何でもうまく取り入れて和洋化するシステムとして根づき、いまも和漢混淆文として続いているのではないか。そういう風に融通無碍に展開してきたのが美術史を含む日本文化史であるとして、それは橋本さんの言われるように近代化で壊れたようにも見えるけれど、強固に存続しているようにも見えるんですね。

橋本　そういう議論について言うと、ルーツについて、一個わかるとそのキイによって全部がわかるという考えかたは、あまりにも単純すぎないかっていうふうに私は思うんですよ。ある部分ではAというタームを持ち上げ、別のところにくるとAを否定しつつBというタームを持ち上げ、とそれでいいんじゃないか。

大体、漢意とやまとごころという概念は、それを言い出した本居宣長が*、いろんな方面からせっつかれた末、自分のありかたを守るために言い出した防御の言葉なんじゃないか、という感じがしているんです。じゃあ漢意とやまとごころをどう線引きなさるんですかと突っ込まれた時に、宣長はちゃんと答えたのか、答えたとしてもそれが正しいかどうかはわからないじゃないかと思ってしまう。それよりも重要なのはやまとごころと漢意という概念を出してきて、それで本居宣長が守りたがっていたものは何なのか、ということなんですけど。

浅田　本居宣長に対して上田秋成*が、オランダわたりの世界地図を見て、日本というこんな極東の島国に太陽神が降臨したなんてありえないとか、子どもみたいにストレートな議論をする。それに対して宣長が、いや、そういう言い方そのものが漢意なので、素直に『古事記』と向き合うということが君にはわかっていない、などと言う。橋本さんの言われるように、すごく屈折したディフェンスというか……。

橋本　それ以前に、宣長に人に説明しようという気がないんだと思う。だって、あれで分かれというのは無理ですよ。

浅田　小林秀雄*と坂口安吾*に「伝統と反逆」*という有名な対談がある、あれも同じような構図でしょう。安吾は子どもみたいにストレートなことを言う。小林の骨董趣味を批判する一方、小林の評価する梅原龍三郎*なんて「奇型児」じゃないか、と。それに対して小林は、「奇型児」と言えば「奇型児」かもしれない、しかし、それは日本で洋画を描くことからくる宿命なので、その意味では「奇型児」でいいじゃないか、と。それで「奇型児だって遂に天道を極める時が来るのかも知れない」なんて強弁するわけです。僕自身は、上田秋成や坂口安吾のように突っ張るべきだと思う。だけど、彼らが相手にしている本居宣長的あるいは小林秀雄的な構造というのがすごく強力なものだし、いまも持続しているということは、きちんと見なければいけないと思うんです。

橋本　多分、私は坂口安吾や上田秋成の言うことのほうがよく分かり、小林秀雄や本居宣長の言うことのほうが分かんないですよ。ただ、小林や宣長が何を問題にしてたのかは分かる。分かるんだけど、その分かることをこっちに分かるように説明してくれないんだなという思いがあって、彼らがその言語を持ち合わせていないのか、その必要を持ち合わせていないのか、多分両方だと思うんですけど、結局それはまだそんなにオープンになれない時代のせいなのかなあと思うんです。だって普通に考えれば変じゃないですか。江戸も京都も好きな宣長が、音曲が花盛りの時代に、なぜ和歌だけがいいとしたのか。そういうところで、宣長がたまたま和歌が好きだった、ということではなんで悪いんだろうと考えちゃうんですよ。

浅田　和歌や『源氏物語』のようなものこそ国学の精粋だったわけでしょう。やたらと道徳的な議論をするのは儒学などの漢意にすぎない、仮名で日本人の心情を綴った『源氏物語』はどうしようもない乱倫の話ではあるが、それを平然と肯定するのがやまとごころだ、と。ある意味でめちゃくちゃな話ですよ。でも、上田秋成なんかと対応する中で、本居宣長はどうにも硬直した居直り方をしてしまう。小林秀雄も最終的にそういう居直り方を反復しているところがある。あれはちょっといやなんですね。

橋本　小林秀雄が『源氏物語』をどう思っていたのかがさっぱり分かんないんですよね。

で、本居宣長を問題にし、『古事記伝』*を書く宣長を問題にする小林秀雄が、なんで『古事記』そのものをまったく問題にしないんだろうって、そこもよく分からない。小林秀雄は別に『古事記』も『源氏物語』もどうでもよかったんじゃないのか。あの人は自分の関心のないものに関してはどうでもいいといって退ける人だったんじゃないだろうか。問題は、その退けたものの中に結構いろんなものがあるんだから、小林秀雄を否定するつもりはないけど、他もありということにしてくれないかな、というだけなんですけど。

浅田　『古事記』自体はさておき、漢意を捨てて『古事記』に素直に向かい合う本居宣長がいるとか、あるいはその『古事記伝』に素直に向かい合う私がいるとか、結局そういう話になっちゃうんですね。

橋本　私、一応、大学時代に国文科の学生だったんで、時々とても不思議な感じに襲われるんですよ。最近若い人から、「国文学というのは本居宣長の国学から始まった」と言われ、別の人からは、「あなたの言うことは定説とは違うけれども」と言われてね。「定説とは違う」と否定されてるわけではなくて、相手はとまどってるんですよ。だから、両方合わせてびっくりしました。本居宣長という人は定説に縛られないで、自分の感性で考える人だったはずなのに、その人をルーツにしていつの間にか定説というものが出来上がっていて、それと違う考えかたをすると変だということになったのは何故？　という感じなんです。

＊夏目漱石（なつめそうせき）　慶応三年（一八六七）江戸、牛込生まれ。大正五年（一九一六）没。小説家だけでなく、評論家、英米文学者でもある明治を代表する文豪。

＊『草枕』　明治三九年（一九〇六）に『新小説』に発表された小説。「智に働けば角が立つ。情に棹させば流される。（中略）とかくに人の世は住みにくい。」と続く冒頭部分が有名。

＊土佐派　純日本的ないわゆる大和絵を確立し、平安時代よりおよそ一千年の長きにわたって朝廷の絵所を世襲した流派。

＊狩野派　室町幕府八代将軍足利義政の御用絵師となった狩野正信を始祖とし、江戸末期までの約四百年間日本画壇の中心にあった絵画史上最大の画派で専門画家集団。

＊円山派　江戸中期の画家円山応挙を祖とし、近現代の京都画壇にまで、その系統が続く写生を重視する日本画の流派。

＊柄谷行人（からたにこうじん）　一九四一年尼崎市生まれ。文芸評論家、思想家。文芸評論から現代思想への展開は、八〇年代のニューアカデミズムの登場を促した。

＊『日本精神分析』二〇〇二年、文藝春秋刊。柄谷行人の代表的著作の一つ。芥川龍之介、谷崎潤一郎などのテキストを駆使しながら、日本が直面する諸問題を論じる。（講談社学術文庫）

＊石川九楊（いしかわきゅうよう）　一九四五年、福井県今立町（現越前市）生まれ。書家書道史家。『筆蝕の構造　書くことの現象学』（ちくま学芸文庫、二〇〇三年刊）などの書論は画期的なものとして知られる。

＊本居宣長（もとおりのりなが）　本書一一七ページ参照。

＊上田秋成（うえだあきなり）　本書一二三ページ参照。

＊小林秀雄（こばやしひでお）　本書一一七ページ参照。

＊坂口安吾（さかぐちあんご）　明治三九年（一九〇六）新潟市生まれ。昭和三〇年（一九五五）没。作家、エッセイスト。無頼派の一人。

＊「伝統と反逆」　小林秀雄・坂口安吾が昭和二三年（一九四八）八月『作品』創刊号で「伝統と反逆」と題して対談したもの。『坂口安吾全集17』（筑摩書房）に収録。

＊梅原龍三郎（うめはらりゅうざぶろう）　明治二一年（一八八八）京都市生まれ。昭和六一年（一九八六）没。大正から昭和にかけて活躍した日本洋画の重鎮。

＊『古事記伝』　本居宣長が三十五年かけて『古事記』を研究し、完成させたもの。

骨董屋の丁稚の手習い

浅田　そういえば橋本さんは大学時代、美術史の山根有三＊の研究室に居《い》候《そうろう》的に押しかけていたんですって？

橋本　山根先生の美術史のゼミというのがあり、私は国文科の学生で、美術史ってなにをやるんだろう、という野次馬気分で顔だしたら、教職課程のカリキュラムのせいで、ほかに生徒がいなかった。美術史の学生も全部よそに行っていた。で、なりゆきで山根先生も美術史専攻じゃない学生の私に美術史を教えるというゼミをなさったんです。

浅田　じゃあ、一対一だったんですか。

橋本　そうです。障壁画の図版を三つ出してきて、「この中に一つ本物があります。それはどれでしょう」とか「この五つのうちに二つだけ本物があります。どれでしょう」とか、幼稚園の入園テストみたいなことやっていました。その時に山根先生に「貴方は目が確かですね」って言われたんですが、私は、学校に入って先生に褒められたのは、おそらくそれが最初です。それで、結局、自分の目でみればいいんだっていうように、体が理解しちゃったから、その後なんの話も聞いてなかったんですけどね（笑）。

浅田　いや、それはすごくいい教育だったんじゃないかな。

橋本　だけど私は教育の原点でしか教育受けてないから、分かんないんですよ、そのさきの複雑な話が。

浅田　知識だけの教育が多い中で、とにかく自分の眼で見ることに自信をもたせるというのは、素晴らしいと思う。ある意味で骨董屋の丁稚《でっち》の手習いみたいなものですよね。

橋本　でも、職人教育には、ぴしっと手の平をひっぱたかれるというのがあるじゃないですか。ひっぱたかれないところが学問ですよね。

浅田　僕の両親は三島由紀夫*と同い年で、敗戦の時に二〇歳だった世代なんだけれども、京都大学の学生仲間と、森暢《とおる》*という美術史家を囲む会を作っていたんですよ。森暢というのは「鎌倉リアリズム」を重視する人だった。ちなみに奥さんは、ブレヒト*の劇や溝口健二*の映画にも出た毛利菊枝*という女優で……。

橋本　毛利菊枝って、『新諸国物語　紅孔雀』*の黒刀自をやった方ですよね。

浅田　そうそう。僕は子どもの頃から時々その会に付いていって、神護寺の曝涼《ばくりょう》（虫干し）を見せてもらったり桂離宮を見せてもらったりしたんですよ。最近のリヴィジョニズムから言えば、森暢は古臭いモダニストということになるのかもしれないけれど、実物に触れながら一定のパースペクティヴをもった話をしてくれた、それはとても貴重な体験だったと思う。面白主義でヘンなものばかりつまみ食いさせられるよりいいでしょう。

橋本　古い日本のものを近代以後の日本人が見て、引き出せるのはモダニズムだけだと思うんですよ。『ひらがな日本美術史』でやったのも、結局は古いものの中から今に通じる何かを引き出したい、ヒントをもらいたいってことなんですよね。逆に言えば、温故知新じゃないけど、昔のものの中から何か引き出してくる能力というものを失ってしまうとなんにもなくなってしまうよ、というのが私の今の日本に対する危機感です。

浅田　まったくその通りですね。ともかく、米倉迪夫が*『源頼朝像―沈黙の肖像画』*で説いた、神護寺の《源頼朝像》は実は頼朝ではなく、足利尊氏の弟の足利直義の肖像だという説は、なかなか説得力があるけれど、個人的にはあれが頼朝像であってほしいなあという気はする（笑）。森暢は、昔、歩いて神護寺に通って、古文書を解読し、あそこに頼朝像や重盛像や光能像があったということを確認するんですね。ちなみに、ある説では、院政期は男色が盛んだったし、後白河法皇*はバイセクシュアルだった（という表現もアナクロニスティックだけれど）から、後白河法皇の肖像を囲んで彼の寵愛した男たちの肖像が並ぶようになっていた、それが頼朝像や重盛像や光能像だ、とも言われる。とはいえ、あの《源頼朝像》が古文書にある頼朝像に対応するのかどうかは、確かにわからないわけです。僕らはそう思い込んでいるけれど……。

橋本　そういう刷り込みが出来てしまっていますよね。

浅田　それこそ安田靫彦*の《黄瀬川陣》*にも、あの《源頼朝像》そのままの頼朝が出てくるから。

＊山根有三（やまねゆうぞう）　大正八年（一九一九）大阪生まれ。平成一三年（二〇〇一）没。東大教授時代、橋本治が出会った。日本の中世・近世の美術、ことに俵屋宗達や尾形

光琳の研究で知られる。雑誌『国華』の編集主幹もつとめた。

*三島由紀夫（みしまゆきお）　大正一四年（一九二五）東京生まれ。昭和四五年（一九七〇）一一月二五日割腹自殺。小説家・劇作家。昭和を代表する文豪。

*森暢（もりとおる）　明治三六年（一九〇三）和歌山県生まれ。日本美術史家。（昭和六〇年（一九八五）没）

*ベルトルト・ブレヒト　一八九八年ドイツ、アウブスブルグ生まれ。一九五六年没。劇作家、詩人、演出家。その演劇理論は、世界中の演劇人に影響を与えた。代表作『三文オペラ』。

*溝口健二（みぞぐちけんじ）　明治三一年（一八九八）東京、浅草生まれ。昭和三一年（一九五六）没。日本を代表する映画監督の一人。五二年『西鶴一代女』、五三年『雨月物語』、五四年『山椒大夫』で三年連続ヴェネティア国際映画祭の銀獅子賞を獲得。

*毛利菊枝（もうりきくえ）　明治三六年（一九〇三）群馬県沼田市生まれ。平成一三年（二

〇〇一）没。舞台、映画、テレビと活躍した女優。溝口作品にも出演していた。森暢と結婚後、京都に居を構えた。

＊『新諸国物語　紅孔雀』一九五四年公開。東映映画カラー。北村寿夫原作、ＮＨＫ連続放送劇を映画化。脚色小川正、監督萩原遼。主演は中村（萬屋）錦之介。

＊米倉迪夫（よねくらみちお）一九四五年生まれ。日本の中世美術を専門とする美術史学者。

＊『源頼朝像―沈黙の肖像画』一九九五年、平凡社のシリーズ『絵は語る４』として刊行された。肖像が歴史の中で果たす真の役割を問い直し、従来源頼朝像とされてきたものが、足利直義であることを本書で論証。（平凡社ライブラリー）

＊後白河法皇（ごしらかわほうおう）大治二年（一一二七）生まれ。第七七代天皇。在位は久寿二年（一一五五）から保元三年（一一五八）までの三年。その後、三十四年に渡り院政をしく。建久三年（一一九二）没。文化への造詣が深く、《伴大納言絵詞》や《源氏物語絵巻》、《信貴山縁起絵巻》などを描かせたともいわれている。

＊安田靫彦（やすだゆきひこ）　明治一七年（一八八四）東京、日本橋生まれ。昭和五三年（一九七八）没。大正、昭和の日本画家で、歴史画の大家。代表作《飛鳥の春の額田王》。

＊《黄瀬川陣》　一九四〇〜四一年、安田靫彦作。黄瀬川の陣における頼朝、義経兄弟の再会の場面。左隻の義経が、翌年右隻の頼朝が描かれた六曲一双の大作。（東京国立近代美術館蔵）

高橋由一の可能性

橋本　ただ、本音をいうと、私は安田靫彦の《黄瀬川陣》の中の頼朝はあんまり好きじゃないんです。近代の日本画の最大のネックは、その人のもっている嫌な部分が描けない。なんかみんないい人になるんですよね。「これをいい人と思え」だとか。昔の絵は、いいも悪いもなくて、その人の微妙な、嫌な人かもしれないっていうニュアンスも同時に伝えてくる。それは写実のせいではなくて、対象把握のありかたそのものが違うんだろうと思うんですけどね。

浅田　《黄瀬川陣》について言うと、頼朝と義経の感動の再会を描きながら、しかし兄はこの弟を戦略的に使い捨ててやろうと思っているかもしれないという感じにも見えて、それを一九四〇年から四一年という時期に描いたというのは、一種の戦争画として見ても面白いと思うんです。ただ、橋本さんの言われることはよく分かる。あの種の近代日本画は、なんとなく絵本のイラストレーションみたいで、人間の多面性に迫るリアリティがないんですよね。

橋本　リアリズムは、国家が持っているからいいとでも思っていたのかなあ。何かを捨てていますよね。それで、逆にリアリズムにしようとすると極端にえぐい方向にいくのが、近代の悲しさだと思う。勉強の基本では写実写実って言うんだけれど、その写実が作品に結実していくのかとなると微妙です。そこら辺を突っ込むと、私は近代に対する悪口しか言わなくなっちゃうんで、極力悪口を言わざるを得ないようなシチュエーションは捨ててきましたけど。

浅田　いいものはいいというための本ですからね。だけど、何でああなったんでしょう？最初にアーネスト・フェノロサ*や岡倉天心*の戦略があって、実際に横山大観や菱田春草なんかの作品が出てくる。国際的な視点で日本の伝統を見直しながら、近代日本画というものを作り出したわけです。ところが、安田靫彦や前田青邨*となると、だんだん歴史絵本の挿絵みたいになっていく。で、まさに挿絵から出発した東山魁夷*を経て、平山郁夫*に至るわけですよ。

橋本　あとなんか、日本ってあくの抜けてるもの程いいんじゃないかという、美意識がありません？　食文化もそうでしょう。味を落としてしまうことが料亭の料理だ、みたいになっていたじゃないですか。今までの自分達から逃げることがいいことなんだという考え方があるのかもしれないですね。

浅田　だから、両極化するんでしょうね。無難に洗練されたものがメインになると、今度は逆にたんにえぐいだけのものが出てくる……。

橋本　そこには、自分はそれでいいかもしれないけども、他人がそれをいいと思うかどうかっていうところが抜けているような気がするんですよ。つまり、職人というのは自分はそれでいいと思うけれども、お客さんがそれでいいと思うかどうかはまた別だ、という二律背反の中にいる。近代の画家にはそういうところがない。

そう考えると、近代以前の日本美術というのは根本的に弥生的であるとかいうことよりも、商業美術的なものであるということのほうが大きいのかもしれませんね。近代の画家っていうのは、認めてくれる偉い人達がどこかにいるわけじゃないですか。でも、それ以前の時代の職人にとってみると、認めてくれるいいお客さんというのは、エスタブリッシュメントの中にはいたかもしれないけれども、支配層ではないんですよね。武士の支配層に、美術が本当に分かったのかよという話になるといろいろ疑問な点もあるわけで、目の肥えているいい人のためにいいものを作っても、その人達がしかるべき地位にいなかったら、その人たちの声は通らないということになってしまう、そういう悲しい社会構造の問題というのもあったのかな、という気はします。

浅田　だから浮世絵のような商品の水準が高くなる。その流れが近代になってデザイン（いわゆる応用美術）の水準の高さにつながり、亀倉雄策*の東京オリンピックのポスターまでいく。一方、官展系の画家は狭い政治の世界で生き残ったということなのかもしれない。

橋本　ひっくり返してしまえば、「官展系の画家はなぜ偉いんだろうか」じゃなくて、「このキッチュな絵はなんだろう」っていう見方もあるんですよ。初め、近代美術史の方はそれでやろうかと思ったんですが、虚しい作業だと思ってやめました。

浅田　その点、僕は近代では高橋由一*の時点にいちばん可能性があったような気がするんです。

橋本　私も高橋由一はとても好きなんです。だけど、それ以外の近代の日本画は、円山応挙から近代美術がはじまっていると考えると、大したもんじゃないと思います。それなのに、近代日本画の歴史は、円山応挙はとりあえず過去の人ということにして、別のバリエーションでやっていけば何か生まれるんじゃないだろうかという考えかたで作られてしまったんじゃないか、という気がします。
浅田　円山応挙は、おもちゃ屋の丁稚だったから、「眼鏡絵」という覗きからくりの絵も描いていたでしょう。芝居小屋を描いた「浮絵」の画家たちと同じで、西洋の遠近法・透視図法をマスターして、極端にパースペクティヴを強調するような絵を描いているわけですよ。その上で、いわゆる日本的な平面的表現をやってのけるんですね。
橋本　そうですね。
浅田　金刀比羅宮というのはなかなか面白くて、伊藤若冲の《百花図》という植物図鑑のような絵があり、円山応挙の《瀑布及山水図》という巨大な滝が床の間から流れ落ちている絵がある。一八世紀の西洋の美学でいえば典型的な「美」と「崇高」ですよ（応挙は一般に「美」に対応する作品の方が多いわけだけれど、一八世紀的パラダイムの中で「美」も「崇高」もこなせたということでしょう）。さらに金刀比羅宮には、その百年ぐらい後の高橋由一の油絵もある。パリの万国博覧会に対抗して個人の展覧会を開いたギュスタヴ・クールベ*みたいなもので（まあ高橋は反動的な県令のコミッションで仕事をしたりもしているから右翼のクールベと言うべきだろうけれど）、明治一二年の琴平山博覧会に三十五点もの油絵を奉納したんですね。そこには「美」でも「崇高」でもない。たんに「リアル」なものが描かれている。木綿豆腐と焼豆腐と油揚を描いた《豆腐》なんて、ほとんど構造主義かと思うような絵だけれど。

　こうしてあえて西洋近代の視点から見ても、一八世紀の若冲や応挙の段階で同時期のヨーロッパの「美」と「崇高」の美学が実践されているし、さらに一九世紀後半の高橋由一はクールベのレアリスムに近づいているとさえ言えるような気がする。ところがそのあと急に黒田清輝*とか青木繁*とかが出てきて……。

橋本　西洋なんかにいっちゃうからいけないんですよ。

浅田　しかも、ラファエル・コラン*とか、下らない折衷派のアカデミシャンに師事しちゃったりするものだから。

橋本　高橋由一が可哀相だったのは、彼が生まれた時代のせいで貧乏だったことだと思う。つまり、若冲、応挙らはスポンサーがいるから、やれっていえば何でもやれたんですよ。由一は先生探しから絵の具作りまで自分一人でやらなくてはならなかったからクールベにならざるを得なかったんではないかと思います。彼の中には、貧乏に由来する力業のよさみたいなものがあって、それが洗練されると平板になる。

浅田　高橋由一は横浜にいたイギリス人画家のチャールズ・ワーグマン*に絵を習ったわけだけど、絵の具をつくるところから全部自分でやった。それがよほど徹底していたのか、油絵としてきちんとできていて、マチエールが非常に堅牢だというんですね。それが、黒田清輝以降になると、フランスに留学して勉強したはずなのに、絵の具が高くてあまり使えなかったのか、ひどく薄っぺらになってしまう。その辺から日本近代の貧しさが前景化してくる気がするんですけどね。

橋本　高橋由一、その前の渡辺崋山*は素描の力がしっかりしているんです。遡っていくと、日本の絵画って狩野探幽*ぐらいからずっと素描がしっかりしている。つまり、絵を描こうとする人はきちんと素描をしなければいけないという肚が、根本にあったんですよ。でもそれがいつの間にかなくなっていて、素描が妙に東大寺南大門の金剛力士像のような、過剰に強いものの方にいってしまうへんてこりんさというのは、美術をとりまく環境が不幸だったというのがとても大きいんじゃないかなと思います。

浅田　言い換えれば、素描で漫画が描けないと駄目だということがあったと思うんですね。だから、西洋ではドーミエ*があってクールベにいくんだけれど、強引に見ればワーグマンと高橋由一がそれに当たる。『ジャパン・パンチ』*で諷刺画を描いていたワーグマンに習った高橋由一が鮭や豆腐を描いているのがまた凄いと思うわけですよ。あそこに日本の近代の可能性があった気はするんだな。

橋本　まあでも、高橋由一は、貧乏でまじめだったから漫画を描くような飛躍は出来なくて、豆腐描いていたっていうところもあるのかなあという気もするんですけどね（笑）。

＊アーネスト・フランシスコ・フェノロサ　一八五三年アメリカ、マサチューセッツ州生まれ。一九〇八年没。モースの紹介で明治一一年（一八七八）にお雇い学者として来日。日本美術に目覚め、岡倉天心とともに、「芸大」の開校に尽力し、日本美術の振興に努めた。

＊岡倉天心（おかくらてんしん）　文久二年（一八六三）横浜生まれ。大正二年（一九一三）没。フェノロサとともに「芸大」の開校に努力した。美術家、美術史家、美術評論家。代表作は英語で書いた『茶の本』。

＊前田青邨（まえだせいそん）　明治一八年（一八八五）岐阜県中津川生まれ。昭和五二年（一九七七）没。歴史画が得意で武者絵の精緻さが有名な日本画家。晩年は法隆寺金堂の再現模写など、文化財保護に尽力した。

＊東山魁夷（ひがしやまかいい）　明治四一年（一九〇八）横浜生まれ。平成一一年（一九九九）没。昭和を代表する日本画家。

＊平山郁夫（ひらやまいくお）　昭和五年（一九三〇）広島県瀬戸田町生まれ。平成二一年（二〇〇九）没。日本画家、教育者。前田青邨の弟子。

＊亀倉雄策（かめくらゆうさく）　大正四年（一九一五）新潟県吉田町生まれ。平成九年（一九九七）没。日本のグラフィックデザイナーの先駆者。一九六四年、東京オリンピックのポスターをデザイン。

＊高橋由一（たかはしゆいち）　文政一一年（一八二八）江戸生まれ。明治二七年（一八九四）没。幼少より日本画を学ぶが、洋画に目覚め、ワーグマンに油彩を学ぶ。日本初の洋画家。

＊ギュスターヴ・クールベ　一八一九年フランス、オルナン生まれ。一八七七年没。万国博に対抗するように世界初の個展を開いたことでも有名。写実主義の画家。

＊黒田清輝（くろだせいき）　慶応二年（一八六六）鹿児島県鹿児島市生まれ。大正一三年（一九二四）没。一八八四年に渡仏。法律を学ぶためだったが、画家に転向。ラファエル・コランに師事。洋画家。

＊青木繁（あおきしげる）　明治一五年（一八八二）福岡県久留米市生まれ。明治四四年（一九一一）三月、二八歳の若さで死亡した伝説の洋画家。代表作《海の幸》。

＊ラファエル・コラン　一八五〇年フランス、パリ生まれ。一九一六年没。黒田以外にも数多くの日本からの画家を指導。画風は古典と印象主義を折衷した優美なものだった。

＊チャールズ・ワーグマン　一八三二年ロンドン生まれ。九一年横浜で没。画家・漫画家。幕末期に記者として来日、当時の風俗などを描き残すと同時に、日本最初の漫画雑誌『ジャパン・パンチ』を創刊。高橋由一らに洋画を教えた。

＊渡辺崋山（わたなべかざん）　寛政五年（一七九三）生まれ。天保一二年（一八四一）没。江戸時代後期の政治家・画家。文人画家で名を成すが、田原藩の家老に。社会改革を推し進めたが、幕政を批判した「蛮社の獄」に連なり、蟄居、切腹。

＊狩野探幽（かのうたんゆう）　慶長七年（一六〇二）狩野孝信の長男として京都に生まれる。延宝二年（一六七四）没。元和三年（一六一七）、江戸幕府の御用絵師となり、元和七年

（一六二一）に本拠を江戸に移し、江戸狩野派を起こした。

＊オノレ・ドーミエ　一八〇八年マルセイユ生まれ。七九年没。風刺版画家として知られるが、油彩画家としても作品が多数あり、ゴッホやロートレックに影響を与えた。

＊『ジャパン・パンチ』　ワーグマンが横浜の居留区で、一八六二年に創刊した日本最初の風刺漫画雑誌。六五年から月刊となり、二十二年続いた。四一年にロンドンで創刊された『パンチ』の日本版。風刺漫画を指すポンチ絵の語源となった。

個人を超えた美術史

浅田　でも、金刀比羅宮の高橋由一の作品の中には、左官が壁土かなんかを捏ねている脇の壁に相合傘の落書きなんかが描いてあるところまで写し取った絵がある。貧乏もあそこまでいけばすごい。貧乏じゃないとどうなるかといえば、岡本太郎になるんじゃないですか。人気漫画家だった岡本一平が、＊息子を連れ、妻の岡本かの子とその愛人たちまで引き連れてヨーロッパへ行く。で、太郎は、抽象のグループ（アブストラクシオン・クレアシオン）から、シュルレアリスムを経て、シュルレアリスム異端のバタイユ*のグループまで、あるいは、コジェーヴ*のヘーゲル哲学講義から、出来たばかりの人類学博物館での民族学講義まで、あらゆるものを横断していく。一九三〇年代のパリの前衛の最先端をなで斬りにしたわけで、世界的に見てもあれほど短期間にあれほど横断的に動いた人はほとんどいないでしょう。そして、そこで身に着けた民族学の視線で日本の縄文を再発見することになる（実はその前に雪の科学者として有名な中谷宇吉郎*の弟の中谷治宇二郎*がフランスで縄文研究をしていたのを発見したようだけれど）。お坊っちゃまのパリ遊学としては世界最高のレヴェルですよ。だけど、戦後「夜の会」で一緒だった花田清輝*も言う通り、君は話は面白いのになんで作品はダメなんだ、と。

橋本　近代篇に岡本太郎を入れようかって、はじめは編集者と話していたんですよ。だけど、「今すごく人気があるんですよ」って言われて、「え、じゃ止めよう」となった。つまり、岡本太郎はああいうものを認めない前提にたてば面白い存在なんですが、認められるという前提にたつと、いいじゃん別にってことになる……。

浅田　当時のヨーロッパでも芸術や思想の最先端をあれだけなで斬りにした人は少ないんだけれど、それが作品に結実したかというと……。

橋本　なで斬りに出来ちゃうということは、通り過ぎられるということでしょ。自分にひっかかるものが何もないというのは、凄いっちゃ凄いんですけどね。

浅田　岡本太郎より前の世代の藤田嗣治*だと、岡本太郎より貧乏だったということもあり、キュビスム以降の「秩序回帰」の流れの中で日本的なものをいかにうまく生かした具象画を売り出すかということを、ものすごく職人的に研究すると同時に、自らトリックスターとなって広告したわけでしょう。

橋本　それは、南蛮蒔絵と同じレベルなんでしょうね。むこうの要求にあわせて、日本的な技術を出すということになったら、南蛮蒔絵にしても、イギリスのヴィクトリア&アルバート美術館にある日本の磁器にしても、日本人の作るものは本当に優れていると思うもの。

浅田　乳白色の完璧なマチエールを作るとか、日本の面相筆で狂いのない極細の線を引くとか、あれは相当な修練がいりますよね。日本をいかに売り出すかという戦略を持ち、かつ職人的修練を積んだというのが、藤田嗣治のすごいところでしょう。岡本太郎の場合は、戦略しかない……。

橋本　戦略もあったのかどうか。

浅田　そう、ただ面白がっていただけかもしれませんね。ちなみに、近代篇に藤田嗣治は入れようと思われなかった？

橋本　図版載せるのが面倒くさいらしいという話を聞いていたんで、佐伯祐三入れちゃえば藤田はいいかなあと思ったんです。ただ、佐伯祐三は取り上げようと思っていたけど、梅原龍三郎は入れる気なかったんですよ。ところが、うっかり生家の職業というものをみたら、佐伯祐三がお寺で、梅原龍三郎が呉服屋だってことが分かって、なんだ、絵は生家の職業そのままなんだってことに気づいたんです。佐伯祐三がパリで描いた《広告貼り》は、ポスターの文字をお経のように書くことでレーゾンデートルを確立したし、梅原龍三郎の《雲中天壇》は緞通《だんつう》とか絹のキルトみたいでしょ。で、両方とも入れることにした。

浅田　ともかく、近代篇はそれまでの六巻に比べるとずいぶんコンパクトな印象でしたね。

橋本　近代になると、この人は何年生まれでこの時に何歳で、というのを全部考えなくてはならないじゃないですか。それが面倒くさいんですよ。

浅田　全体としていうと、『ひらがな日本美術史』は個人を超えたところにある日本美術史なんで、近代になると個人が出てきてうっとうしくなるんだろうな、という気はしましたね。

橋本　院政の頃の絵巻物って、作者が誰だかほとんど分からないじゃないですか。だけど作品のすごさのまえで、作者名がどれほど重要だろうかっていう気はするのね。後白河法皇の時代の絵巻物の筆遣いの見事さというものが、その後の日本美術のなかのどこに行ってしまったんだろうか、というのが私には謎なんですよ。ひょっとするとあれは、王朝社会が育てた時間の成熟の結果であって、王朝社会が壊れてしまったら続かなかったということなんではないかな、という気がします。結局、その後日本の美術はあの線描を復活してないですから。

浅田　僕はたまたま自宅が京都の北野天満宮の近くなんだけど、《北野天神縁起絵巻》*なんて、誰が描いたかなんて関係なくて、たんにすごいですよね。それはやはり、後白河法皇という目利きのパトロンがやりたい放題やっていた時代の豊かさなんでしょうね。近代の作家はパトロンや観衆を自分たちで発見しなきゃいけなくなる。藤田嗣治でも岡本太郎でも、それでジタバタして深みにはまっていくところに悲しさを感じます。藤田嗣治は、エコール・ド・パリが下火になると、メキシコ流の壁画なんかを試みたあと、戦争画で観衆を獲得するんだけれど、それで後に「戦犯」扱いされることになる。岡本太郎も、前衛を気取りながら、国家の祭典としての万国博覧会のマンガみたいな《太陽の塔》で観衆を獲得するわけで、まああれはあれですごいものには違いないけれど……。

橋本　それなら、川端龍子*みたいに「会場芸術」って言っちゃえばいいのに。

浅田　川端龍子が自宅の画室の横に爆弾が落ちたのを描いた《爆弾散華》なんて、戦争画として見てもなかなかのものだと思いますよ。

橋本 川端龍子のすごさというのは、絵だけ見るとこの人は反戦なのか、好戦なのかよく分からないということです。そのアナーキーさというのは、やっぱり日本人が絵を描くときに持たざるを得ない必然なんじゃないですかね。伊藤博文に依頼されて描いたという狩野芳崖*の《大鷲》になってしまうと、とうとう権力に買われる職人が出て来てしまったのかな、と悲しくなりますから。

浅田 そういう意味でいうと、パトロンがいた時代というのは、アーティストも楽だった……。

橋本 西洋のルネサンスが花開いたのはメディチ家がいたからなんて言うけれど、日本にはずっとパトロンがいるんですよね。日本美術史で、ある時代にあったものがなくなったり、新しいものが生まれたりするのは、パトロンの質の変化なんだろうと思う。つまり、日本美術史という観点で見ると、パトロンの質の変化が日本の社会の質の変化なんでしょうね。

だから、白河法皇*から後白河法皇の院政の時代というのは、私はあれが日本のブルボン王朝だと思っています。そうなると、鎌倉時代の到来がフランス革命なのかもしれない。もちろん、日本の歴史をあまり西洋の歴史に当てはめようとしすぎるのはいいことではないですけど。

浅田　院政期の文化というのは、その前の王朝文化をもう一回屈折させてものすごく洗練させたものですよね。たしかにあれは日本文化の一つのピークだと思います。

橋本　ただ、日本の絵巻物やなんかで残っているのって、だいたい院政期のものじゃないですか。そうすると藤原道長の時代にどういうものが描かれていたか、というのが想像つかないんですよ。『源氏物語』のなかに、絵合《えあわせ》というのがあるぐらいだから絵は描いていたんだろうが、それがどういう絵なのか、想像する手だてがまったくない。だとすると、もしかしたら紫式部は絵のない時代にフィクションで勝手に絵合というものを作っていた、と考えられなくもない。そう思うと摂関政治の時代って、われわれが思っているよりも退屈な時代だったのかもしれないな、という気もするんですよね。

浅田　王朝といっても、今の古びてしまった平等院鳳凰堂なんかから想像するのは難しいですからね。でも、いま鳳凰堂が修復中で、天蓋なんかを間近で見ることができる、これは実に華麗なものですよ。装飾的でありながら、あえて左右対称にならないようにしてあったり……。

橋本　ただ、《信貴山《しぎさん》縁起絵巻》*を見ると、あの当時のお寺が壮麗で美しいもので、しかし中世のバチカンのようなぐちゃぐちゃした感じがあって、というすごい時代であった気はするんですよね。なにしろ死体がごろごろころがっているし、人は道端で平気でお尻だしてウンコするしって、一方でそういう世界だから。

王朝時代は絵よりも文字の時代で、院政の時代になって、はじめて漫画が文化になったというような考え方をすると、よく分かる気はするんですよ。「待賢門院*は和歌が読めなくて、だからこそ《源氏物語絵巻》*を白河上皇が作らせた」という説があって、待賢門院ってもしかすると字が読めなかったのかもしれない。王朝という一つのシステムが出来上がって、そこに乗っかれば別にたいして教養がなくても生きていけた時代なわけで、後白河法皇だってはじめは馬鹿だと思われていたことを考えると、後白河法皇と、活字の本を読むよりも漫画雑誌読んでるほうがずっと好きだった私自身がダブってくるんですよ(笑)。

浅田　違いは絵巻物を作らせるお金があるかどうか……。

橋本　後白河法皇の作らせた絵巻の多くは字を読まなくても絵でわかる。《伴大納言絵巻》*なんか「映画」ですよね。後白河法皇は、今様が大好きでうたうことしかないという身体感覚の権化みたいな人だから、文字で物事を考えるのではなく、絵で見るということが初めてあそこで形になったという考え方も出来なくはない。

浅田　それが《鳥獣戯画》*なんかにもつながるんでしょうね。植物は王朝文化の洗練を伝えて繊細きわまりないのに対し、動物は当時の武士や民衆のダイナミックな身体性に溢れている……。

＊岡本一平（おかもといっぺい）明治一九年（一八八六）函館生まれ。昭和二三年（一九四八）没。東京美術学校（現芸大）西洋画科卒。舞台美術を経て、朝日新聞に入社、漫画を描き始める。漫画のスタイルを一新、芸術化、現代化した。

＊岡本かの子（おかもとかのこ）明治二二年（一八八九）東京生まれ。昭和一四年（一九三九）没。一平と結婚後、太郎をもうけ、一家で外遊。帰国後は小説に専念。代表作『母子叙情』。

＊ジョルジュ・バタイユ　一八九七年、フランスのビヨン生まれ。一九六二年没。思想家、小説家、詩人で、百科全書派的に著作は多岐に渡る。フーコーによれば、「二〇世紀の最も重要な著述家の一人」。代表作『エロティシズム』など。

＊アレクサンドル・コジェーヴ　一九〇二年ロシア、モスクワ生まれ。六八年没。三三年から三九年までパリ高等研究院で行われたヘーゲル『精神現象学』の講義が有名。この講義にはラカン、バタイユ、カイヨワ、ブルトンらが参加していた。哲学者。

＊中谷宇吉郎（なかやうきちろう）　明治三三年（一九〇〇）石川県加賀市生まれ。昭和三七年（一九六二）没。雪氷物理学者、随筆家。天然雪結晶と人口雪の研究で知られる。

＊中谷治宇二郎（なかやじうじろう）　明治三五年（一九〇二）石川県加賀市生まれ。昭和一一年（一九三六）留学していたパリで患った病気がもとで、三四歳で病死。縄文研究のスター的存在で、彼の死によって、日本の考古学研究は五十年遅れたともいわれている。一九三五年に出た遺著『日本先史学序史』も二〇〇〇年に岩波書店から再刊された。

＊花田清輝（はなだきよてる）　明治四二年（一九〇九）福岡生まれ。昭和四九年（一九七四）没。文芸評論をはじめ、小説、戯曲も執筆。戦後は前衛芸術運動を推進した。

＊藤田嗣治（ふじたつぐはる、レオナール・フジタ）　明治一九年（一八八六）東京、新小川町生まれ。昭和四三年（一九六八）チューリッヒで没。エコール・ド・パリを代表する画家の一人。「乳白色の肌」に特色があった。

＊佐伯祐三（さえきゆうぞう）　明治三一年（一八九八）大阪市中津生まれ。昭和三年（一九

二八）八月一六日フランスの精神病院で衰弱死。享年三〇。洋画家。代表作のほとんどが、パリの街中の風景。

＊《北野天神縁起絵巻》　死後、天神様として祀られた菅原道真の子供時代の伝説に始まり、大宰府へ左遷、薨去（こうきょ）後、都で起こる災害や天変地異の数々が大胆に描かれた全五巻の絵巻物。承久元年（一二一九）に藤原信實が描いたといわれている。

＊川端龍子（かわばたりゅうし）明治一八年（一八八五）和歌山県和歌山市生まれ。昭和四一年（一九六六）没。昭和四年「床の間芸術」と一線を画した「会場芸術」としての日本画を提唱した。

＊狩野芳崖（かのうほうがい）文政一一年（一八二八）下関長府、長府藩の御用絵師の家に生まれる。明治二一年（一八八八）病死。フェノロサに見出され、新しい日本画の父ともいわれる存在になった。代表作《慈母観音》。

＊白河法皇（しらかわほうおう）　本書二〇五ページ参照。

＊《信貴山縁起絵巻》平安時代中期に信貴山で修行した命蓮（みょうれん）に関する説話を描いた三巻からなる絵巻。《鳥獣戯画》とともに、日本の漫画の祖ともいわれる。朝護孫子寺（ちょうごそんしじ）蔵。

＊待賢門院（たいけんもんいん）藤原璋子（ふじわらのしょうし／たまこ）の女院号。康和三年（一一〇一）生まれ。久安元年（一一四五）没。平安後期の国母。第七二代白河天皇の養女。第七四代鳥羽天皇の中宮で、第七五代崇徳・第七七代後白河両天皇の母。

＊《源氏物語絵巻》源氏物語の場面を絵画化したものに、本文が抄出された詞（ことばき）がそえられている。ここでは、藤原隆能が描いたといわれる平安末期（一二世紀中ごろの現存する最古ものをさす。《伴大納言絵巻》《信貴山縁起絵巻》《鳥獣戯画》とならび四大絵巻物といわれる。

＊《伴大納言絵巻》応天門に放火し、その罪を政敵に負わせようとした大納言伴善男の陰謀と失脚の史実を劇的に脚色した説話絵巻の代表作。後白河院に出入りしていた宮廷絵師常盤光長の作といわれる。

＊《鳥獣戯画》　京都市右京区の高山寺に伝わる紙本墨画の絵巻物。全四巻。動物や人物を戯画的に描いたもので、日本の最古の漫画ともいわれる。作者は複数で不詳。《鳥獣人物戯画》ともいう。

俵屋宗達は匿名である

浅田　橋本さんが考える日本美術史のピークは、一つはいまの後白河法王のあたり、もう一つは安土桃山時代から江戸時代の初期まででしょう。さらに強いて言えば、一番のピークは俵屋宗達あたりですか。

橋本　誰が一番うまいんだって考えると、それは俵屋宗達でしょうね。論理的な根拠じゃなくて、作品がそれを言ってるんだから、それを前提にして話を作っていかざるを得ないんですよ。安土桃山篇だけ私の書きぶりが微妙に変わっているのは、一つの時代を流れで捕まえるんじゃなくて、すでに出来上がった一つの時代を固定して三六〇度いろんな角度から眺めざるを得なかったからです。だから、第三巻は、《日光東照宮》、《能装束》、《変り兜》から始めて、後に狩野探幽の《二条城二の丸御殿障壁画》を出し、第四巻の冒頭が俵屋宗達の《風神雷神図屏風》という構成にしたんです。

宗達はいろいろと謎の多い人物ですが、それが僕にとっては幸福な感じがするんですよ。宗達が何者なのか、個人のありかたで分析すること程、不毛なことはないんじゃないかという気がしてね。

浅田　日本美術史でもっとも優れた作品が匿名であるという感じですからね。

橋本　俵屋宗達と尾形光琳*の関係って興味深くてならないんです。光琳は素性がはっきりしていて知的なのに、作品となると悲しい苦闘をせざるを得ない。宗達は謎めいた存在だが、作品は素晴らしい。そこまで符丁《ふちょう》があっちゃうのかなという可笑しさがあります。

浅田　光琳の表現は屈折しているし、内心の葛藤がこのような屈折を生んだとか何とか近代心理小説的に読めなくもないけれど、宗達にはそれがないですからね。

橋本　光琳について雑誌で書いた後、《紅白梅図屏風》について「二〇〇三年にMOA美術館が依頼し東京文化財研究所がおこなった研究・調査によって、本作の大部分を占める金地部分は、本来の説であった金箔を貼ったものではなく、金泥を用いて金箔を模し、箔《はく》足《あし》（金箔が重なり合う部分）を加え描いたものであると結論付けられた」という説を読んで、成る程それで分かったと思ったんです。《紅白梅図屏風》ってあまりにも簡単すぎる絵で、簡単すぎるからこそ、描かなくてもいい下地まで全部描くという面倒くさいことを自らに課して、描くという行為を満足させる。尾形光琳というのは、多分そういう人だったんだと思うんです。

浅田　中央の川が女で、左右の梅が男だ、右の梅にいたっては男根まで突き出している、という解釈があり、現に後のクリムト*に影響を与えたりもしたようですが、宗達だったらそんな面倒なことは考えず、豪勢に金箔でやっちゃうでしょう。

橋本　私は光琳のようにやりかねない人なんです。というか、絵の具を垂らしておいて、ティッシュペーパーをぐじょぐじょに丸めておいて上に押しつけると金箔みたいになるというのはイラストレーターの頃やったことがある（笑）。大したもの描けないけど金もらっているから、そうやってごまかすっていうのは当時考えたんです。光琳が同じだとは言わないけど、光琳がそれをやりかねない感覚は分かって、光琳って、人が思っているほど自分が絵が上手だとは思ってなかった人だと思います。

浅田　逆にいうと、デザイナーとして自己限定した時はすごいわけですね。

橋本　だって、宗達の絵をいきなり見せられてしまったら、それを真似して描いて自分が絵がうまいと思えるはずないもの。自分が描けるなって思うところに、限定して描いた時だけ、光琳はいいんですよ。

浅田　それは非常によくわかりますね。しかも、実は光琳に近い橋本治が、宗達こそいちばんすごい、いいものはいい、と断言する、そこが『ひらがな日本美術史』のいいところだと思います。

＊俵屋宗達（たわらやそうたつ）　生没年不詳。江戸初期（慶長から寛永年間に活動）の画家。京都の裕福な町衆に生まれ、「俵屋」という絵工房を率いて、屏風絵や装飾などの仕事をしていた。大和絵の技法に大胆な装飾化を施し、水墨画にも新境地を開いた。代表作は建仁寺の《風神雷神図屏風》。

＊尾形光琳（おがたこうりん）　万治元年（一六五八）京都の呉服商「雁金屋」に生まれた。享保元年（一七一六）没。狩野派の絵を学ぶも、光悦・宗達の装飾的な画に傾倒、さらに大胆で華麗な画風を確立。後年、琳派と呼ばれるスタイルを作り上げた。さらに工芸品にも独特のデザイン、装飾を施し、「光琳模様」といわれた。《紅白梅図屏風》は静岡県熱海市のMOA美術館に所蔵されている。

＊グスタフ・クリムト　一八六二年ウィーン生まれ。一九一八年没。工芸高校卒業後、装飾家として名声を得、「美術家組合」に参加していたが、ウィーン大学の天井画が批判され、分離派を設立。そこから分離派（セッセション）とよばれる琳派などの影響をうけた、装飾的な絵画を制作。代表作《接吻》などは、今なお人気がある。

躾けのなくなった日本

橋本　あとがきでも書いたんですけど、『ひらがな日本美術史』はしんどい仕事じゃなかったんですよね。私のなかで、リラックスして出来た仕事の一つです。それでも書き下ろしだったらずっとやんなければいけないけど、これはひと月にせいぜい二日だったし、一冊分書いたら三カ月は休みをくれたので、いい仕事でした。

浅田　毎月楽しみでした？

橋本　いいものしか見ないというのは幸福なんですよね。ただ、やっていて思ったのは、確かに「日本にいいものがあるのに、なんでみんな知らないんだろう」っていう気持ちはあるんだけど、「日本美術がこんなにいいもんだぞ」と言いすぎて、美術を必要としない人が押しかけてくるという風潮を作ってしまったら、それはかえってくだらないことになるぞと思いましたね。だから、日本美術というのはどこかマイナーで不思議な、「やはり野に置けレンゲ草」みたいなジャンルでいいのかもしれない。いつの間にかふっとという ような終り方が出来てよかったな、と思います。

浅田　おっしゃることはよく分かります。そもそもぼくは日本的美意識なるものを無批判に称揚したいとは思わない。ただ一方で、例えば東京オリンピックと長野オリンピックのポスターを比較すると、やはり愕然とするわけですよ。東京オリンピックの亀倉雄策によるポスターは、橋本さんも最終回に取り上げた力作でしょう。ところが、長野オリンピックの絹谷幸二*が描いたポスターは、造形的に整理されていない人物像で、しかも口のところから「ファイト、ファイト」とカタカナが出ているんですよ（笑）。

橋本　よくそういうものが採用されましたですね。

浅田　東京オリンピックの時は、みんな本気で頑張った。亀倉雄策だって世界に通用するレヴェルでやろうという意気込みでやっていた。それが長野オリンピックになったら自閉的な冗談でよくなったというのは何なのか。

橋本　東京オリンピックの頃は、まだ官僚が幼児性を認めてなかったですよね。おそらく大阪万博の頃からキャラクターを作ったり、街角の公園の滑り台がキリンやゾウの形になったりだの、幼児的なシンボリックなものを置けばそれが子どもを理解することになるという風潮になったんだろうと思うんです。私は建設省の車に「けんせつしょう」ってひらがなで書いてあり、さらに子ども受けするキャラクターの絵が描いてあるのを見て、国家がみんなに好かれようとして却って国家の体面を損なうようになっているというのをはっきり感じましたね。多分、長野オリンピックもその末路なんでしょう。

浅田　まさにその通りだと思うけれど、そういう意味でいうと、やっぱり大阪万博の岡本太郎の《太陽の塔》が転換点だったのかもしれない。丹下健三・磯崎新組の「お祭り広場」のプランは、弥生的なものを暗黙のベースに、情報化社会にふさわしい「見えない建築」（当時の言葉でいう「サイバネティック・エンヴァイロンメント」）をつくろうというものだった。そこへ岡本太郎が大屋根をぶち抜いて《太陽の塔》を建ててしまった。そちらの方が「キャラ立ち」してしまって、丹下・磯崎組は敗北を喫したわけですよ。幼児化が顕著になるのは最近のことだとしても、源泉はそこにあったのかもしれませんね。とにかく、橋本さん風の大人の職人としての常識をかなぐり捨てて、「女子供」が喜べばいいだろうというポピュリズムの方向にとめどもなくすり寄っていく……。

橋本　そうそう。でもだからといって、「いま大人の職人の復権を」なんて簡単に言っても無理なんですよ。みんな追い詰められていて、どうしたらいいか分からなくなって、もう有明海のムツゴロウのようになっているから、生きていく余地ってそんなにないと思うのね。

浅田　近代まで続いてきた弥生的構造もついに解体され、あとには情報化社会の基盤の上で「女子供」向けの「キャラ」が浮遊しているだけなのかもしれない……。

橋本　いや、解体できるようになったという段階で、すでに日本は解体されてるんですよ。

システムがしっかりしている時は生半可なものって絶対に受け入れられないもの。
　七〇年代前半に新聞社に写真撮ってもらった時は、当時はみんな口閉じてて表情がないから、あえて笑ったら、口閉じろって怒られたんですよ。ところが今はみんな口開けて写真撮っている。
浅田　ミシェル・フーコー*が近代の基盤だと言う「ディシプリン」だけれど、日本語で言えば要するに躾けですね。姿勢をちゃんとしなさいとか、げらげら笑っていちゃいけませんとか（笑）。ぼくらはそういう躾けが嫌いな側だったんだけれど、躾けがなくなってしまうとやはり呆然とするほかない……。
橋本　口開けてちゃいけないっていわれている時代は、「口開けてて馬鹿と言われてもいいんだけど」って言っても、そのあえては許して貰えなかったんです。それが許されちゃうと、許されることの意味がないんだよね。
浅田　そこで橋本治はあえて大人の職人になって『ひらがな日本美術史』を書いた。本当をいうと、ぼくはこれが日本美術史の教科書になればいいと思うんです。
橋本　長すぎません？
浅田　でも、あえてこれぐらいの量は読ませるべきでしょう。
橋本　そうかもしれませんね。ただし、本当に必要なことって教科書では学ばないじゃないですか。それこそ、教科書は躾けだけであって、躾けだけじゃ人間つまらなくなるから、どういう活動するかってところが問題なわけで、その教科書の外側に教科書よりも豊かなものがないといけないんですよね。

浅田　確かにその通りですね。ところで、ずっと日本美術を見てきて、自分でもし何でも貰えるとすると、何がいいですか。

橋本　私、光悦*の《白楽茶碗　銘 不二山》が欲しいんです。あと本当は桂離宮*が欲しいんですけどね（笑）。美術というものは、かつては所有できるだけの大金持ちがいた時代には所有するものだったけれども、もう現代では所有というのはおこりえないわけじゃないですか。そうすると、共有するという方向に美術がいってしまっていると考えざるを得ない。何が欲しいという考え方自体が無意味だし、私は金もないし、そこら辺は金のある人に考えて貰おうという感じですかね。

浅田　もちろん本物を見ることは絶対必要だけれど、きちんとした図版が体系的に収録された本をもっているというのも、インターネット時代には消え去ってしまうかもしれない一種の贅沢かもしれませんね。ちなみに、執筆の時は資料は基本的には画集ですか。

橋本　そうです。ただ、たまたま展覧会をやってる時には行きましたね。現物見た時の違い方ってあるじゃないですか。高橋由一の《鮭》が大きいっていうのは成る程と思いましたし、色も印刷と原画では微妙にちがうんですよ。古い絵は印刷のほうが綺麗で、現物は汚くて何が描いてあるか分からないなんてことも多分にある。

浅田　そうですね。ちなみに、ぼくは同世代で面白いと思って見ているのは福田和也*という人で、彼は今の原稿料と印税で川端康成*のようなコレクションが欲しい、それで無茶苦茶に書きまくって無茶苦茶に買いまくるわけでしょう。無謀ですよ。敵は池大雅*・与謝蕪村*の《十便十宜帖》や浦上玉堂*の《凍雲篩雪図》のような国宝まで持っていたわけだから。ぼくは逆に、できるだけ何も持ちたくないと思う。本物のリアリティが情報に還元できないことはよくわかっているけれど、やっぱりものに縛られたくない。

橋本　収入の限界って大きいじゃないですか。そうすると今の自分の金で買えるものはこの程度というのが、似合う似合わないに結びついてくるんです。四〇代の時に、四〇代でこれしか買えないんだったら買わないほうがいい、という新しい日本の美意識になってしまいました（笑）。ただ、私、複製でもいいんで、二〇代の頃に画集はよくそろえたんですよ。複製でも何でも、美術って自分で持っちゃうと食物のように食えるんです。それで消化してしまえる度合いは強くなったな、と思います。

浅田　同感ですね。実は、雪舟**論なんかを見ると、小林秀雄なんかもいろいろ蒐集もしながら結局はそう思っていたんじゃないか。雪舟がモデルにしたと言われる顔輝*の絵まで中国で見たと言いながら、結局は黒白の写真複製を見て論じればすむと言うんだから。そうやって食べて消化して排泄してしまえばそれでいいんですよ。

＊絹谷幸二（きぬたにこうじ）　一九四三年奈良市生まれ。東京藝術大学卒。洋画家。フレスコ画技法の第一人者でもある。

＊ミシェル・フーコー　一九二六年フランス、ポワティエ市生まれ。八四年没。哲学者。七五年に「ディシプリン」をキーワードとする『監獄の誕生』を出版。彼の提唱した理論は現代社会を解明するのに、重要な役割を果たしており、道半ばの死であった。

＊本阿弥光悦（ほんあみこうえつ）　永禄元年（一五五八）京都生まれ。寛永一四年（一六三七）没。江戸初期の書家、芸術家。蒔絵を考案し、楽焼に優れ、茶道も嗜んだ。宗達、光琳とともに、琳派の祖ともいわれる。《白楽茶碗　銘 不二山》（国宝）は長野県諏訪市のサンリツ服部美術館で見ることが出来る。

＊桂離宮（かつらりきゅう）　京都市西京区桂にある離宮。元和（一六一五〜二四）年間に八条宮智仁（としひと）親王の別荘として建立され、その後、増築された。数寄屋造り書院

と回遊式庭園が有名。ドイツ人建築家ブルーノ・タウトが昭和初期に「泣きたくなるほど美しい」と絶賛し、現代に通じるものがあると評価した。

＊福田和也（ふくだかずや）一九六〇年東京、田端生まれ。慶應大学文学部仏文科卒。文芸評論家。

＊川端康成（かわばたやすなり）明治三二年（一八九九）大阪市、此花町生まれ。昭和四七年（一九七二）ガス自殺。東京帝国大学文学部国文学科卒。昭和四三年（一九六八）にノーベル文学賞受賞。小説家。

＊池大雅・与謝蕪村《十便十宜帖》明和八年（一七七一）に、中国・清の李漁（りぎょ）の「十便十宜詩」に基づき、山荘での隠遁生活の便宜（便利さ、よろしさ）を画題に池大雅と与謝蕪村が共作したもの。大雅が自然と共に生きる一〇の便利（「十便帖」）、蕪村が四季や時間、天候によって移り変わる自然の一〇の宜さ（「十宜帖」）を描いた。川端康成は家を断念して、これを買った。川端康成記念館蔵。（国宝）池大雅（いけのたいが）享保八年（一七二三）、京都生まれの文人画の大家。与謝蕪村（よさぶそん）享保元年（一七一六）、大阪生まれの俳人で、文人画家。

＊浦上玉堂（うらがみぎょくどう）　延享二年（一七四五）岡山、鴨方藩生まれ。文政三年（一八二〇）没。文人画家。五〇歳で、脱藩し、放浪生活。晩年は京都で過ごした。代表作《凍雲篩雪（とううんしせつ）図》（国宝）は川端康成が所有した。現在は川端康成記念会が所有・管理。

＊雪舟（せっしゅう）　応永二七年（一四二〇）備中国赤浜（現在の岡山県総社市）に生まれる。永正三年（一五〇六）没（没年は異説もある）。水墨画家・禅僧で、日本の水墨画を一新した画聖とも称えられる。代表作《天橋立図》（京都国立博物館蔵）。

＊雪舟論　小林秀雄が昭和二五年（一九五〇）三月に『藝術新潮』に掲載した「雪舟」。小林秀雄全集第九巻『私の人生観』所収。

＊顔輝（がんき）　生没年未詳。中国、南宋末、元初の画家。江西廬陵の人。道教や仏教に登場する神仏を題材とした道釈画に卓越。代表作《蝦蟇鉄拐（がまてつかい）図》。京都知恩寺に伝存。

（二〇〇七年四月一四日収録／『新潮』二〇〇七年八月号掲載）

「小林秀雄」とはなにものだったのか

茂木健一郎

（もぎ・けんいちろう）脳科学者。一九六二年一〇月二〇日東京生まれ。東京大学理学部・法学部卒業。東京大学大学院理学系研究科修了。脳科学者。「クオリア」（感覚の持つ質感）をキーワードとして脳と心の関係の研究をしている。二〇〇五年『脳と仮想』で小林秀雄賞、〇九年『今、ここからすべての場所へ』で桑原武夫学芸賞を受賞。

茂木　橋本さんの『小林秀雄の恵み』* を読ませていただきました。非常に読み応えのある本で、これをお書きになるのは本当に大変なお仕事だったと思います。

そもそものきっかけは、『「三島由紀夫」とはなにものだったのか』* で第一回小林秀雄賞を受賞された時、記者会見で、「私は別に、小林秀雄がなにものであるかということへの関心はないんです。〝小林秀雄を必要とした日本人〟* とはなにものだったのかということへの関心があるだけです」と言ったら、新潮社の編集者たちが、「それ！」と口々に反応したことだそうですね。

橋本　そう。「あとがき」にも書いたけど、その一言なんですよね。

茂木　「なぜ小林秀雄の同時代の日本人が小林秀雄を必要としたのか」という問い自体はすごく面白い問いだと思うんです。物理的にも内面的にも、欧米のプレッシャーにさらされた当時のコンテンポラリーな日本人が小林を必要としたんだ、ということですよね。

橋本　と思います。ただ、必要とする人と必要とされた小林秀雄の中にはかなりのズレがあるだろうなということは思いますけど、当時の人たちをリサーチする能力が今の私にはありませんので、それはできません。

茂木　橋本さん的にはそういう時代は終わったと思われているんですか、小林秀雄を必要としたような時代は？

橋本　それは分からないです。つまり、終わったかどうかというのは個々人の問題じゃないですか。私が二〇歳ぐらいのとき大学闘争の時代があって、人はそのとき、どう感じたか知らないけれども、私はこれで学問というものは燃え尽きてしまったんだと思いましたから、そうすると、この廃墟の中から、ゼロからやっていくしかないな、というのもあるし、廃墟になったものに実は自分はあんまり関心がなかったんで、それはそれでよかったんですね。

　ところが、三七歳の時に小林秀雄の『本居宣長』*をはじめて読み、震えるほど感動したんです。「もう一度、学問というものをちゃんとやってみようかな」と素直に思うことができた。

茂木　もともとは小林秀雄の本は読んでいらしたわけじゃないですよね。

橋本　高校の現代国語の教科書で読まされたぐらいで、それもほとんど忘れてしまっていたぐらい。

茂木　何で小林秀雄の数ある本の中から、最初に『本居宣長』に行ったんですか。

橋本　『本居宣長』しか読んでいないというのは、『本居宣長』しか読めないと、私は思っているんですね。西洋物、私は全くダメなんですよ。そうすると、ゴッホ*（『ゴッホの手紙』*）だ、モーツァルト*（『モオツァルト』*）だのを含めて読んでいる人たちは、何が面白くて読んでいたんだろう？　というところがありました。もっとはっきり言ってしまえば、三〇代の後半か、『本居宣長』を読んだときに、私は「あっち」という小林秀雄の声みたいなのを聞いてはいたんです。

茂木　あっち？　何ですか？「あっち」って。

橋本　小林秀雄が自分の行くべき方向に導いてくれる「トンネル」のように思えた。ただそのトンネルの中は暗くてどうなっているかわからないから、すぐに入るのは怖い。『桃尻語訳枕草子』『窯変源氏物語』と、二十年近く準備を重ねて、ようやく入る勇気が湧いてきた。

「あっち」は分かるけど、俺にそんなところに行く能力はないし、という気はあったんですけど、それがずーっと引っかかっていたから、やるつもりで読み直したら、やっぱしあっちへ行くしかないんだな、って思った。私の中で「あっち」という方向を明確に指示してくれた人っていうのは小林秀雄以外知らないんですよ。というか、まず評論の類ってほとんど読んでいないから。ほかのものだったら、方向よりも、「あっ、この人はこう言っている」とか、記述を読んでるんですけど、『本居宣長』を読んでいるときはそうでもなくて読んでいるのは、文章の向こうにいる小林秀雄その人なんですね。どういうつもりで小林秀雄はこういうことを書いているんだろう？　があり、本居宣長はどういうつもりでこういうことを書いているんだろう？　って、その書いている人のあり方のほうに行っちゃうんですね。だから、文章を超えて、文章の向こうに行っちゃうと、どうしても「あっち」なんですよ。その「あっち」というものは具体的に何か、というのはまた別なんですけどね。何か方向を指示されているみたいなものがあって、それで、自分が得た最大のものはこれだから、もうこれで押していくしかないなっていうんで、連載をずーっと続けてきたようなものです。恐らく日本人も小林秀雄に何らかの形で方向を提示されるというようなことはあったんだろう、ただ、それが俺の感じる「あっち」とは違うかもしれないな、というのがあって。そうなってくると、他人《ひと》が感じている方向なんて俺には分からないから、それは無理ね、っていうんで、モーツァルトも、ゴッホも、ランボーもぜーんぶぶっ飛ばしましたけどね。

＊『小林秀雄の恵み』二〇〇七年一二月、新潮社刊。三七歳で小林秀雄の『本居宣長』を読

み、宣長の人生と格闘する小林秀雄に感動。それがその後の橋本治の活動の原点となったという。人生に「学問」という恵みを与えてくれる人として小林秀雄を新たに読み解いた論考。

＊『「三島由紀夫」とはなにものだったのか』二〇〇二年一月、新潮社刊。橋本治初の作家論。これまでにない、スタイル、視点で「三島由紀夫」を読み解いた。結果は第一回小林秀雄賞となった。（新潮文庫）

＊小林秀雄（こばやしひでお）明治三五年（一九〇二）東京、神田生まれ。昭和五八年（一九八三）没。東京帝国大学文学部仏文科卒。文芸評論家。翻訳もある。ランボーなどのフランス詩人、ベルグソン、志賀直哉等の文学・思想に多大な影響を受け、日本近代批評の確立者となる。日本文学にも大きな影響を与え、晩年の『本居宣長』では国文学の有り様を提示した。

＊本居宣長（もとおりのりなが）享保一五年（一七三〇）伊勢松阪（現三重県松坂市）の木綿商の家に生まれる。享和元年（一八〇一）没。江戸時代中後期の国学大成者・歌人。小児科医開業後、契沖（けいちゅう）に私淑し、一七六三年、賀茂真淵門下に入る。日本の

文学の本質を「もののあわれ」と考え、儒教的・仏教的な理解を排斥。『古事記』の実証的な研究書『古事記伝』を著す。他に『秘本玉くしげ』『直毘霊（なおびのみたま）』『玉勝間』等。

＊ゴッホ　フィンセント・ファン・ゴッホ。一八五三年オランダ南部ズンデルト生まれ。九〇年猟銃で自殺したが、他殺説もある。南フランスのアルルで一時期共に暮らしたポール・ゴーギャンらと同じくポスト印象派画家と呼ばれるが、後年は表現主義の創始者といわれるほどの激しくうねるような筆致が特徴。代表作《自画像》《ひまわり》等。

＊『ゴッホの手紙』一九五二年六月、新潮社刊。五一年一月から『藝術新潮』に連載し、五二年二月に終了。「書簡による伝記」というサブタイトルをつけた。

＊モーツァルト　ヴォルフガング・アマデウス・モーツァルト。一七五六年神聖ローマ帝国（現オーストリア）ザルツブルク生まれ。九一年没。作曲家・演奏家。五歳で作曲を行う。ウィーン古典派三大巨匠の一翼を担う作曲家。代表作も、『フィガロの結婚』『魔笛』等々のオペラ、『ジュピター』等々の交響曲、セレナード『アイネ・クライネ・ナハトムジーク』等枚挙にいとまがない。

＊『モオツァルト』一九四六年一二月、『創元』に発表。対象に魅入られることが批評の原点という小林秀雄ならではのもの。

上田秋成は「イヤな人」

茂木　僕はたまたま、講演テープで肉声を耳にしたことから小林秀雄に入ったんです。大げさに言えば、そこに近代以降の科学主義の陥穽《かんせい》を突破できる糸口を感じました。たとえば大学の先生とか、文系の研究者が小林秀雄のことをある種のトラウマも含めてなのかもしれないけれど、批判するのを何回もずーっと聞いていて、僕はそのことのそれぞれの人の生におけるニュアンスのようなものが分からなかったんです。なぜそんなに批判するのか？　と。橋本さんの本を読んで、いくつか分かったことがあります。僕はもともとは脳科学をやっていて、クオリアという意識の中の質感の問題を考えていて、小林秀雄を読んで、例えばベルグソン＊を扱った「感想」＊なんていうのは共感するところが多々あったんです。ただ、そのときに、小林秀雄さんの文章のすべてを、必ずしも全部意味を了解して肯定しているという読み方をしていたんじゃなくて、僕も一点突破じゃないんだけど、小林秀雄という人が指し示している方向に深く共感したということで、じゃ、例えば小林秀雄のように文章を書くかというと、実際に僕の書く文章というのは全然違うんです、小林秀雄さんの文章と。だから、いわゆる小林秀雄さんを神様のように思っていて、それを模倣するような人たちのことは僕は分からないかもしれないんだけど、ただ、いくつかの点において、小林秀雄という人に愛すべきものを感じたのですね。それがちょうど橋本さんがこの本で小林の仕事をいろんな角度から分析している中で、例えば戦争中のこととか、いろいろ同時代的なことを語られているのと同じように、かなり丁寧に説明責任とまでは言わないんだけど、言葉に置き換えていかないと、僕が見ている「あっち」ということは、文系の研究者とかで小林秀雄のことを批判する人たちにはなかなか伝わらないんだろうな、ということが再確認できました。

橋本　伝わっても、受けつけてはくれないかもしれませんけどね。

茂木　橋本さんの言われるような弱点みたいなものですね。例えば、上田秋成*が宣長が『古事記』*に書かれていることはすべて真実だ、という態度をとっていることを批判したことを巡る論争において、近代合理主義者が本居宣長、小杉秀雄のラインを批判するのは、僕も科学者としての論理に基づいて思考するときには一々了解できる話なんですよ。なんだけども、そこがどうも僕にとって小林秀雄さんの主戦場ではないというか、可能性の中心ではない。小林秀雄のもっている感性の素晴らしさをちゃんと言わないと、彼のことを批判する「アカデミッシャン」には伝わらないだろうということは分かります。いっぽう小林の抱えている近代合理主義とのすさまじい葛藤を見ずに、その言っていることを簡単に受け入れちゃう人はあまりモノを考えていない人なんだろうなあ、ということも分かる。

橋本　でも、読むということは感じるということじゃないですか。で、上田秋成と本居宣長の論争の中で、小林秀雄が絶対に使わない用語で、俺なんかは説明しちゃうんですけど、本居宣長はいい人なんですよ（笑）。上田秋成はイヤな人なんですよ。

茂木　ああ、それは全くその通りですね（笑）。

橋本　つまり、あの論争はそういうようなことを提示したいんですよ。でも、小林秀雄はそういうふうに言っちゃいけないと思っているから、あくまでも学問的に、っていうのをやるから、いい人、イヤな人が見えなくなるんですけど……。

茂木　橋本さんは平気で、それ、言っちゃいますね。

橋本　言っちゃいます。うん。イヤな人だとか何とかっていうのは、そんなものは学問的な評価とは何にも関係ないし、それこそ、茂木さんこそ、主観的印象を「乗り越えた」と得意になっている現代批評の限界を指摘してらっしゃるじゃないですか。そもそも対象について「いい」「悪い」を感じるのは、子供の判断みたいなところじゃないですか。でも、僕はそこからしか入れないんです。たださすがに、いきなり使うようにはしないですよ。グルーッと行って、「結局、この人はいい人か、イヤな人か、と言やあ、イヤな人だよな」っていうところがあるし、上田秋成――うーん、イヤな人だな、というのは大学時代からずーっと思っていたから。

＊ベルグソン　アンリ＝ルイ・ベルグソン。一八五九年パリ生まれ。一九四一年ドイツ軍占領下のパリで没。哲学者。『時間と自由』（一八八九）で意識の持続を提唱し、『物質と記憶』（一八九六）で意識と身体を持続のなかでとらえた彼は、それを生命論にまで推し進め、『創造的進化』（一九〇七）をとなえる。さらに『道徳と宗教の二源泉』（一九三二）で人間の社会性の根元問題を問うた。その文章は明快で、美しく、一九二七年のノーベル文学賞受賞となった。影響力は大きく、哲学者ばかりでなく、作家プルーストまで及び、現在まで至る。

＊「感想」　小林秀雄が、一九五八年～六三年、月刊『新潮』誌上で、「感想」と題し、「ベルクソン論」を連載したが、未完。

＊上田秋成（うえだあきなり）　享保一九年（一七三四）大阪、曾根崎生まれ。文化六年（一

八〇九）没。江戸時代中後期の国学者・歌人・浮世草子作者。本居宣長との論争は有名で、儒学・国学の知識を駆使し、怪奇幻想的世界を著す。代表作は読本『雨月物語』、随筆『胆大小心録』など。

＊『古事記』 和銅五年（七一二）に完成した、現存する日本最古の歴史書。全三巻。稗田阿礼が天武天皇の勅により、暗誦したものを、太安万侶が元明天皇の勅により書きとめたもの。第一巻がいわゆる日本神話。第二巻以降が、各天皇の記述。

職人の言葉と「感じる」言葉

茂木　フッフフフ。すごいですね。実にすごいですね。学問とは何か、日本とは何か、批評とは何かということに関する論争をすべて無効にするような力がありますね、橋本さんとしゃべっているとね（笑）。

橋本　ハッハッハ、すいません。

茂木　僕、一つ、小林秀雄を批判する人が持ち出してくる論点であるかもしれないと思っているのは、小林秀雄という人は、印象批判という言葉を使うかどうかは別として、自分という楽器をうまく鳴らすことに非常に命を懸けた人というか、どれぐらい対象を感受できるか、というところに命を懸けた人だと思うんですけど、そのことと、モノをつくるときの、特に例えば小説みたいなものを書くときに使われる身体的言語はどうも違うんですよね。

橋本　全然違うと思います。

茂木　つまり、もっとドライというか、何かもっと実際的というか、小説を書く、何かモノをつくるときの言語というのはもっと具体性というか……。

橋本　職人の言葉みたいなやつでね。

茂木　たとえば丸山健二*さんがずーっと庭をつくって、丸山健二さんの庭というのは六月のある日に頂点を迎えるように一年じゅういろいろやっているんだけど、丸山さんの家に行って、庭の話をすると、「美しい」だとか、そういう類の言葉は一切出てこないんですね。気に入らねえ草は引き抜いてしまうとか、このでかい石をどけるのが大変なんだとか、新しい珍しい品種を手に入れようと思ったら、向こうも簡単にはよこさないから、こっちも代わりにこういうのをやるんだとか言って、要するにきわめてドライである。出来上がったものっていうのはすごいんですよ。美しいんですよ。ただ、丸山さんは一切そういうことを言わない。そういう丸山さんの〝つくる側の言語〟と、小林秀雄的な〝感じる側の言語〟は明らかに違うんですよね。

小林秀雄はその感じ方が抜群にうまい人だったと思うんですが、一方にはそんなの客観的に決められるもんじゃないだろうという人がいる。

橋本　はい、はい。感じる能力がないくせに「感じるなんて大したことじゃない」と言う人でしょう？

茂木　脳の研究をしている立場からすると、「人間の美的感受性にはレベルの違いがある」「いや、そんなの科学的に数値化できない」という対立を何らかの形で行き交わせないとどうしようもないんですよね。

橋本　と思いますけど、「全然違う」ということを人に理解させることはそもそも大変だと思うし、「感じる」はやっぱし能力だと思うんですね。で、感じるためには何か自分のモチベーションみたいなのを上げないと感じられないんですよ。

茂木　そうかもしれないですね。

＊丸山健二（まるやまけんじ）一九四三年長野県生まれ。小説家、一九六七年、『夏の流れ』で芥川賞受賞。二三歳は当時最年少記録。代表作『正午（まひる）なり』『ときめきに死す』『千日の瑠璃』等。

「七人の侍」の美しさとは

橋本　だから、俺は『ひらがな日本美術史』をずーっとやってて、終わりに近くなって、「俺、もしかしたら日本美術とかっていうものに全く関心がなくなるかもしれない」というふうに最後ぐらいは予感していたんですよ。

茂木　そのぐらいテンションをずーっと上げていたということですか？

橋本　つまり、それは本を書くために感じるということが必要だからテンションを上げなきゃいけないのでやっていたんだけど、それが終わってしまえば、モノを感じるという義務はなくなるじゃないですか。

つまり、書くなんていうことは自分の中のデータを書いていきゃいいんだけど、あれはまず「見て、感じる」というデータを自分の中につくらなきゃいけないわけじゃないですか。そうすると、自分の受容能力を上げるためにすごく何か特殊なことをやるんですよ。どう特殊かは、自分でも分からないんですけど、ともかく向かい合ったときに凝視する、っていうのから始まり、凝視っていうのもただ目で見ている、という感じではもちろんないんですけどね。そういうことをやっていると、楽しんでいるのかどうか、っていうのとまた別なんですよ。楽しんでいるって、そんなにむちゃに頑張らないじゃないですか。そうすると、これが終わったとき、俺、もうちょっと自由に見たいな、みたいなのがあってね。そうなってくると、感じることのポテンツみたいなのは落ちるかもしれないし、その感じるために自分をこう持ち上げていくということ自体がイヤになるかもしれないし、みたいなのがあったんですね。そしたら、もう物の見事にないですね。

茂木　もうなくなっちゃった？

橋本　なくなった。ただ、日本美術に関してはもうちょっとあるかもしれないけど。連載が終わったぐらいに友達がモネ展のプロデュースみたいなのをやっているから、行って、モネは好きな画家だったんですよ。で、見た瞬間、「西洋の絵って、やっぱりつまんないや」って、何かすごいことを言ってしまって……。

茂木　国立新美術館ですか。

橋本　そうです。自分の好きな作品がなかったというのもあるんですけれども、でも、じゃあ、モネの大したものって何なのかな？　っていうのもよく分からなくなったし。じゃあ、日本の美術のほうが無条件に好きかっていったら、そんなことはないなあ、というのもあるし、さらにひどい話で言えば、『人はなぜ「美しい」がわかるのか』*という新書を書いたんですけど、あれを書いているときにも思ったんですが、「俺、これ、書いていると、美しいと感じなくなるかもしれない」と（笑）。そしたら、見事に感じなくなった。つまり、例えば夕焼けはなぜ美しいと思うかっていうのは、私にとっては、美しいと感じていたデータが集積されていて、現実に夕焼けを見たときに、そのデータが再現されてきて、何かが蘇ってくるようなことだったんですよ。でも、あそこでそれを書いてしまって、種明かししてしまったら、それを引っ張り出すっていうのは、分かりきった粗筋に添って何かつくるみたいなもので。私、正直な人だから、ああ、何も感じないや、になってしまいましたね。で、ああ、俺、美しいものに対して感じる能力なくなったかなあ、というのはあったんですけど、違う質の美しさが欲しい。というのは、年末に『椿三十郎』*のリメイク版のCMが流れていたじゃないですか。

茂木　織田裕二が、三船*のやった役をやっている――。

橋本　あれを観ているうちに、元の『椿三十郎』の美しさというようなものが自分の中に蘇ってしまい、あれを観たいと思って、持っているビデオを観たら、何か新しい機械と合わないのか、ろくに映らないから、しょうがないからDVDを買い直して、っていうのをやったんですけど、『椿三十郎』はそうでもなかった。でも、ついでだからっていうので『七人の侍』*も買い直したんですけど、全編、涙が出そうでね。

茂木　それはどういうところですか？

橋本　人の美しさ。出てくる人が全部美しいの。

茂木　とてもよく分かります。

橋本　「なんて美しいんだろう」って、ジワジワジワジワで、三時間半の映画を二回か、三回観てしまったっていう困ったことがあるんですけど、じゃ、昔、俺は『七人の侍』に出てくる人たちをどう見ていたんだろうと思うと、ああいうふうになりたい、ああいうふうにカッコいいっていう、目標――人としてのあり方のお手本のような形で受け入れていたんですよ。だから、それで「ああ、あの人が死んじゃった」という泣き方をするんだけど、今回は死んでも泣かないんですよ。生きている、その瞬間でね、なんか、もうどうしようもなく涙が出る。それは何だ？　と言ったら、もう美しい以外の何物でもないですね。

茂木　実は『椿三十郎』と『用心棒』と『七人の侍』と『天国と地獄』のリメイクのコマーシャルを観て、僕も全く同じように『椿三十郎』のリメイクのコマーシャルを観て、DVDを買ってしまいましたが、人間の表情が圧倒的になんかもう今時の俳優とは違いますね。

橋本　全然違います。あれはもう歌舞伎の用語で言えば、「肚が違う」というやつだけれども。『七人の侍』、やたらに人間が出てくるじゃないですか。で、その後、いろんな映画に出ても、大根としか言われないような、演技が下手だとしか言われないような人もいるんだけど、その人たちを全部肯定的につかまえようと私は考えましてね。そうだ、現実の人って演技しているわけじゃないから、現実の中でさえ、この悲惨な境遇に出会ってさえも嘆き悲しむということの演技が下手な人だっているじゃんか、という、そういうところまで拾っているなあ、ということもあって、そういう人達が『七人の侍』の中ですご―く美しくなっていたっていうのは、「この役をやりたい、自分はこうなんだ」っていう、無器用な人の不器用さが十全に発揮できるようなシチュエーションが与えられていた。そして、そのとおりにやってくれって言われているし、自分もそういうふうにやりたいって、どんどん入り込んでいったからだろう、というふうに思いましたけどねえ。私は普通の現実世界にいる無器用そうな顔をしている人間で、しかも、俺は無器用じゃないぞ、と思っている人の顔を見るのが好きじゃないんで（笑）、映画の中でもそういう人を見ると、なんか下手くそ、とかって思ってしまうんですけど、その認識だけは改めましたね。

＊『人はなぜ「美しい」がわかるのか』二〇〇二年一二月、ちくま新書刊。自然や人の立ち居振る舞いを見て、なぜ美しさを感じるのか、学問的な見地からでなく、日常的な営みの中からそれを解き明かす。

＊『椿三十郎』一九六二年一月一日公開、黒澤明監督作品。三船敏郎が演じた腕の立つ素浪

人の名が題名となった。仲代達矢と闘う、血しぶき噴き出すラスト・シーンは映画史に残る名場面。

＊三船敏郎（みふねとしろう）　大正九年（一九二〇）中国青島生まれ。平成九年（一九九七）没。男っぽさがにじみでる国民的スター。いずれも黒澤明監督の『用心棒』（六一）と『赤ひげ』（六五）で二度ヴェネツィア国際映画祭男優賞を勝ち取ったことから、〝世界の三船〟の異名をとる。米映画『グラン・プリ』（六七）、仏映画『レッド・サン』（七一）等、海外の作品にも数多く出演。『七人の侍』（五四）、『椿三十郎』（六二）、『天国と地獄』（六三）等、黒澤明の主要な作品で主役を演じている。監督作品もある。

＊『七人の侍』一九五四年四月二六日に公開された黒澤明監督の代表作。世界の映画人に大きな影響を与えた。志村喬、稲葉義男、加東大介、千秋実、宮口精二、木村功、三船敏郎等が出演。村を守る七人の侍と野盗との雨の中の戦闘シーンの迫力とテンポとは今でも十分楽しめる。

黒澤明と小津安二郎の違いとは

茂木　黒澤（明）*って、僕にとっては運動性言語の人なんですよ。僕にとっては小津安二郎*が長らく神でした。小津はどっちかというと、これはちょっといろんな議論があると思うんだけど、感覚性言語。僕の中では小津と小林秀雄というのは非常に近いところにいるんですよ。まるで神のように、卓越した感じる能力をもっている。黒澤は、僕はずーっと青春時代、面白いと思いながら、一度も「この人の後についていこう」と思ったことがない人なんですよ、実は。それがなぜなのかっていうことを一言で言えば、小津の映画を観たときに感じる、ある感じ方を黒澤に対してはできないというか、黒澤明という人自身がそういうことにあんまり感受性のスペクトルがない人だっていうことが何か伝わってくるんですよ、黒澤の映画を観ていると。

黒澤のもっていたであろう言語感覚は、〝つくる側の言語〟であり、そこにおいて卓越している気がする。僕の経験からすると、そういうタイプの人たちは、自分の作品について感覚的なことは一切言わない。

小林の批評的言語は、黒澤明的な言葉とは対極にあると思います。人間が世界をさまざまに感じるときに、最後にブック・キーピングというんでしょうか、こういうふうに実際我々は感じていたんだということを精確に記述する、そういう仕事っていうのはどうも必要な気がするんですよ。おおげさな言い方をすれば、神も、人間がブック・キーピングをすることを求めていると思う。僕は小林秀雄という人はそういうブック・キーピングというのはそんなに簡単なことじゃない。小学生だって、夕日を見て、きれいだったと書きますね。そこから、小林秀雄の文章までの距離は近いようで無限に遠い。実は、脳の働きから言えば、感じることは必ずしも受け身ではなくて、すでにそこに運動が始まっているんですね。うまく自分という「楽器」を共鳴させることは、一つの能動性の表れである。小林秀雄という人は、感性の世界における一人のアスリートだったと思う。

橋本　茂木さんが小林秀雄の講演テープに感動したという話を聞いて、小林秀雄は、文章の中では「本居宣長はいい人だ、上田秋成はイヤなやつだ」という識別はしないけれども、講演をしているときは明らかにそのトーンでしているんだろうな、と思いましたね。だから、話し言葉でざっくばらんで、っていうのはあるんだけど、正しい書式にしたときにそれは出てこないから、排除して、きちんと人が納得するように書くっていうことをやっていて、それでまた違うところへ行っちゃうかな、というのはあると思うんですけど。

茂木　酒の席での小林さんの話は圧倒的に面白かったらしい。青山二郎あたりは、「おまえの書くものはおまえの話に比べてつまんねえ」と言っているんですが、まだ発見されていない小林秀雄の魅力というのはあるかもしれませんね。会話とか、講演では出ていた小林秀雄のある種の……。

橋本　ニュアンスみたいなのね。

茂木　それが、文章では出ていないのかもしれない。

橋本　だから、言葉ではこう書いてあるけど、それを口にするときにバカにするように言っているのか、褒めるように言っているのかっていうのは、聞いているほうにはその息づかいで分かるんですよ。そのことによって、文脈の理解というのが全然違って起こるわけで、ある意味で小林秀雄は文章を書くときに、そういう自分をどこかに存在させながら書いていたはずなんだけれども、真面目にみんなありがたくいただくように読んだり、ある種、ケッ！　とかって思いながら読んだりっていうのがあるから、そこらへんの細部が没後二十五年たって全部抜け落ちたのかな、とかは思いますよ。

ところで、茂木さんは小林秀雄の文章が心地いいのでしょうが、私は「読める」んです。ほかの批評家の文章は読めないんです。心地いい、心地よくない以前に、生理が何か受けつけないみたいなところがあるんだけれど、小林秀雄だけは読めるんです。

茂木　私が感じていることも、橋本さんと近いことかもしれないです。生理的に合うか、合わないか、っていうこと。無意識のリズムのようなものですが、案外大きなことのような気がするんですよ。

橋本　すごく大きいですよ。

茂木　その違いは単に論理的な整合性を突き詰めるかどうかとか、そういうこととは違った……。

橋本　全然違います。それで言うんだったら、矛盾だらけの小林秀雄のほうがまだしもずーっと論理的整合性を突き詰めようとしているし、論理的整合性がピタッと合ったときに、論理じゃない、別の何かが生まれるんだ、ということは信じている人だと思う。でも、ほかの人はただ論理でなぞっているだけ。

茂木　小林秀雄は、私自身のライフワークである「心脳問題」についても、考察しています。その中で、近代科学における「統計的真理」の扱い方などを批判している。その言及が、まことにツボを得ている。つまり、根本においては西洋合理主義を理解し、受け入れている人なんですね。

橋本　受け入れているというか、それで育っちゃったから、それ以外の考え方ができなくて、そこから逃げるのか、逃げないのか、というところで、ものすごくうろつき回っているというか、もがき回っている人だと私は思います。

＊黒澤明（くろさわあきら）　明治四三年（一九一〇）東京、大井生まれ。平成一〇年（一九九八）九月六日没。世界的に名の知られた巨匠といえる映画監督。二六歳で、Ｐ・Ｃ・Ｌ映画製作所（現在の東宝）入社。一九四三年、『姿三四郎』で初監督。以後、『野良犬』（四九）、『生きる』（五二）、『用心棒』（六一）、『デルス・ウザーラ』（七五）、『影武者』（八〇）等々、多数の作品を発表、全世界の映画人に影響を与えた。

＊小津安二郎（おづやすじろう）　明治三六年（一九〇三）東京、深川生まれ。昭和三八年（一九六三）没。日本を代表する映画監督。一九二三年松竹キネマへ入社。二七年、『懺悔の刃』で初監督。『大学は出たけれど』（二九）、『浮草物語』（三四）、『東京物語』（五三）、『彼岸花』（五八）、『秋刀魚の味』（六二）等。低いカメラアングルからの撮影法でよく知られ、世界的に大きな影響を与えた。

知識人の宿命

茂木　橋本さんにとって今回の本を書くことは、小林秀雄と本居宣長の二人に案内されながら、日本文学の源流にまで遡っていく旅でもあったんじゃないですか。

橋本　うん。私は日本文学の研究者みたいな外国から来た人とたまーに会うんですけど、楽ですよ。近代という境目をあの人たちは持っていないから。自分が関心を持ったのでいくと、『源氏物語』、泉鏡花がいて、夏目漱石がいて、っていうのはわりと当たり前なんですよね。日本の場合、『源氏物語』という大きなものがあって、それでそれを論じなきゃいけないという障害みたいなのがあるけど、何かで『源氏物語』に関する知識は持っているんだろうけど、ほんとに全部読んだ？　という人はもうゴマンといるし、そこに本居宣長の「もののあはれ論」がどうたらこうたらって言われて、いい加減だの、ちゃんとしているだのって言われたら、言われる本居宣長がかわいそうだろうに、っていうふうに私は思いますね。

茂木　その「もののあはれ論」がどうのこうのっていう言い方自体が近世と断絶した近代の物言いというか……。

橋本　そう。全くそうだと思いますね。

茂木　だということですね。

橋本　うん。映画を観ないで映画の解説だけで何かモノを言っているような……。

茂木　そうすると、小林秀雄の『本居宣長』はどうなるんですか。

橋本　俺、それが分からないんですよ。いや、分かるのは、小林秀雄は『源氏物語』に関心ないんだろう、『古事記』も関心ないんだろう、ただ、本居宣長に関心があるんだろうっていう、そういうことだと思う。

茂木　小林秀雄という人は、ランボー*から始まったわけですね。一種、西洋人が外からの目で日本を見ているようなところがあるんですかね、視点のあり方として。

橋本　というよりも、感じることのお手本として本居宣長をわがものにしたかった、というふうに私は思いますけどね。つまり、それこそ宣長が対峙した『源氏物語』とか、『古事記』っていうのは壮大な物語の世界でもあるわけじゃないですか。それをどう扱うかといったら、その当時の日本の歴史的背景から始まって、面倒臭い話がいくらでもあるわけでしょう。でも、一般的に『古事記』というのはこんなものだ、『源氏物語』はこんなものだと思われている、ということだけは小林秀雄は知っている。知っていて、本居宣長を読むと、全然違う解釈があるから、こっちなんじゃないか、という。だから、小林秀雄が『源氏物語』を読んだかどうかっていうことさえ、実はあんまり意味がなくて、あんなふうに本居宣長の『源氏物語』論を論じている人は、実は『源氏物語』そのものに何の興味もないんだろうなと思う。だから、『本居宣長』を読んでいて、『源氏物語』の何たるかがさっぱり浮かび上がってこないし、それでいけば、本居宣長が何で『源氏物語』を好きにならなきゃいけないのか、というのが分からないんですよ。小林秀雄の書く『本居宣長』の中に登場する本居宣長は全然日常的な人であって、そうしたら、宣長の好きな『源氏物語』は禁断の恋物語ではなく日常と地続きであらねばならないという、とんでもない話になるじゃないですか。

さらにいえば、小林秀雄は私の分からない西洋論理の言葉で固められているから分かりにくいんです。本居宣長のほうがすんなり分かる。だから本の中で、本居宣長は退屈な人だ、退屈な人だと言ってしまったのは、分かりすぎるんです、私にとっては。でも、小林秀雄は分からない。つまり、それは難解な複雑な謎があるから分からないというのではなくて、私の知らない言語で固められているから分からないということですね。本居宣長の言葉は吟味していくと、ああ、こういうことなのか、っていうのって分かるんですよ。でも、小林秀雄の言葉は、この用語は何を意味するの？　これは何を意味するの？　っていうのが一々私の「分からない回路」に引っかかってくるから、ずーっと読んでいて、三行ぐらいたって、「ああ、こういうことを言っているわけか。だとすると、あの言語はこういう意味なのか」っていうふうにやっていかなきゃいけない。小林秀雄のほうが、外国語を読んでいるような感じがするんです。ある意味で近代の日本語が、外国語の翻訳なのかもしれないしね。

茂木　なるほど。近代の日本語全体が例えばクレオール的なものだとしても、そこには必ず日本の近世から受け継いだ何ものかがあるわけですね。受け継がれ、実は自分たちの血肉にもなっているはずの日本の文化を、知らず知らずのうちに「エキゾティズム」という視点から近代の知識人は見てしまう。歌舞伎とか、能とか、ああいう古典芸能を褒めるときにも何かちょっと褒め方が変でね。

小林の〈美しい「花」がある、「花」の美しさという様なものはない〉というあまりに有名な一文があります。この場合の「花」は、植物の花のことではなく、世阿弥*が『花伝書』*の中で述べた、能の舞における美の究極的な姿のことです。戦時中の鬱屈した気分のなか能楽堂を訪れた小林は、『当麻』という演目の中将姫の舞を見て感動し、この一文が生まれた。*

でもその感性の回路って、日本の古典芸能を観に来た外国人のものに近いところがある。橋本さんもそうお書きになっているでしょう。

橋本　私は「アメリカ人の子供」の感覚をもちながら、最初に歌舞伎を観た世代ですからねえ、小林秀雄が受けた衝撃はすごくよく分かるんですよ。ただ、俺と小林秀雄のたった一つの違いは、小林秀雄は自分が「美」の前に敗北したということに関して、何であんなにこだわるんだろう？　と思ってね。俺は負けてしまったら、「うわ〜、すごい」で、そのまま追っかけになるだけですよね。だから、「ああ、この人はこんなすごいものがこの世に存在しないと思っていたんだ」と小林秀雄を思うし、それが現実に存在しているということを見て、自分の認識が引っ繰り返されるようなショックを受けたんだろう、というふうにしか考えません。

茂木　それはきっと橋本さんの中に、「上田秋成はとてもイヤなやつだ」とキッパリ言い切ってしまえるような強さがあるからですよ。小林秀雄は言えないんですよ、きっと。

橋本　そうなんです。

茂木　そこには、明治以降の日本の知識人としての背負っている何やら重いものがある。やっぱりとても厄介ですよね、近代から現代にかけての日本の知識人の立ち位置というのは。『当麻』が象徴するものの向こうにはとてつもない巨大なものがあるからこそ、大きな衝撃を受ける。しかし、その時に、完全に向こう側に負けてしまうと、明治以降の知識人が拠り立っているいろんな基盤が崩れていってしまうというか、崩れちゃいますね。

橋本　だと思うんです。でも、その崩れたところからあの人は始めていったというところはとっても素敵でしたね。だから、それを読んだ後で『無常といふ事』を読んで、あの人が比叡の坂下で「音楽が聴こえない」と言っているのはもう何かリアルに分かりましたね。ああ、聴こえないだろうなあっていうか、聴こえないというよりも、逆にあの比叡の坂下を包む緑の静けさみたいなのがずーっと蘇ってきてね。そういうことを書いてくれると、これ、美しい文章になるのになあ、と勝手なことを思いましたね。

＊泉鏡花（いずみきょうか）　明治六年（一八七三）石川県金沢市生まれ。昭和一四年（一九三九）没。小説家。尾崎紅葉に師事、当初は観念小説と呼ばれる作品だったが、のちにロマンチックな怪奇幻想的作風で新境地を開く。代表作に『高野聖』（一九〇〇）『婦系図』（〇七）等があり、『夜叉ヶ池（やしゃがいけ）』（一三）等の戯曲もある。

＊ランボー　アルチュール・ランボー。一八五四年フランス、アルデンヌ生まれ。九一年没。象徴派詩人。詩人ヴェルレーヌに出会い、放浪をともにする。詩集『地獄の季節』『イリュミナシオン』等で早熟の天才ぶりを示すが、七五年に詩作をやめる。その後は旅行家、交易商人となり、三七歳で世を去る。

＊世阿弥（ぜあみ）　正平一八年（一三六三）頃生まれ。嘉吉三年（一四四三）頃没。室町時代の能役者・能作者。大和猿楽観世座の観阿弥清次の子。足利義満庇護の下、父親の芸風に田楽、猿楽の長所、幽玄美を加え、能楽を大成。『花伝書』を始め、能楽書二三部が伝わっている。作品は『井筒』等。

＊『花伝書』　室町時代中期、世阿弥元清による能楽書。一四〇〇〜〇二年頃完成したといわ

れる。正式名称は、『風姿花伝』。亡父観阿弥の考え方に世阿弥自身の思索的体験を交えてつくられた能研究の源。我が国の代表的な芸術論の一つでもある。
＊「当麻」　小林秀雄、一九四二年作のエッセイ（『文學界』四月号掲載）。世阿弥の芸術論を基に、彼自身の芸術観を綴る。

宣長の「漢意」とは

橋本　さっきの『当麻』の話にちょっと関係するんですけど、私、歌舞伎では、（中村）歌右衛門＊ばっかり観てて、それが自分の中では役者の「上手さ」の基準になってるんですよ。どこが上手さをもたらしているかはよくわからないけれど、少なくとも歌右衛門と比べると、「下手」な役者はわかる。すごいものを見せられると、「やっぱりすごい」なんですよ。で、このすごいものを観てしまった、命懸けでこんなすごいものを見せてくれる人に対して、ただ、観ているだけの自分でいいのか？　という、何かもういともやもやこしいことを考えて、だから、俺、作家みたいになって、どんなしんどいことがあっても、何かフッと歌右衛門の裾さばきみたいなのを思い出して、あんなすごいことをやっている人がいて、それを観ちゃったんだから、ここで引けないよな、みたいな、そういうふうになりましたけどね。

茂木　僕も、歌舞伎を見ていると、いいとか、悪いとかって言い切っちゃうのって意外と大事なことのような気がしてきます。つまり、「人本主義」のようなものかな。近代は、人から離れたところに「普遍」を立てる。すごい名人だとか、そういう個々の事象を信じて、それに寄りかかっていくっていうことを近代の知識人はしないんだと思うんです。だから、例えば小林さんにしても、能を観てすごい経験をしても、必ずそれを何か今までの自分の世界観とか、そっちのほうに引き寄せていって、そこの中に何とかうまく着地させないといけないと思ってしまう。

橋本　だから、「当麻」は着地できなかったんだと思いますよ（笑）。

茂木　すごいものがあるんだっていうところで留めておくことができなかったんでしょうね。

橋本　すごいものがあるって分かるのは、もうとってもすごいと思う。茂木さんの『クオリア降臨』の中で、《ゲルニカ》*のポスターが貼ってあるのを見て、「僕はこういう政治的な絵はキライだな」と言った訳知り顔の男がでてくるでしょう。俺はあの人間、すごく分かるんですよ。昔、あんなのいたな、みたいなので。あの人は政治的な絵が嫌いだと言っているけど、あの人は「美しい」が分からないんです。《ゲルニカ》がすごいのは美しいからですよ、政治的もへったくれもなくって。で、政治的と言ってしまえば、《ゲルニカ》の持っている恐ろしい美しさが分からない自分をそのままクリアできるじゃないですか。

茂木　宣長は『日本書紀』*と『古事記』を比べて、『日本書紀』の文体というか、書きぶりが気に食わなかった。「あれは漢意《からごころ》である」とか言って。これって、今の《ゲルニカ》の話と同じで、下手に解釈すればイデオロギーによる美の拒絶になってしまいますよね。むしろ、宣長は単純に『古事記』の方が好きだったんだと考えた方が良い。

橋本　本居宣長は気に入らなさを「漢意だ」というふうに表現した、と小林秀雄は拾っていて、本居宣長が気に入らないと言ったことだけは確かだろうけど、何がどう気に入らなかったかはよく分からないぞ、というのが本当のところじゃないでしょうか。

茂木　宣長に即して見ればそうでしょうね。にもかかわらず後世の国学者たちは、『古事記』は日本人の独自の文字体系である万葉仮名で書かれたものであるから素晴らしい、とか色々理屈をつけてしまい、宣長が感じていた感覚のようなものを見ようとはしてこなかった。

橋本　そう。だから、俺はある時期から、みんな『古事記』ばっかり持ち上げるけど、『日本書紀』のよさって何だろうか？　と考えるようになったんですよ。

＊六代目中村歌右衛門（ろくだいめなかむらうたえもん）大正六年（一九一七）、明治の名優五代目中村歌右衛門の家に生まれる。平成一三年（二〇〇一）没。昭和を代表する女形。幼少時に、足を患い、左足は不自由だったが、それを感じさせない美しさがあった。当たり役は非常に多く、『京鹿子娘道成寺』の白拍子花子、『本朝廿四孝・十種香』の八重垣姫、『東海道四谷怪談』のお岩、『妹背山婦女庭訓（妹背山）』の定高、お三輪、『仮名手本忠臣蔵・九段目』の戸無瀬などが上げられる。

＊《ゲルニカ》スペイン内戦時の一九三七年四月、スペイン、バスク自治州の街ゲルニカが、ドイツ軍の大空襲に曝される。それを知ったピカソがパリ万博スペイン館の壁画として、同年六月に急遽完成させた。戦争の悲惨さを描いているが、モノクロームであるため、かえって血の赤さを感じるというピカソの代表作。

＊『日本書紀』神代以来、持統天皇に至る、奈良時代の漢文史書。七二〇年、舎人親王が完成。神話・伝承を中心に収録。

ダーウィンと等伯

茂木　科学者として生きてきた僕が、数値には還元できない「クオリア」という概念を提唱するようになったのは、そこに感受性を封殺してしまうような近代の大きな落とし穴があると思ったからです。科学主義も下手をすると簡単に普遍項を立てちゃって、それで安心しちゃうという方向に行く。そのアンチテーゼの戦略を考える上で、最近の僕にとって希望の星になっているのが、チャールズ・ダーウィン*なんです。彼は生物の多様性ということの背後に進化論という普遍的な法則を何とか見ようと格闘したけれど、出発点は一つひとつの、とても奇妙な生物たちの個別の生だった。

ダーウィンの子供が、大人っていうのはみんなずっとフジツボを眺めているものだと思っていて、友達に「君のお父さんはいつフジツボをやるんだい？」と聞いたとかいう非常に素敵なエピソードがあるんです。壮年期をフジツボを眺めて過ごし、晩年はミミズもやった。あの人は恐らくミミズがのたくるのを見ながらいろいろ考えたと思うんですよ、ミミズという個別の生について。そういう形で個別のものと向き合うっていうことはなかなかしんどいはずですが、きちんとやっているところが素敵です。一方で、それを進化論という非常に普通的な原理にギリギリのところで結ぼうとしたのがやっぱりダーウィンの偉いところです。『種の起源』*を書いて、あんなに功成り名を遂げた大知識人がミミズを延々と見ているところは生き方として実に見習うべきところがある。
橋本　好きなんでしょう?
茂木　ええ、好きなんですよ（笑）、ミミズを見るのが。でも、そこのバランスが、個別から離れた「普通」にからめとられて、下手すると失われちゃうんですね。
橋本　だって、ダーウィンを見る人は『種の起源』を書くダーウィンのようなすごいものになりたいという欲望はあるけど、ダーウィン自身がその欲望を持っているかどうか分からない。やっているうちに『種の起源』というのが一個できて、これ、やらなきゃいけないと思ったけど、でも、よく考えたら、自分はミミズを見ているのが好きだ、ということかもしれないわけですね。
好きなものの前で立ち止まっているということで言うと、茂木さんの本の中で（長谷川）等伯の《松林図屏風》*の前に二時間立ちすくんでいたという話が出てくるじゃないですか。私はもっと危くて、自分の手で直接触りたくなるんですよ。
紙の上に筆の刷毛がこう踊っていて、明らかに松林の松の絵の一部なんだけども、筆遣いしか見えず、そうすると、そこに今さっきまで等伯がいて、絵を描いて、「うめえだろう」と言って去っていったという痕跡みたいなのが見えて、それはどう感じるかじゃなくて、もう触りたい。ほんとにうまいから。ほんとにうまいし、気持ちいいんですよ、あの筆遣いが。で、薄墨と濃い墨のバリエーションも含めてね、ほんとに触りたいの。触りたいと思ったのは、もう一個、光悦の《不二山》という茶碗を見たときでね、ガラスの中に入って、薄暗くて、こうやってみんな見ようとしているでしょう。こんなものじーっと見るもんじゃないや、と思った瞬間、その茶碗が「自分の手の中にある」っていう感じがあって、これ、触り心地が絶対いいはずって、触ってもいないんだけど思う。感じるって、そういうことじゃないですか――としか私は思わないです。ただ、そういう集中力を高める見方っていうのはしんどいから、面倒臭くなって、もうやめちゃったというのがあるから、もう一遍、等伯の絵を見て触りたいと思うかどうかは分からないですけどね。

茂木　「美」に向き合うのはすごいエネルギーがいりますからね。それに耐えられなくて、『源氏物語』というのはこういうもんだというイメージだけで満足しちゃう人が……。

橋本　いるし、時間かかりますもん。俺が『窯変源氏物語』の一巻ぐらいを出したときに東京新聞の匿名批評「大波小波」で、「評判になっているから読んでみたら、なんだ、ハーレクイン*じゃないか」というのがあって、『源氏物語』がハーレクインだという常識をこの人は持っていないのか、と思った（笑）。「もののあはれ」なんだから、ハーレクインじゃないと思っているらしい。つまり、ハーレクインで商品化されたものっていうのは、書き手と送り手と読者の欲望が透けて見えるから品がないというだけの話であって、『源氏物語』はハーレクインだけど、何でこんなものを書いたの？　という作者自身の欲望が全く見えないというところがすごいというので、違いはそれだけですよね。

茂木　僕、今、フッと気づいたことがあって、やっぱりいま橋本さんが語られる言葉って職人の言葉というかね、乾いた、すごく機能的な言葉なんですね。そういう場所から逃げてしまうところがずるいんだね、日本の知識人は。要するに学問についてもそういう語り方をしなくちゃいけないんですよ、ほんとはね。例えば現代哲学でも何でもいいんだけど、そういう語り方で現代哲学を語れると、もっといい仕事ができるんだろうけど……。

橋本　そういう言葉では語れないのが現代哲学かもしれない。

茂木　さっき言った「上田秋成はイヤなやつだ」という言葉が、やっぱり橋本さんの表現者としてのすごさの本質を表しているような感じがします。

橋本　文章を読んでてて、それこそ水道の捌け口のところに水垢がたまっているみたいな汚らしさってあるじゃないですか。あれ、タワシをかけるときれいになるじゃないですか。イヤな人だなと思う人の文章って、なんかね、そういう汚れがついている感じがするんですよ。で、いきなりイヤな人だっていうんじゃなくて、何だろう？　この変な感じは、とやっていくと、ああ、これはヤな人だよなあ、っていう。私、江戸の歌舞伎から入ったじゃないですか。江戸の歌舞伎って、洗練された悪口の表現に事欠かないんですよ。それでいくとね、上田秋成の言い方って、ナマなんですよ。だから、これは悪口じゃなくて、ある意味で近代批評の原点みたいな物言いだというのがあった。秋成のいた時代は近代じゃないじゃないですか。そうすると、ほかにもっと洗練された悪口とか、モノを言うんだったら、もうちょっとかわして側面から、とかっていうのがあるところをいきなりズバッと言っちゃう。その感じは、当時は珍重されたかもしれないし、自分でも何か癇癪持ちだっていうような号をつける人だから、それはそれでいいんだろうけれども、俺はやっぱりその「色」というものを捨てることはできないですね。だって、やっぱりイヤな人だと思うもん。イヤな人だから聞かないというんじゃなくて、その人の言うことに耳を傾ける余地はあるけど、でも、やっぱりイヤな人なんだから、どこかで割り引かなきゃ、というのはありますよね。だから、上田秋成は合理性で宣長に向かっていったというのがあって、それからいけば宣長の言っていることはいろいろ削って斟酌しなくちゃいけない、というのはあるけれど、逆に宣長の立場からすれば、秋成はイヤな人ですよ。宣長に向かって、「伊勢の田舎者が」という言い方はないだろうと。それは、合理主義者の言うことではないですよ。

茂木 本居宣長は、『古事記』に書かれていることはすべて真実だと言いました。脳科学の立場からは、プラトン*的世界とか言われるように、概念の構築物がリアリティーを持ってもいいという議論はあるんです。だから、自然史としてというか、現実に起こった歴史として検証するということとは別のリアリティーを持って『古事記』を読んでもいい。そういうことはもちろん言えるんですけど、でも、そういうことは恐らく多くの人もすでに指摘していて、そのような「普遍性」という神輿を担いだ文脈の中で論争するんじゃなくて、「上田秋成はイヤなやつだ」と言った瞬間に、何か大上段に構えた真面目な議論がすべて弱体化するというか、無力化するというのはすごく爽快でいい(笑)。

橋本　ハッハッハ。だって、本居宣長になって上田秋成に反論するんだったら、もっと簡単なのがあって、「なんて野暮なことを言うの？　私が本当だと信じていることを本当だと思わせてくれたっていいじゃないか。『そうあらねばならない』って全国に広めて、触れて回っているわけではなし」っていう。それぞれの人間が内的真実を持っていて、そのことを否定されたら人間生きていけないだろう、みたいなことです。

茂木　そうですね。例えば自分のお母さんがどんなにしわくちゃなババアでも好きっていうのはあるからね。それと同じことだと思えばいいわけですね。宣長の『古事記』に書かれていることは真実だというのは、自分にとっては真実だという。

橋本　だから、大フィクションと大ファクトの間《はざま》を行き来する、ある種の軽業《かるわざ》的な論理だと私は思いますよ。

＊チャールズ・ダーウィン　一八〇九年イギリス、シュロップシャー州生まれ。八二年没。自然科学者。現代進化生物学の基となる自然選択説（自然淘汰説）をとなえる。すべて生物は祖先を共有、長い時間を費やしながら進化してきたと説く。著書に『種の起源』『ビーグル号航海記』等がある。

＊『種の起源』　一八五九年出版。人間はサルから進化したという進化論に、「神の子」という概念のキリスト教世界では、大きな反響・反論が巻き起こった。ダーウィンはミミズに関して四十年にわたり研究しており、遺作が「ミミズと土」である。

＊長谷川等伯（はせがわとうはく）　天文八年（一五三九）能登生まれ。慶長一五年（一六一〇）没。安土桃山時代の画家。長谷川派始祖となる。狩野派を学び、雪舟、牧渓（もっけい）に傾倒。古典的な水墨画復興を成し、金碧障壁画などに傑作を残す。『等伯画説』は最も古い画論書と言われる。《松林図屏風》は国立博物館でみることができる。

＊ハーレクイン　一九四九年創立のトロントに本社を置く出版社が、英国女流作家の恋愛小

説群に目をつけ、六四年からは、恋愛小説専門の出版社となった。女性向け官能恋愛小説ブームの火付け役として世界的に知られる。

＊プラトン　紀元前四二七年生まれ、紀元前三四七年没。古代ギリシア哲学の重鎮。紀元前三八七年、アテナイ郊外に学園アカデメイア設立。「現実界」とその基となる完全で真実の世界「イデア界」に、全世界を二分化してとらえる『イデア論』を説く。

『本居宣長の恵み』

茂木　僕、この本で一番すごいと思ったことは、宣長にとって桜というのは密かな愛人である、と橋本さんが言いきっちゃうところですよ。いや、ああいう読み方が大事なんじゃないですか。だから、僕、橋本さんにぜひそういう仕事を続けていただきたい。ご本人にとっては大変でしょうが。

橋本　どういう仕事？

茂木　小林秀雄の次は『本居宣長の恵み』というか。

橋本　ああ。だから、さっきの「あっち」というのはそれなんですよ。

茂木　あっ、それをやるんですか？

橋本　もうやるしかないと思う。

茂木　（手を叩いて）やったーっ！　それって、もう公になっているんでしたっけ？

橋本　まだなっていないです。うっかり言うと、なんかしんどいものがあるから、細々と……。

茂木　いや、でもそれはとても大事な仕事ですね。だって、本居宣長は日本のいろんな精神的な制度化されたものの中に息づいているわけでしょう。

橋本　すごーく生きてる。でも、本居宣長のサインは全部抹消されているんですよね。他人が勝手に引用しているみたいなもんだから。

茂木　あまりにも私たちの血肉になり、無意識化されているので気付かないことを掘り起こすような作業ですね。

橋本　でも、それ、本居宣長だけじゃないんですよ。本居宣長をやると日本史の初めからになるから、面倒臭いから全部ひっくるめてやるしかないな、みたいな。近世と近代のギャップみたいなのを言うじゃないですか。それ、簡単なんですけど、そこで一つ誤解されるのは、近世って、実は近世じゃないんですよね。前近代の人たちにとって、あの時代は完成されてしまった一つの近代なんですね。だから、三百年も平和が続いた。あの時代に色んな常識が定着しちゃってるから、近代は江戸時代に出来上がった常識を無意識のうちに引き受けちゃっている部分があるんですよね。これからの日本がポストモダンを経由してもう一度近代に向かうんだったら、近世の前に遡って、もう一遍、近世を経過して、新しい近代を発見する、という面倒臭い作業をやらなきゃいけないんですよ。でも、そんな面倒臭いことを誰もやらないから、結局、本居宣長を読んでいて、「あっち」というのは、どうもそっちだぞー、みたいなねえ。だから、中江藤樹*から始まって、昔、『本居宣長』*を読んだときは面倒臭いなあというのがあったんだけど、また読んでいるうちに「何かやらなきゃいけないんだろうな、きっとな」、みたいなことが文章の向こうから伝わってくるというか、自分の中に生まれてきちゃうんですよ。やっぱりそういうことをさせてくれる人って、小林秀雄のほかにあんまりいない。ストレートに「これからは何かを検討されねばならないだろう」みたいなことはほかの人も言うんだけれども、体の中から沸き上がってくるように「そっちなんじゃないの?」みたいなことをつくり上げてくれる人っていうのはいなくて、近代の中にそういう人がいたということは、やっぱり近代を再検討する上でもとっても重要なことなんだと私は思いますけどね。

茂木　そういう意味で言うと、小林秀雄が「あっち」と言って、そっちのほうにもし橋本さんが行かれたら、それは最大の「小林秀雄の恵み」ですよね。

橋本　『小林秀雄の恵み』というタイトル自体が、そういう意味で全く個人的なんですよね。

茂木　それは橋本さんだけじゃなくて、我々にとってもすごい恵みだなあ。ぜひ読みたいですね。でも、大変なんじゃないですか、資料の読み込みだけ考えても。

橋本　大変ですよ。俺、ずーっと本が読めないと思っていたんだけど、もしかしたら読めるかもしれないと、去年にチラッと思った（笑）。宣長は桜を愛人にしていたというのって、昔はね、宣長は桜になりたかった、というふうに思っていたんですよ。でもなにかが違う。微妙に違う。で、あっ、桜と暮らしたい、桜は愛人なんだと思ってしまったら、彼にスキャンダルがなくても当然であるし、桜との愛情関係が彼の中ではちょっといかがわしいようなものだから、秘密にしなきゃいけないようなものである、ということも何か全部分かったし、小林秀雄はそういう考え方をしていたのか、していなかったのか、というと、してはいないんだろうなあ、と思うんですね。でも、「そうじゃないですか？」と言ったときに、もしかしたら小林秀雄は「そうかもしれない」と言ってくれるかもしれないな、という。

茂木　その感じ、すごくよくわかります。

橋本　ある意味では矛盾を恐れないから矛盾だらけっていうところってあるじゃないですか、小林秀雄って。でも、その矛盾を恐れないことのほうが重要だと思う。だって、論理的な整合性でつかまえられない真実ってあるわけですもん。じゃ、何で桜と一緒に死んでまで暮らしたいなどということが起るんだ？　それは論理的に破綻しているじゃないか、と言われたって、「だって、当人がそう言っているんだから、しょうがないじゃない」「当人が言っているという証拠がどこにある？」と言われりゃ、「だって、あのあり方からすりゃ、全部そうじゃろう」っていうのがあって、そこらへんは全部仮構のシミュレーションでも構わないと思っていたんですけど。

今回連載が終わってから、伊勢へ行って、宣長のお墓へ行ったんです。するとそこからは、伊勢の海が見渡せる。

茂木　小林秀雄も、橋本さんと同じ行動をとったのに、墓から海が見えることはほとんど書いていませんね。

橋本　あのランボーの海を、ってやった人が何で伊勢の海を見て、「ああ、海がある」と思わなかったかなあ？　というのが、それが何か私の感じた小林秀雄の中にある最大の寂しさですね。感じてくれてもよかったのに。

茂木　やっぱりそれだけ宣長というものを大文字の偉人として構想していて、精神を解放する海という生理的感覚から離れたところで捉えちゃっているんじゃないですか。

橋本　うん、そうだと思うし、やっぱり宣長を解明するのは自分の方法ではダメかもしれないな、ということを半分知りながらやっていると思いますよ。だって、言葉に対して敏感じゃなかったら、あんなことはやれないわけで、宣長の仕事を解明するんだったら宣長的な言語でなくちゃいけないわけだけれども、小林秀雄の文章って、ある意味で漢意に汚染されている部分がかなりあるじゃないですか。そのことがイヤだから、講演になってくると、江戸弁がストレートにスポーン！ と出てくるというようなものがあってね。

＊中江藤樹（なかえとうじゅ）慶長一三年（一六〇八）近江（現滋賀県）生まれ。慶安元年（一六四八）没。江戸時代初期の儒学者。通称与右衛門。日本陽明学の祖。模範的な人格者として、近江聖人と呼ばれる。初め朱子学を奉じるも、三七歳の時、王陽明の学に転ず。『翁問答』等を著す。

＊『本居宣長』一九七七年一〇月、新潮社刊。八二年四月、『本居宣長補記』新潮社刊。六五年六月から七六年一二月まで『新潮』に連載し、八〇年に補記を同じく『新潮』に連載し、単行本化。のち新潮文庫。

小林秀雄は仏様である

茂木　今おっしゃった「漢意」というのは、小林秀雄にとっては、「西洋近代」ということですね。
橋本　そうです。それでいくんだったら、(宣長に)届かないな、届かないな、届かないなあ、みたいな……。
茂木　私は戦慄しました。宣長が江戸時代に漢意と言って、ああいうふうに排斥しようとしましたよね。あれと同じ意味で、西洋近代の知性をイヤだなあと思う感覚って、まだないですね、日本の知識人の中には。
橋本　ないんでしょうね、きっと。
茂木　でも、橋本さんなんか意外と……。
橋本　全然そうですよ。分んないから、漢意って言って退けられるなら楽だなあと思って。でも、それだけだと、漢意を必要とする人間の実際性に合わないから、もうちょっと考えなきゃいけないなあと思って、近代に目を向けているみたいなものですね。
茂木　ぼくはそこまでの勇気はないなあ。
橋本　だって、それは茂木さん、学者だもん。俺、学者じゃないから。

茂木　サイエンスをやっていると、もう汚染されちゃっているというか、芯がすっかり西洋合理主義になっちゃっているから。

橋本　小林秀雄自身、誰も分かってくれないんだったら、どこかそこらへんの横町の隅でやるからいいっていう内心があったと思うんですよ。それが講演の江戸弁にあらわれるわけでしょ。でもそれとは裏腹に、（生きていた当時の）世間からは、歌舞伎座の檜舞台の上に上がった名役者のように眺められていた。一挙手一投足、「あの型は先代の」と言われ、「あんな型は見たことない」と言われ、「見事だ」と言われ、「いやいや邪道だ」と言われっていう、やたらと脚光を浴びながらやらなきゃいけないし。しかも、批評には歌舞伎みたいに伝統的なスタイルがあるわけじゃないから、即興でその場でつくっていかなきゃいけない。そういう近代の悲しさってあるから、相当辛かっただろうとは思いますけどね。だから、あの人の孤高さみたいなものも、「放っておいてくれよ、放っておいてくれよ、俺に必要なものを俺に求めさせてくれよ」っていうようなことだとしか思えない。

茂木　文化勲章もらって、功成り名を遂げた小林秀雄という人が実はラジカルな「危険思想」の持ち主だということは、ほとんど気づかれていなかったんでしょうね。戦時下でも、戦争賛美とも反対ともとれる「塀の上を歩く」ような文章を書いていた、という（本の中での）橋本さんの分析はとても面白かったです。

橋本　そう。だから、俺はあれをやってて、小林秀雄というのはとっても頭がよくて、文章がうまくて、というか、文章をどう書けば、どうなるかがちゃんと分かっている人なんだなあと思った。で、その人が困るんだったら、それは文章の問題じゃなくて、用語の当てはめ方の問題ですよね。だから、近代の人が用語を「この言葉が近いと思うんだけどなあ。これにこれをプラスすると自分の言いたいことはできるんだろうけどなあ」っていうのが、それこそ井上ひさしさんの戯曲『日本人のへそ』*じゃないけど、吃音症の治療というか、そういう感じに微妙に近いですよね。だから、『本居宣長』*の長さっていうわけでもないけれども、本当だったら、もっと流暢に啖呵を切るようにスッスッと進んでいく人が、ここでためらい、あそこでためらい、用心の布石を打って、ということをやっている。『本居宣長』という本が分かりにくいんだったら、たぶんその作者のためらいとか、注意深さのせいなんではないかと私は思います。

茂木　確かに小林秀雄さんのためらいというのは、面白い問題ですね。あの人、歯切れがいいときはすごく歯切れがいいんだけど、ためらうときっていうのは何か尋常じゃないものがあるんですね、そこに。

橋本　私はそれで「当麻」がすごく分かりづらかった。こんなにためらい、ためらい、自分の敗北をきちんと表明するために、自分が敗北したということを明らかにしないようにと、矛盾したことを白状し、隠すために、順序を入れ替えながら、結局、最後、星空というところに持っていく。――それが「無常という事」に続いていく。それを分かって「ああっ。これは俺の頭の悪いせいではない。小林秀雄が一生懸命ためらい、抗い、自分の中にあるものと戦いながら、『うまく言えないっ、うまく言えないっ』ともがいているんだなあ」というふうに解釈していいんだと思って、そしたら、やっと分かりましたね。

茂木　小林さんの最大のためらいって、ベルグソンを扱った『感想』ですもんね。あれだけ長々と迂回して、谷を渡り、山に踏入り、散々苦労して。結局中断のまま自ら封印してしまった。

橋本　そこがやっぱし近代の知識人たる小林秀雄なんでしょうね。俺みたいなド素人だったら、二回ぐらい手を出して、あっ、これは俺の手に負えないって、さっさとやめちゃうけど、小林秀雄は「まだいけるかもしれない、まだいけるかもしれない」と積み上げていって、あるところまで積み上げ切ったら、「自分の積み上げていることに意味はないのかもしれない。これを積み上げるのはベルグソンを解読することではなくて、自分に必要な何かを探す自分の内側の行為なんだろうから、違う方向に行く」っていう、そういう考え方じゃないかと思いますけどね。よく考えたら、戦争中から本居宣長への言及は始まっているわけだから。じゃあ、やっぱり自分の中で一番親しんでいて、なんか、ぽっかり空白に近いような形をしているものにアプローチするべきなのか、っていうことじゃないかと思いますけど。
だから、若い世代の人になると、生きていた頃の小林秀雄は知らなくて、っていう言い訳みたいなところから入るじゃないですか。俺なんか三十五年も生きている時間を共にしていても、生前の人間的なエピソードを何一つ知らなかった。そうなると生きていたけど、存在しないと同じで、存在を求めようとも思わないから、本そのものが小林秀雄なんですよね。本の中にいる小林秀雄が生きて動きだせば、それは十分小林秀雄だろうと私は思いますね。ただ、宣長ではなくドストエフスキーやモーツァルト*や、ゴッホでやるんだとすると、こっちの知識がないから、そんな動かし方もできないし、発見もできないし、やるんだったら、ほかの人、皆さん、おやんなさいよ、おやりになれば、何か自分にとっての恵みも出てくるんじゃないでしょうか、とか思います。
茂木　それがさきほどの「あっち」を指し示してくれる人、というわけですね。
橋本　それだけじゃなくて、「こっちに来い」というところで何か吸い込まれたり、拒絶したりっていうことが起るんで、ああ、小林秀雄は仏なんだな、というふうに思いますよね。「私は仏である、解釈はあなた次第である」っていうような形でね。

＊井上ひさし（いのうえひさし）　一九三四年一一月一六日生まれ。山形県出身の小説家・劇作家。代表作に『ひょっこりひょうたん島』（NHK　六四〜六九）、『ブンとフン』（七〇）、『吉里吉里人』（八一）などがある。

＊『日本人のへそ』　井上ひさしによる戯曲。ストリッパーの人生をとらえたヴァラエティ・ミュージカル喜劇で、テアトル・エコーが熊倉一雄演出で一九六九年初演。一九七七年、須川栄三監督、緑魔子・美輪明宏主演で映画化。

＊ドストエフスキー　フョードル・ミハイロビッチ・ドストエフスキー。一八二一年ロシア、モスクワ生まれ。一八八一年二月九日没。小説家・思想家。ロシア文学界の代表的文豪として知られる。ギリシャ正教の教義に基づいた魂の救済を訴え、幾多の名作を発表。『白痴』『罪と罰』『悪霊』『未成年』『カラマーゾフの兄弟』等を著す。

何故小説を断念したか

茂木　小林さんは最初、小説を書いたじゃないですか。『蛸の自殺』＊とか。小説を書かなくなったのは何が起ったんですかね？　『Xへの手紙』＊も一応小説と言えば小説になるかもしれないんだけど……。

橋本　つまんないと思ったんじゃないですか。

茂木　小説を書くのが？

橋本　自分の書いた小説が。だから、文芸評論家になったんじゃないの。文芸評論家の目がありさえすれば、自分の書いたものがどれくらいかって分かるじゃないですか。「書くということに集中している間は書ける」っていうのはあるけれど、フッと引いてみたら、「つまんないじゃん」と思ってしまったんではないかな。

茂木　小林さんが、小説というものにどのような態度をとっていたかというのは興味深い問題ですね。実際には主な評論の対象というのは小説じゃなくっていくんですよね。

橋本　小林秀雄を文芸評論家にしているのは何なんだ？　といったら、やっぱし日本文壇とか、そういう業界のところのある種の仕組みが文芸評論家の小林秀雄としての肩書きというか、あり方というか、神社のご神体みたいなものなんだろうけど、それが必要なだけであって、小林秀雄はそういう業界に対して、何かいろいろ貢献するということをしてはいたけれども、「俺はそれだけじゃないぞ」っていう、離れるところは両方あるでしょう。

茂木　近代批判を確立したとされ、今でも文芸評論家の代名詞と言われている小林秀雄は実は小説はあまり評論しなかったということは、重大な問題なのではないでしょうか。日本の文芸評論家の中心は空虚であるとさえ言えるかもしれない。

橋本 文芸評論家で作家のあり方に関心はあったかもしれないけど、芥川龍之介*の新作が出たから、どうっていうわけでもないし、谷崎潤一郎*の新作が出たからどうっていうわけでもなく、自分の必要とする作家の何かに関してだけはコメントするけど、他は知らない、の人でしょう。だから、文芸評論家であるよりも何よりも、そこの世界にいる小林秀雄として生きる特権を与えられた人ですよね。特権を与えられるんだから、それぐらいの何か力はあったんだろう、という感じでね。

茂木 職業は「小林秀雄」ということでね、小説を正面から扱う文芸評論家は当時から稀薄というか、弱体化している。その状況って、まだ続いている気がするんですね、現代に。

橋本 ずーっと続いていると思います。批評家ってもともと、小説を批評するんじゃなくて、自分の世界観を述べたいものなんだもの。

茂木 ということは、小林秀雄は近代批評を確立したと言われているけれども、その対象は実は小説の批評じゃないんですね。

橋本 うん。小林秀雄と共に近代批評は消えたんだと私は思いますけどねえ。

茂木 始まったと同時に消えたんですか？

橋本 ただ、職業としてあるから、それを受け継いでやっている人たちはいるだろうけど、俺は文芸評論家というのはよく分からないし、自分が一番なりたいとは思わないものだし。だから、文芸評論家の小林秀雄というよりも、ただ「小林秀雄」と言ったほうが、これから先は役に立つと思いますけど。何者かでもあったかもしれないけど、要するに「小林秀雄」だったんだと。だって、それこそ本居宣長だって医者だとは言わないし、国学者とも言わず、それを言う前に「本居宣長だった」という形で通るわけだから、それで通してほしいですね。そうすると、私も自分の職業・橋本治で済むから楽なんですけどね（笑）。

茂木　いやあ、もう既にそうなっていると思うんですけどねえ（笑）。今日橋本さんのお話を聞いていて思ったけれど、恐らく近代というものの賞味期限は切れているんでしょうね。

それにしても、小林秀雄のことを孤立しているとか、さんざん書いてらっしゃるけれど、いやいや、孤立しているという意味で、そうだと思うんです。

橋本　ハッハハッハ。私は小林秀雄ほど偉い人ではないので……。

茂木　やっぱり、職業は「橋本治」ですよ（笑）。だから、近代の賞味期限が切れちゃってるんですよね。夏目漱石が始めた文芸時評という方法論だって、ひょっとしたらアクチュアリティが失われているし、そもそも文芸評論というジャンル自体が、ひょっとしたらもはや有効性はない。しかし、相変わらず「文学村」の制度は、その上に立っているんですね。橋本さんなんか、そういうところと全く無関係にやっているんじゃないですか、勝手に。
橋本　文学村で生きていく以外に、賃金を得る場って大学の先生になるしかないじゃないですか。そうすると、先生になるには、先生のシステムに合致しなくちゃならない。引き立ててくれる人に逆らったりすると、変な窓際にとばされるみたいなのはあるけど、こっちは、ほら、売文業者で一応職人ですから、風呂敷包みを持って、街角で開いて「こんなのどうですか」とやっている程度のものだから、そういう給料を下さるところとつきあう理由が全くないんですよ。だから大学の先生をやっている人と時々話すと、へェ～ッていう、わりと不思議な感じがしますね。「ああ、でも毎月、お金もらえるんだから、いいよねえ。こっちゼロのときだってあるしさ」っていう……。
茂木　小林秀雄だって明治大学を途中でやめているし、アカデミズムの中でも、文学村の中でも、文学村の中でも実は「いじめられっ子」だったんだと思います。
橋本　だったんですか？
茂木　いじめられっ子って神に一番近い気がするんですね。小林秀雄は、今でもいじめられている。
橋本　う～ん。俺はそこらへんが微妙に全く分かんないねぇ。それって劣等感の裏返し？

みたいな。

茂木　みんなが攻撃したくなる対象って、一番聖なるものに近い気がするんです。別に小林秀雄は神様だという物語をなぞりたいわけじゃないんですよ。「小林秀雄」と聞いて、アカデミッシャンの一部が攻撃衝動を刺激されるのを見ていると、私なぞは「ははあ」と思うわけですよ（笑）。

橋本　たしかに日本のそこらへんの人の中では一番神様に近いところにはいる。

茂木　なぜか知らないけれどもいじめたくなるわけですもんね。橋本さんもいじめられませんか？

橋本　私はもうすごいですよ、それは（笑）。けど、茂木さんだって、けっこう小林秀雄じゃないですか。

茂木　確かに「クオリア」なんて言っているから孤立はしているけど、ただ、僕は科学の中にいるんで、方法論という救いがある。僕自身、むしろ、近代合理主義の恵みを受けると同時にそれに束縛されているのがディレンマです。しつこくて悪いんですけど（笑）、上田秋成はイヤなやつだと言うっていう、それがなかなかできないんですよ。好悪を離れた大文字の「普遍」というやつをどうしても自分の生業の基準にしてしまう。

橋本　それは公の場で言わずに、私の場で言う訓練をするしかないんじゃないですか（笑）。

茂木　私も、親しい人と喋っている時などにはあけすけに言っているんです。ただ、橋本さん、ほら、公の場でもちゃんとこうやって書くでしょう。それが表現者としての橋本さんの一貫した態度のような気がして、とてもさわやかです。個別というものと、普遍というものをどう結ぶか。これこそが、大いなる課題です。そこをうまくつなぐ希望の星がダーウィンなんですよね、僕にとっては。

＊『蛸の自殺』　小林秀雄、一九二二年の作（『跫音』第三輯掲載）。処女作ともいえる私小説的作品で、志賀直哉激賞の話も伝わっている。

＊『Xへの手紙』　小林秀雄、一九三二年発表のエッセイ（『中央公論』九月号掲載）。人生観、芸術論、社会批評等でかたちづくられている。

＊芥川龍之介（あくたがわりゅうのすけ）　一八九二年三月一日東京生まれの小説家。東大英文科在学中、菊池寛、久米正雄等と第三次新思潮を刊行し、短篇の小説を発表。代表作に、『鼻』『羅生門』『蜘蛛の糸』『杜子春』『地獄変』などがある。人生と芸術に懐疑を抱き、一九二七年七月二四日自殺。

＊谷崎潤一郎（たにざきじゅんいちろう）　一八八六年東京生まれの小説家・戯曲家。一九六五年七月三〇日没。耽美的作品で文壇登場後、芸術至上主義・悪魔主義的作風からのち古典的傾向を深めることになる。代表作に、『痴人の愛』『春琴抄』『細雪』等。『源氏物語』の現代語訳もある。

「近代」を学び直すために

茂木　ひとつ伺いたいんですが、橋本さんにとって、アメリカって、どんな存在ですか？

橋本　子供のとき、好きだったんですよ。『七人の侍』を映画で観たのは中学生のときなんですよ。何で観たのかといったら、その、当時テレビでアメリカ製の西部劇がブームで映画に飛び火して『荒野の七人』＊というのがつくられて、テレビで人気があったスティーヴ・マックイーン＊が出ているからっていうので、友達と観に行ったんですよ。で、「カッコいいねぇ」と言ってて、そしたら、「あれのもとの『七人の侍』はもっとカッコいいらしいぜ」っていうふうに友達が言いだして、その結果だから、それまではほとんどアメリカですよね。だって私の叔母は進駐軍のメイドをやっていた人で、三つのときに進駐軍の船が引き揚げるのを横浜まで見送りに行って、っていうのがあって、『フェリーニのアマルコルド』*で、あのでっかい客船がビニールの海に行くところ——町の人がボートに乗って、っていうのを観て、俺、あれを観て、その三つのときに見たような記憶思い出しましたよね。巨大客船が紙テープをザーッと流して、夕闇の中に去っていくっていうのが、自分の中に残っていて、それは何だろう？　と思ってたけど、それが「スペクタクルだから、みんなの胸の中に残るんだ」っていうのは『アマルコルド』で分かりましたけどねぇ。ずーっとディズニー*のアニメやなんかで育っている人だから、ずーっと私はアメリカ人ですよ。

茂木　なるほど。アメリカのことを伺ったのには、理由があります。「近代」ということで、真っ先に想定されるのはヨーロッパで小林さんもアメリカのことはほとんど書いていないんじゃないですか、日本の「近世」からの連続性における「漢意」という視点から見て、アメリカって、ちょっと別物という感じがするんですが、どうなんですか？　アメリカの象徴する文明の方向性というものは？

橋本　アメリカが飽きちゃったのは、アメリカの文化って、ポップじゃん、という。それでもうポップに飽きちゃったからですね。この年頃だとプレスリー*やなんかから来て、高校とか、中学時代にビートルズ*が来て、ブリティッシュ・ロック*という方向に行くんだけど、俺、それが来たときに、アメリカのスタンダード・ジャズ*へ行っちゃったんですよ。

茂木　橋本さん、見切るの早いですね（笑）

橋本　見切るっていうより、自分でつまんなくなっちゃうんです、本当に。その点では自分にとっても正直ですね。で、なんか知らないけど、「こういうの好きそうな気がする」っていう、ためらいの中で一、二年いつつ、ポンとそっちへ行っちゃうみたいな。だから、自分の中にある直感だけが真実みたいなふうになっちゃった。俺、高校の最後のほうは孤立していたからなんですけど、そうなってくると、自分の直感だけでポンポンポンと、とんでもないものを結んでましたよ。スタンダード・ジャズを聴いてて、飽きちゃったから、ワーグナー*へ行って。ワーグナーは一番凄いらしいと聞いていたけど、なんかあんまり面白くなくて、そしたら、都はるみを聴いて、森進一も聴いて、こっちのほうが凄いような気がすると思って、なぜ凄いと思うんだろう？　と考えたら、「義太夫*の太棹《ふとざお》三味線の語り口の後継者がこの人たちだ」みたいな、とんでもないことになっちゃうしね。その頃、フェリーニだの、ヴィスコンティ*だのが凄い時期じゃないですか。デヴィッド・ボウイ*がやってきて、とかっていうのがあるけどそういうものも全部観て、結局、歌右衛門が一番凄い、っていうふうに思っちゃったから（笑）。普通、なぜそんなめちゃくちゃな取り合わせをする？　というふうに思うけど、自分の中で、これは凄いと思う、これは凄いと思う、っていう何か嗅覚で動いていると、そういう残り方しかないんですよ。だから、ほかのものはみんなどうでもいい。

茂木　うーん、橋本さんの原点が少し見えたような気がします(笑)。そのゴッタ煮状態の中から「とめてくれるなおっかさん　背中のいちょうが泣いている」という伝説の駒場際のポスターや、『桃尻娘』が出てきたわけですね。

橋本　人が何かを生み出す脈絡というのは、生み出す直前までの意味があって、生み出された後はもう消えていって、忘れてもいいものだと思うんですよね。だからダーウィンはミミズに行けるんだと思うし、小林秀雄は本居宣長から正宗白鳥*に戻るんだろうと思うし。

茂木　逆に言うと、小林秀雄のそういうところをもっと引き出すと楽しいでしょうね。

橋本　と思う。

茂木　要するに脈絡はないところ。脈絡がないと言えば、あの人ぐらい脈絡がない人はいないですよね。書いている対象に着目すると。

橋本　でも、ほら、小林秀雄が近代批評の祖だということになっているから、あの人の脈絡のなさが一つの体系としてセットできちゃうわけじゃないですか。

茂木　それがもったいないんだなあ。後付で体系化してしまうと、生きている中で実際に脈絡なく飛んでしまう、その凄さが体感できない。

橋本　そうそうそう。

茂木　骨董だって一時期狐が憑いたようにハマるけど、その後は熱が冷めてしまうし。

橋本　飽きるというか、やってても意味のないことだと分かったんじゃないですか、小説を書くのをやめちゃったのと同じようで。

茂木　いや、飽きるっていうのは実は大事な能力なんですよね。脳の動きから見ると。子供って飽きるじゃないですか。

橋本　飽きます。とっても飽きます。

茂木　大変なことですよ、飽きることができるというのは。

橋本　私はもう昔からそうです。というか三〇代ぐらいになって、フッと変な方向にハマりそうになって、「俺、何かを忘れている」と思ったら、それが飽きたという感覚なんですね。作家やってから何年間か忘れていた――みたいな感覚を復活させてから、わりと自分の中で何か正常な機能が動きだしたみたいなね。

他から見れば俺が小林秀雄をやるっていうのは唐突に見えるんだろうけれど、やっぱし新潮社の人に「小林秀雄の連載をやってくれ」と言われた段階で感じたのは、「小林秀雄ってやっぱしまだ生きている人だし、これから先も生きていて、十分意味のある人だと思うんです」という声をどこかで聞いて、これをやるときに、小林秀雄の解説とか何とかではなくて、小林秀雄って、何か生きていて意味のある人なんだよね、ということを世の中に言うということが、俺の使命なんだろうな、と思ったんですね。だから、「私にとって十分生きている人だ」という書き方しかできないんだけれども、それが「あなたにとっても生きている人かもしれない。そういう探し方の入口はあるのかもしれないから、お探しなさいよ」というふうになればいいのかなと思いましたね。

茂木　小林秀雄という人もすでにできあがってしまったただの記号として扱うんじゃなくて、「生きている」現場においてとらえるべきですよね。そうじゃないと「小林秀雄の恵み」を十分に引き出せない。何よりも、つまらない公式的な見解の中に安住してしまうことになる。小林秀雄の脈絡のなさや、近代というものの中にありながらそれと離れたものと出会って衝撃を受ける様は魅力的です。小林秀雄の生き方、表現の烈しさというものの中に、まだまだたくさんの「あっち」があるように予感するのです。

橋本　そうそう。だから、小林秀雄は近代の限界を体現する人であるかもしれないけど、小林秀雄の中には意味のある近代が生きていて、近代というのはやっぱし意味があってしかるべきなんだから、現代がその後にあって、それを間違えちゃったんだったら、その近代やら現代やらの理解の仕方の間違いでしょ、っていう。

＊『荒野の七人』　原題は"The Magnificent Seven"。一九六〇年公開の米映画。ジョン・ス

タージェス監督、ウィリアム・ロバーツ脚本、エルマー・バーンスタイン音楽によるヒット作で、出演はスティーヴ・マックイーン、ユル・ブリンナー、チャールズ・ブロンソン、ジェームス・コバーン、ロバート・ヴォーン等。黒澤明監督の日本映画『七人の侍』の舞台を米国へ移してリメイクされた。

＊スティーヴ・マックイーン　一九三〇年三月二四日、米国インディアナポリス出身のアクション俳優。五六年『傷だらけの栄光』でデビュー、テレビドラマ『拳銃無宿』で脚光を浴びる。代表作に『荒野の七人』『大脱走』『シンシナティ・キッド』『ブリット』『華麗なる賭け』『栄光のル・マン』『タワーリング・インフェルノ』などがある。八〇年一一月七日没。

＊『フェリーニのアマルコルド』　イタリアの奇才映画監督フェデリコ・フェリーニによる、一九七三年作品。「アマルコルド」は「エム・エルコルド」＝「私は覚えている」のなまりといわれ、一九三〇年代、監督自身少年だった頃の一年間の回想録が描かれる。〝魔術師〟の異名を取るにふさわしい夢幻的な映像美に酔う。アカデミー賞の外国語映画賞受賞。

＊ウォルト・ディズニー　一九〇一年一二月五日米シカゴ生まれ。六六年一二月一五日没。

アニメーター、プロデューサー、エンターテイナー、実業家にして映画監督でもある。世界一人気の高いキャラクター「ミッキーマウス」の〝生み〟の親。一九二三年、ザ・ウォルト・ディズニー社設立。五五年、カリフォルニア州アナハイムにディズニーランドを築く。

＊エルヴィス・プレスリー　一九三五年一月八日米ミシシッピ州イースト・トゥペロ生まれのメンフィス育ち。七七年八月一六日没。ロックン・ロールの先駆的シンガーにして、ポピュラー音楽史にその名を深く刻むスーパースターである。「ハウンド・ドッグ」を始め、ゆうに一五〇曲以上のヒットを持つ。映画主演作も多い。

＊ビートルズ　「ヘイ・ジュード」等多数のヒットを持ち、ロック音楽史上最高の影響力を持つ、英国リヴァプール出身の四人組バンド。数年間のライヴ活動後、一九六二年、本格的にレコード・デビュー。それまでのジョン・レノン、ポール・マッカートニー、ジョージ・ハリソンに、リンゴ・スターが加わっている。七〇年解散。解散後も四人全員、個々に音楽活動を続けるが、八〇年一二月八日、レノンが狂信的ファンに撃たれて死亡。二〇〇一年一一月二九日、ハリソンも癌でこの世を去る。

＊ブリティッシュ・ロック　主として、一九六〇年代以降の英国産ロックを指す。米国生まれのリズム・アンド・ブルース／ロックン・ロールの発展型。ビートルズを始め、ローリング・ストーンズ、アニマルズ、キンクス、エリック・クラプトン、スティーヴ・ウインウッド、ザ・フー、レッド・ツェッペリン、ディープ・パープル、ブラック・サバス、ピンク・フロイド、キング・クリムゾン、イエス、デヴィッド・ボウイ等、世界的スターを多数生み、米国勢と共にロック界のリーダーシップをとる。

＊スタンダード・ジャズ　ジャズの定番曲。かつて大勢のミュージシャンにそのライヴおよびレコーディングのレパートリーとして取りあげられ、かつ大勢のファンに親しまれ、広く世に知られる曲のことを言う。「セント・ルイス・ブルース」「スターダスト」「ボディ・アンド・ソウル」「サマータイム」「ラウンド・ミッドナイト」「マイ・ファニー・ヴァレンタイン」等がその例。

＊リヒャルト・ワーグナー　一八一三年五月二二日ドイツ、ライプツィヒ生まれ。八三年二月一三日没。作曲家、指揮者。文筆家の顔も併せ持つ。『タンホイザー』『トリスタンとイゾルデ』『ニーベルングの指環』等、歌劇の名作が数多く、〝歌劇王〟と呼ばれる。しかし、実生活ではわがままで嘘もよくつき、浪費癖があり、借金踏み倒し等も辞さない人格破綻

者でもあった。

＊義太夫　「義太夫節」の略。江戸時代中期元禄の頃、竹本義太夫が始めたとされる浄瑠璃節の一流派。

＊ルキノ・ヴィスコンティ　一九〇六年一一月二日イタリア、ミラノのヴィスコンティ家出身、名門の伯爵にして、人気映画監督であり、舞台演出家の顔も持つ。代表作は、四三年の『郵便配達は二度ベルを鳴らす』を始め、『白夜』『若者のすべて』『山猫』、そして『ベニスに死す』等枚挙にいとまがない。七六年三月一七日、ローマで死す。

＊デヴィッド・ボウイ　一九四七年一月八日英ロンドン生まれのロック・シンガー。いくつかのバンドで活動後、六六年にソロ・デビュー。異星人のスーパースターに扮する七二年のアルバム『ジギー・スターダスト』とその演劇的要素を含むライヴを機に、彼自身も世界的なスーパースターとなる。〔二〇一六年一月一〇日没〕

＊正宗白鳥（まさむねはくちょう）　一八七九年三月三日岡山県生まれ。一九六二年一〇月二八日没。小説家・劇作家・文芸評論家。キリスト教を出発点に、無神論へ至る。一九〇八

年の小説『何処へ』以来、自然主義文学の道を進む。懐疑と信仰に基づいて、平凡な生活を描写し、人間の真実を追究。他に『人間嫌ひ』などで知られる。

（二〇〇八年一月一五日収録／『文學界』二〇〇八年三月号掲載）

紫式部という小説家

三田村雅子

（みたむら・まさこ）国文学者。一九四八年一一月六日東京生まれ。早稲田大学文学部卒。同大学大学院日本文学博士課程修了。『源氏物語』『枕草子』を主な専門とし、王権論などの観点から研究を行ってきた。中古のみならず近世にまで目配りをし、幅広く古典文学を捉えている。二〇〇九年『記憶の中の源氏物語』で蓮如賞を受賞。

橋本　『源氏物語』千年紀というのは、国民的な行事なんですか？

三田村　今や、そうみたいですね。

橋本　三田村さんが新潮で連載なさった「〈記憶〉の中の源氏物語」や、芸術新潮の特集（二〇〇八年二月号）でお書きになったことで、自分が『源氏物語』で嫌だと思ったことは全部纏《まと》まっていました。結局、私は帝国主義的なブルジョア趣味みたいなところが一番嫌だったんですよね。それが全部一つになって今回の千年紀の大騒ぎでしょ。

三田村　それを祝う会みたいなものです。ナショナルアイデンティティとか国民の伝統とかいうレッテルを『源氏物語』に貼り付けている。

橋本　国民のといったって、誰がそんなに読んでいるんだよと。『源氏物語』原典そのものがベストセラーになったなんて、最近じゃ聞かない話でしょ。そんなに関心があるんだったら原典を読めばいいのに。

三田村　『カラマーゾフの兄弟』*の新訳がかなり売れたでしょう。登場人物を同一呼称にかなり統一したのが読みやすくて読者を獲得したんだそうです。人物の呼称を同一にするというのは大胆な発想で、『源氏物語』の登場人物を同一呼称にしたら、それはもう源氏の世界じゃないから、そういう新訳は源氏の場合は無理でしょう。

橋本 訳ではなく原文を読めばいいんです。でも確かに『源氏物語』を読んでいて、誰が誰やら分からなくなることは多いですよね。

三田村 あれは、その人についての呼称が変わることで、その人に対する周囲の態度が変わっていることを示すものだから、一つに決めるわけにはいかない。

橋本 そう。明石の女に「上」をつけないことが、あの人のポジションを示している。普通はみんな「明石の上」と言ってますけど、上がついていない女の生んだ娘が中宮になったことが重要ですからね。

三田村 そう。あえて上をつけなかったところに意図があった。明石は、明石を離れた後もずっと「明石」を呼びつけられるでしょう。むしろ巻を追えば追うほど、「明石」と呼びつけられることが増えている。普通は住む場所が変われば名前が変わるのに、ずっと「明石」ですから、意図的な固執ですね。

橋本 京の人の偏見というものをそっくり踏まえている。そこが紫式部*の偏見なのか、紫式部が生きていた時代の偏見をそのまま使っただけなのかが微妙に分からないんです。

『源氏物語』で一番すごいのは、紫式部の主観というのが見えないとこじゃないですか。「私がどう考えているかは別にして、皆がこう信じているんだからこういきます」と話が進んでいく。あれが一番すごいところだと思う。
三田村　逃げていてずるい？
橋本　いや、逃げているんじゃなくて、超一流の作品というのは、作者の欲望が見えちゃいけないものだと思うんです。だって、自分の欲望を出して書くのは簡単じゃないですか。しかもそれはすぐに途切れてしまいます。あれだけ息の長いものを書くには、自分の真意というものを出したら終わってしまうから、真意ってどこにあるんだろうということで引っ張る、その引っ張り方だと思うんです。
三田村　多分、平安時代は作者と読者の距離がものすごく近いので、お隣の誰々さんの娘さん、はたまたあの家の嫁が書いてるという具合に意識されていたから、自分とすぐに結びつけられるのは困るというのがあったんでしょうね。まずい話になればなるほど、自分ではない語り手の仮面を通して語るでしょう。
橋本　それと紫式部のパーソナリティも関係あると思うんですよ。清少納言*だったらもっとストレートに言っちゃうじゃないですか（笑）。
三田村　清少納言はストレートに行く時も遠回しの時も両方あるけれど。

橋本　平安時代にはストレートな遠回しというのもありますからね。でも紫式部はそうもしない。遠回し、遠回しで、ようやく、ああこういうことかと見えてくる。
三田村　そうですね。両義的というか、ある発言の後に逆の発言があってと複雑です。
橋本　小説家だと思うと、あの人がすごくよく分かるんですよ。そもそも『窯変源氏物語』を始めたのは、作家としての紫式部に関心があったから。小説家という同じ立場で同じ対象を書いたらどうなるかということだった。書いていくうちに作家って成長するんだというのがよく分かった。
三田村　橋本さん自身も成長していく感じでしたか？
橋本　そうです。ただ〈桐壺〉から入って〈若紫〉に来ると困るんですよ。あそこだけが書き手がまだ成長していない。ディテールがぽんぽんと投げ出され過ぎていて小説としてこなれていない。その前まで膨らましていたのが、そこでがくんと質が変わるのをどうしようと思った。他は風景や情景が、ふっと見えるところがあるんです。例えば〈桐壺〉で、娘の桐壺の更衣を亡くしたばかりの大納言の未亡人のところに、靫負《ゆげい》の命婦《みょうぶ》がやってきて、二人で荒れた秋の庭で喋っていると、秋風が感じられ、荒廃した屋敷の気配が漂うところがあるように。
三田村　「野分立ちて、にはかに肌寒き夕暮のほど」ですね。

橋本　でも、〈若紫〉にはそういうところがない。細かい段取り的な話が続くだけ、物語の膨らみに欠ける。だから藤壺との密会シーンがないというのも、実は作家としてまだそれを書ける成熟レベルに至ってなかったからとしか思えない。それで僕は、幼い紫の上を源氏が連れ出すシーンで、木枯らしを強調した（笑）。

三田村　その直前に、風が吹いて怖くて、光源氏が若紫の肌を抱きしめるという場面がありましたけれども。その後もまだ木枯らしが吹いていたと考えるわけですね。

橋本　そういうふうにしないと、情景心理が足りなかったんです。

三田村　先ほどの〈桐壺〉の巻も具体的な自然描写があまりないでしょう？　ご指摘のあの場面だけですよね。

橋本　そうですね。初めから段取りを語ることが、細かく忙しくて、それも一つの技術ですが、一通り終わると「野分立ちて」になる。だからすごく印象的。

三田村　〈若紫〉にはそういう意味では確かに情景はないですね。

橋本　〈夕顔〉から〈末摘花〉だったら、すんなり続くのに。

三田村　〈若紫〉が後に書かれた、先に書かれたという説は国文学の方では様々にあります。〈桐壺〉が後ということもあり得ないことではないですね。

橋本　ただ、〈若紫〉に突然、明石の話が出てくるんですけど、ああいう伏線みたいなものが、どう構想されていたのか、〈若紫〉から書かれるということがあるのかが私にはよく分かりません。

三田村　〈若紫〉は『伊勢物語』*とのパターンの類似が指摘されています。『伊勢物語』にも奈良の春日の里へ行って、鄙《ひな》には稀な美人姉妹を垣間見てという段がある。「春日野の若紫のすり衣しのぶのみだれかぎり知られず」という歌が出てくるので、〈若紫〉の巻が最初にできたという考え方があったんです。どれが最初に書かれていたかは非常に難しい問題です。たぶん〈夕顔〉は最初期のものでしょう。〈空蟬〉もそうかもしれない。あれらは独立短篇ですよね。一人の女を主人公にした話は、かなり早くからできていた気がします。

紫式部が夫を亡くしたのは、長保三年（一〇〇一）ですが、その一〇月に一条天皇*のお母さんの東三条院*の四十の賀というのがあったんです。その時に紫式部の父の為時*らが中心になって、東三条院のための屏風歌というのが沢山作られた。その四十の賀の屏風歌が「夕顔」、「帚木《ははきぎ》」あたりの歌と重なっているんです。特に和泉式部*が詠んだ歌が残っていて、それがそのまま使われていることが分かっている。その頃に作者の中で次第にせりあがってくるものがあって、それが東三条院のために作られた屏風歌を見た経験と一体化して出来たのが最初の数帖なのかなと思います。だからどの順番が先というよりも、いろんな形の短篇物語が書かれていて、それが一つの長篇物語の中に再組織されたのではないでしょうか。

橋本　ただね、『源氏物語』は短篇を勝手に構成して長篇にするという単純なものではないと思うんですよ。〈若紫〉に、誰だか分からないけれど「手持無沙汰の源氏はある女のところへ行きました」という、名前のない女が出てくるじゃないですか。

三田村　若紫の家から帰る途中に寄った、「草のとざし」の家ですね。——立ちとまり霧のまがきの過ぎうくは草のとざしにさはりしもせじ——とあります。

橋本　源氏にまつわる女の中で、小さなエピソードすらない、単なる脇役ってあの人くらいしかいないんですよね。「しょうがないからここで誰かいたことにしよう」という、かなりいい加減な設定で、そのまま話は通過していく。あそこだけが他と微妙に違って説明がないんですよ。

三田村　あの女の寄り道する前に、若紫の少女が嵐で怖がっていたから、一晩中抱きしめてあげるでしょう。勿論少女だから手出しは出来ないまま朝方帰って行くのだけど、欲求不満で悶々としているから、前にちょっと声をかけたことがある女に再び声をかけるんですね。そういう話が入ってくることによって、生々しい光源氏、生きている人間というのが出てくる気がします。あれがなきゃだめだと思う。

橋本　でも、いる以上はあれがどういう女かもう少し書くのが紫式部の本来のやり方で、いつもは、「この人はこういう人はこういう人」という明確な記述があって、それが話の展開につながっていくでしょう。その記述がないのは、やはりまだ未熟なせいだと思う。短篇の話でいうと、〈初音〉、〈胡蝶〉から始まって〈蛍〉へ行くのは、〈玉鬘〉を中心にした短篇的な積み重ねの長篇でしょ。源氏が明石から帰ってきた後の〈澪標〉、〈蓬生〉、〈関屋〉というのも、ある意味短篇によって繋げている。それは一応、この短篇をこう並べれば一つの巻になるという、構成力ができた段階だからなんですよね。〈宇治十帖〉になると、これは椎本の帖か、〈総角〉か、〈宿木〉か、〈東屋〉かというのが、微妙に分かんなくなってくる。それも実は長篇小説を書く能力が備わってからのものです。ただ、前半で一つ難しいのは、〈帚木〉と〈空蟬〉の切り方です。もしかしたらこの二つは一つの話なんだけれど、ここで切った方が面白いわよねえということなのかもしれない。

三田村　続篇に期待させる、テレビドラマ的な切り方ですよね。『堤中納言物語』*の中の「花桜折る少将」の物語の「花桜にほふ木陰に」と出てきた通りすがりの家の話ともよく似てますね。わたしはこういうのが最初からあってもいいと感じますが。

橋本　〈夕顔〉が終わって、夕顔に関する感情はどうなるの？　と想うと、〈若紫〉では消えている。〈末摘花〉に行くと、また夕顔の名が出てきて……ひょっとしたら短篇的な積み重ねで長篇を作っていくというのは、すでに〈桐壺〉から始まっているんじゃないかな。〈末摘花〉から〈紅葉賀〉、〈花宴〉、〈明石〉になるまでほとんど切れない。〈明石〉から帰ってきて一段落して、〈松風〉からまた一つの話が始まると思うところで藤壺を死なせて、〈朝顔〉で一つの決着をつけるでしょう。朝顔の斎院に初めてハッキリと振られ、藤壺の面影を追いかけることも無意味だとピリオドを打たれ、今度は頭中将家の方に舞台が移る。雲井雁も夕霧もあの家にいるわけですし、頭中将の隠し子の玉鬘の話になるでしょう。だから『源氏物語』を三部で分けるというのは当たり前だけど、あれは〈朝顔〉で一段落したと思うべきなんじゃないかな。

三田村　私もついこの間〈朝顔〉の帖を、何度目かはもう分かりませんが読了しましたが、ああ、やっぱりここで切れたなと思いましたね。あそこで切れるという考え方は国文学の分野でも、野村精一さんなどもそう言っていますし、玉上（琢彌）さんもそう考えています。その後の「玉鬘十帖」*というのは六条院物語ですから、少し内容が違いますね。六条院というところに場所を定めて、そこで展開されていく、四季物語ですから。

　光源氏世界を相対化しようと挑んでくるのが頭中将家、または髭黒家です。この両方が光源氏の権威なんか認めないと押してくるのに対して、光源氏が風流や雅で押し返していく。そういう論理があそこではっきり出ているという説もあります。

「朝顔」には「むすぼほる」という言葉が沢山出てくるんです。歌の中で三回、地の文にも出てくるんですけれども「むすぼほる」は源氏の中では、なんだかからまっている、結ばれていて凝っているという意味で、その言葉が藤壺が死んだ「薄雲」巻あたりから「朝顔」巻にかけてどっと出てくる。

橋本　それは書いている紫式部の中でも、むすぼほれているものがあったんだと思う。作家がそうなっちゃうと、そういう言葉を使いたがるんです。ずっと後になって、梅枝の薫物合《たきものあわ》せに朝顔の斎院が出てきて、彼女の作った黒方《くろぼう》が一番となるでしょう。そういう意味で朝顔の斎院というのは、とっても重要な人なんですよ。

三田村　紫上が頑張って三種類も調合したのに、光源氏に選ばれたのは「梅花」くらいで、他の人もみんな一つずつ選ばれたのに、よそから入ってきた朝顔の斎院のものがクローズアップされるのですものね。外なる権威を六条院の世界が認めたのはあれが唯一という感じです。光源氏は素晴らしいものを全て自分のところに掌握したいという願望を抱いているから。

橋本　でも、朝顔の斎院は拒んだからこそ、素晴らしい香を調合する能力を持つ人になるんでしょう？　私はそれを処女の濃密さという形で捕まえたけど。

三田村　そうですね。話を戻しますが私は「朝顔」巻では、やはり藤壺の亡霊が重要だと思います。月も雪も美しい夜に、光源氏が夢うつつの中、藤壺の亡霊の恨みの言葉を聞いています。紫上がうなされた光源氏を心配して「あなた大丈夫？」と声をかけても、身じろぐことなく身を硬くして、もう一度藤壺の夢が蘇ってくれないかと横になっている。形代《かたしろ》として藤壺の問題がこれまで常に若紫にずらされていく、そんな綺麗事がもうここではありえないことがハッキリします。

橋本　朝顔の斎院の拒絶というものがあってこそ、大きく意味を持つんだと思う。ピリオドを打ちたいという心理が、むすぼほるという言葉で示されていて。「終わる」じゃなくて、しこりを残したような形で一つまとまるというのが「朝顔」なんでしょう。

三田村　そうですね。老女達も沢山出てきますよね。女五宮とか、源典侍なんかが出てきて。

橋本　女だけの蜘蛛の巣城みたいな（笑）。

三田村　「桃園」はおばあさんが、次から次へと出てきて不思議な空間ですね。作家にとって、ああいう自閉的な空間が大事なんでしょう。末摘花、宇治の姫君といった、古い家の中に取り残された女達というイメージが何度も出てきます。

＊『カラマーゾフの兄弟』　一八八〇年刊。『罪と罰』に並ぶドストエフスキーの傑作小説で、

最後の作品。カラマーゾフ一家の父親と三人の息子の愛憎劇。父親の殺人をめぐる裁判を通して神の存在を問う。

＊紫式部（むらさきしきぶ）　生没年不明。平安時代中期の女性作家で歌人。幼少の頃から才気煥発で、長篇の『源氏物語』や、一条天皇の中宮彰子の女房として宮仕えした経験から『紫式部日記』を著した。中古三十六歌仙の一人。

＊清少納言（せいしょうなごん）　康保三年（九六六）頃生まれ。万寿二年（一〇二五）頃没。平安時代中期の女流作家で歌人。一条天皇に入内していた中宮定子に仕え、随筆『枕草子』を著した。同時代の紫式部は、『紫式部日記』に清少納言へのライバル意識を示した。

＊『伊勢物語』　平安時代初期の歌物語。歌人在原業平の和歌が数多く含まれており、男女の恋愛や親子愛、友情などが描かれる。複数の作者の手によるものと見られる。『源氏物語』に影響を与えた。

＊一条天皇（いちじょうてんのう）　天元三年（九八〇）生まれ。寛弘八年（一〇一一）没。平安時代中期の第六六代天皇。円融天皇の第一皇子。藤原氏が全盛の時代、中宮の定子、

彰子にそれぞれ仕えた清少納言、紫式部ら王朝文学の最盛期に、自らも文芸に深い関心を示した。

＊東三条院（ひがしさんじょういん）応和二年（九六二）生まれ。長保三年（一〇〇二）没。平安時代第六四代円融天皇の皇女で一条天皇の生母。名は藤原詮子（ふじわらのせんし、もしくはあきこ）、東三条院は院号。

＊藤原為時（ふじわらためとき）天暦三年（九四九）頃生まれ。長元二年（一〇二九）頃没。平安時代中期の歌人で漢学者。紫式部の父。『本朝麗藻』に和歌が残る。

＊和泉式部（いずみしきぶ）天元元年（九七八）頃生まれ。没年不詳。越前守大江雅致の娘で、平安時代中期の歌人。情熱的な恋歌が多く、清少納言、紫式部らと同じ中古三十六歌仙の一人。

＊『堤中納言物語』平安時代後期の貴族生活を描いた一〇話の短篇と断章一遍からなる物語集。

＊「玉鬘十帖」『源氏物語』で、玉鬘を主題とする〈玉鬘〉から〈真木柱〉までの十帖を呼ぶ。

情景によって語られるもの

橋本　俊成が、紫式部は歌詠みとしてはたいしたものではないというのは、『源氏物語』の作中歌があまりにもストレートであることを踏まえた上での話でしょう。俊成的な理解からすれば『源氏物語』に出てくる和歌の方が散文なんですよね。物語そのものの方が和歌的な韻文性を持っている。

三田村　最近、俊成が紫式部の歌を評価していたという研究発表がありました。千載集＊で俊成が採るようになった紫式部の歌というのは、「いづくとも身をやるかたのしられねばうしとみつつもながらふるかな」と、心情をそのまま吐露するような散文的な歌が再評価され、それが紫式部の歌の評価へと繋がってきたと。

橋本　それ以前の和歌のあり方に飽きたということがありません？　西行＊のような生な歌が、『新古今』＊の中で特別な地位を得られるというのもそれに近いと思う。

三田村　そうかもしれませんね。西行歌自体も『源氏』の影響を受けていますけれども、それ自体を鑑賞していく新しい文学意識みたいなものが確立されて、紫式部の再評価というのが恐らくそこから生れてきた。

橋本　再評価なのか、美味しいものに飽きた人が変わったものに箸を出したというのかは分からないけど（笑）。

三田村　変わった味を楽しみたい、そうかもしれません。

橋本　平安時代の人は悲しい、寂しい、辛いとは言わずに、そこにどんな花がどう咲いているという言い方をするでしょう。

三田村　感情語は絶対使いませんね。

橋本　だからそこにどういう情景があるかということが一番重要であって、情景を語ることが実は感情を語ることとなんです。老女に囲まれてお姫様が暮らしています、その屋敷がぼろぼろでとあれば、明らかにそこに登場人物に関する描写、心理的な描写をも含んでいる。

三田村　朝顔の屋敷だと、朝顔の心理描写の代わりに、あの屋敷がいかに荒廃し、門が硬く閉ざされ、鍵が錆びついて開かないかということが、彼女の生活の仕方、自閉的な一種の籠りを示していて、古くからのやり方を踏襲する中で朽ちていきたいという願望を表している。庭全体、樹木・草木・家全体が、生き方とか、精神を表しているように描かれていますね。

橋本　鎌倉の前期ぐらいまでの京都の人達というのは、本当に素朴な読者だったと思うんですよ。本歌を元にして和歌を作るのが当たり前なのだから。あの時代の人達が詠み込んだら、自分なりの理解をしてしまうのが自然なんです。その理解があるところに収斂《しゅうれん》するように書くのが作者で、あの時代『源氏物語』に対して、その理解を無視した教条的な解釈がまかり通っていたとは到底考えられない。

三田村　平安の終わりぐらいまでは『源氏物語』のテキストは無数にありましたし、『源氏物語』はこうあるべきだという読者の解釈それ自体が、本文に紛れ込むことも多かったでしょうね。享受者が創作者と切り離されて、ただひたすら受身じゃなきゃいけないという考え方じゃない。享受者が作者と同時に作っていく、共同体としての意識があって、それが国宝《源氏物語絵巻》の成立時にはまだ残っていたかもしれません。いろんな人、名家が、それぞれの『源氏物語』を持っていたわけです。自分自身のアイデンティティーと『源氏物語』の本分を自分らしいものにすることが、かなり密接に繋がっていたのだと思いますね。『源氏供養』*は、『源氏物語』の紙を全部漉き返して、経を上から書いて供養したんじゃないかとも言われています。あの時代の文学というのは、テキストとして読める形で残しておくことも重要なんだけど、それを滅ぼす行為の中に、自分の溢れる思いも一緒に供養するという気持ちがあったんじゃないかな。

橋本　好きになっちゃったものを供養したい、それは現実との境が曖昧だからでしょう。「あしたのジョー」*で力石徹*が死んだ時、愛読者たちが後楽園ホールのリングを講談社の講堂に持ち込んで、実際に葬式をやったという、あの感覚（笑）。

三田村　まさにその通りです。

橋本　藤原摂関家*が完成した平安時代文化を、天皇が再現するというややこしい時代が院政の時代じゃないですか。

三田村　そうですね。

橋本　天皇が作り直すのだから、再現する文化の基本はあるし、分かるからできる。実は摂関政治の時代の藤原家の平安文化を知るための手がかりは殆どなくて、院政時代になって再現された資料しかないから、『源氏物語』が登場した時代というのは、曖昧模糊としています。

三田村　村上源氏*が力を持ってきて、藤原氏を圧倒できるぐらいの形になってきた瞬間に、源氏が新しく勃興する種族の問題も引き受けた。天皇家もそうですけどね、力を取り戻そうとする形で。

橋本　でもね、俺、村上源氏よりも白河法皇*自体が源氏なんじゃないかと。

三田村　白河院の中宮は源氏でしたね。

橋本　いや、そうじゃなく、父の後三条天皇*がなかなか即位できず、東宮のままじゃないですか。そうすると白河法皇は親王でもない、ただの平王で、結婚できるのかどうかもよく分からない。父が権力の座に就いてやっとと思えば、今度は腹違いの弟達がごちゃごちゃいる。権力の座に就いても不安定な、その白河法皇の心理状態は光源氏そのものに重なるんじゃないでしょうか。だから孫の鳥羽天皇*に、五十歳年下の自分のお手つきの美少女、後の待賢門院を娶《めと》らせ、その後も関係が噂されるようなスキャンダルを自ら引き起こす。

三田村　確かにスキャンダルを起こすことが、彼が光源氏であることの存在証明であるというふうにも読めますね。そう書いておけば良かったかな。

橋本　そう。それで待賢門院に《源氏物語絵巻》を見せたら、ショックを起こしやすい彼女がどうなるか分かりそうなもんだけれども、あえて作らせちゃう。

三田村　待賢門院は、しょっちゅう物の気でおかしくなっていますもんね。入内の初日にも発作を起こしている。病気がちで精神的にも不安定で。

橋本　そう、待賢門院が女三宮に重なるという自覚があんまりないから、《源氏物語絵巻》というやっかいなものを作らせて、結局はお蔵入りするしかなかったんだと、私は考えていますけど。

三田村　待賢門院自身にもあまり罪の意識がないんですよね。

橋本　ないでしょう。あの人、本当に大事にされてきて、私が中心で、私が全てだと思っている。自分を相対化する眼差しがあんまりない。不幸だったら自分の不幸を補完するような物語が普通は欲しいと思うんだけど、あの人はどうだろうな。晩年はあったかもしれませんけど、若い頃はなかったでしょう。他人と和歌を詠みあって、コミュニケーションをとる必要性がないわけじゃないですか。白河院とできちゃっているわけだから。

三田村　最高の人に認められて、満足しきっているところがね。

橋本　和歌が詠めない、詠まないということになると、当時の女としては暇でしょうがないから（笑）、暇持て余して、白河法皇との関係ばかりでも困るから、テレビ一台与えとけばという、そういう感じで《源氏物語絵巻》が彼女のために作られたんじゃないのかな。

＊藤原俊成（ふじわらのとしなり）　永久二年（一一一四）生まれ。元久元年（一二〇四）没。平安時代後期から鎌倉時代初期の詩人。『千載和歌集』の編者。

＊『千載和歌集』　七番目の勅撰和歌集で、藤原俊成が編纂。一条天皇時代以降の約一二九〇首がおさめられ、僧侶歌人の比率が約二割と高くなっている。

＊西行（さいぎょう）元永元年（一一一八）生まれ。文治六年（一一九〇）没。平安時代末期から鎌倉時代初期の歌人。武士として優れていたが二三歳の若さで出家。諸国をめぐり、各所に庵を結び、多くの和歌を残した。

＊『新古今和歌集』鎌倉時代初期、後鳥羽上皇の勅命によって編まれた勅撰和歌集。西行の歌が九四首あり、一番選ばれている。

＊源氏供養　『源氏物語』という架空の物語を作ったために死後地獄に堕ちたという伝承をもとに紫式部を供養すること、およびそれに由来する物語。浄瑠璃や能楽にもある。橋本治も『窯変源氏物語』執筆後にエッセイを著した。『源氏供養（上・下）』橋本治著、一九九三年、中央公論社刊。九六年に中公文庫化。〔二〇二四年一月、中公文庫にて新版刊行〕

＊「あしたのジョー」梶原一騎原作、ちばてつや画のボクサー矢吹丈を主人公にした漫画。『週刊少年マガジン』に一九六八年から七三年まで掲載された。二〇〇九年から『週刊現代』で復刊連載されている。

＊力石徹（りきいしとおる）　漫画「あしたのジョー」で矢吹丈の最大のライバルとなった天才ボクサー。ジョーとの対戦に勝利するも直後に死亡。熱狂的なファンの要望もあって、講談社主催で葬式が行われた。

＊藤原摂関家　平安時代に藤原四家のうちの藤原北家の良房一族が、代々摂政や関白あるいは内覧となって、天皇の代理者、又は天皇の補佐者として政治の実権を独占し続けた政治形態。八五〇年代に始まり、一三〇年後の道長の時代に最盛期を迎える。

＊村上源氏　第六二代村上天皇の子孫から出た源氏。源師房（もろふさ）に始まる。清和源氏とともに有名で、院政期以後の朝廷で活躍する。

＊白河法皇（しらかわほうおう）　天喜元年（一〇五三）生まれ。大治四年（一一二九）没。第七二代天皇、後三条天皇の第一皇子。藤原摂関家の関係が薄かったことを逆手にとり、摂関家から、権力を取り戻すために、院政を敷いた最初の上皇。一〇八六年に譲位、堀川、鳥羽、崇徳の三代四十三年にわたり実権を握った。

＊後三条天皇（ごさんじょうてんのう）　長元七年（一〇三四）生まれ。延久五年（一〇七

三）没。平安時代中期の第七一代天皇。後朱雀天皇の第二皇子。藤原氏の専権を抑え、荘園整理令の発布と記録所の設置による、政治の刷新に努めた。

＊鳥羽天皇（とばてんのう）康和五年（一一〇三）生まれ。保元元年（一一五六）没。平安時代後期の第七四代天皇。堀河天皇の第一皇子。白河法皇の孫。崇徳天皇に譲位、白河法王の死後、院政を敷き三代二十八年にわたり実権を握る。

我こそは光源氏の心

橋本　我こそは光源氏だと思いやすい不安定要因を抱えた権力者は、中枢に座を占めるためにはいろんなことをしても、その後は何もしなくなるでしょう。物語世界の住人になっちゃうから。三田村さんは、院政時代の人が『源氏物語』をあえてコピーするように動いたとお思いになります？

三田村　自分達が動いていることを、後から理屈づけして源氏になぞらえている事はあるでしょうね。自らを正当化できるから。行動原理としてもそれがある種美的規範になっていますからね。『源氏物語』では源氏出身の后《きさき》が次々に立ちます。藤壺も、秋好も、明石の女御《にょうご》も、その後の立后《りっこう》も殆ど全部源氏出身、皇族ですよね。だから『源氏物語』自身が歴史を見て準拠して作られていくんじゃなく、『源氏物語』を準拠として歴史が作られていくという逆転現象が起こる。それが素晴らしいと刷り込まれた後の時代は、あれで許されているんだから当然、皇女立后は理想的であるという論理が生産される。まさにその生産された論理の中で院政期の人々は動いています。

橋本　后を所有するのが藤原摂関家だけではない、他でも后を出しうるというところで『源氏物語』の権力闘争が存在するんだけれど、白河法皇は、「后は私が所有する女の中から出す」という形で、摂関家的な権力を踏襲する。そのことによって、今度は天皇家内部で争いが生まれて保元の乱に至るわけですが。

三田村　道長自身*、自分は藤原氏だけど、奥さんの一人が源明子*、もう一人が倫子*でこれも源氏。源師房*は道長の長男、頼通の猶子《ゆうし》に入って大事にされました。自分の家は突出していて源氏と同格であるということを演出するために、「源氏化」している。天皇家もまた皇族内結婚を自己目的化していますね。それは『源氏物語』だけの影響とは言えないんだけれども。強い相関関係にある。

橋本　院政の時代というのは秩序が微妙に崩れているから、我こそが本流だという本流主義者がいっぱい出てくるんです。

三田村　血よりも建前でどっちの家を名乗っているかということの方が重要で、フィクションにむかってみなが動く、その空回りしていく感じがまさに『源氏物語』的ですね。

橋本　『双調平家物語』を書く時に系図を全部母方込みで、雄略天皇*から延々と作ったんですよ。母が誰かが分からない限り日本の政治は分からないし、その母は誰の娘だったのかが分からないと意味がない。藤原氏がいる摂関家の時代というのは、ある意味で遺伝子みたいに、母方と父方が二重螺旋でできています。だからどんなに複雑でも一枚の紙の中で納まるんです。その二重螺旋が白河天皇の代になるともう書けなくなる。それは関係が複雑化するだけじゃなくって、養子、猶子がやたらと増えるんですよ。これは誰の実子だけれども、実は続き柄としては、この人の子にもなりうると。しかも母の猶子なのか、夫婦の猶子なのかでまた違う。微妙さが全てにあって。あそこで系図というものが書けなくなってしまうんですよね。だから父方の系図だけを追っていればいいという常識がそこから出来たんじゃないかな。白河院が登場する前の時代に、三后鼎立《さんこうていりつ》やら、后の順序がどんどん変わる時代になっている。誰かが立后したら、「その時に后の地位を譲ったのは誰だったのか」を考えないと、朝廷の勢力図が分からないんですよね。后の数が多過ぎて定員がいっぱいだから、女院を作るというシステムが生まれ、后の存在を全く無意味にする。后の父親である男のステイタスを守るため、后というものが増殖させられインフレをおこすから、天皇にとっての后の意味が全くなくなって。
三田村　その構造がなくなりますね。だから后を犯す話が成り立たなくなって、その時代に最高に重要な内親王をどっちが取るかという内親王争奪戦みたいな形に変わってくる。
橋本　夫婦関係による権力構造が崩れちゃうから、内親王のような自立した女に行くんですよね。自立した女が聖的なシンボルに変わってくる。
三田村　そう。元々高貴である方がはるかに意味を持ってくる。だから後の中世の物語の方がずっと聖的な、凝集《ぎょうしゅう》点となります。ただ、色好みが天皇制を侵し取るような、政治的、社会的な意味を持つ行為に結びつく、ある意味いかがわしい関係として捉えられ源氏の中では成り立っているのに、後の物語はそういうのがなくなってしまう。
橋本　いかがわしい物語じゃないんですよね。
三田村　つまらないですね。源氏はドンファン*の物語、女たらしの物語と言われるんですけど、私にはそういう印象はありません。いかがわしいけれどまじめな物語ですね。努めて誠実、であろうとしていますし、愚直なくらいですね。
橋本　男の論理の中で辻褄合わせているだけですけどね。ドンファンというより、「愛さなくちゃいけない」という、へんな義務感に流されているような気がする。女の人で『源氏物語』は好きだけど光源氏は嫌いっていう人が出てくる所以だと思うんですよね。

三田村　でも、不愉快なことは多々ありますが、作品自体は光源氏を贔屓《ひいき》の引き倒しみたいに書いているわけじゃありませんからね。むしろ光源氏にとても厳しいから、いい気な光源氏もやっぱり可哀想だなあと同情するところもあって、惻々《そくそく》と光源氏に思い入れしてしまうところもあります。橋本さんはない？

橋本　思い入れがないと一人称の源氏は書けませんよ。全て光源氏に都合のいいように、強引に引っ張り倒しました（笑）。冒頭の「いづれの御時にか」の「にか」のニュアンスは、「でした」でもないし「です」でも「ます」でもない。「にか」で済んでしまう言語を、もう一度現代のものにするのであれば、その曖昧な雰囲気を出さないかぎり『源氏物語』は成り立たない。だとしたら、死んだ光源氏の魂が語るしかないかなと思ったんですけどね。

三田村　いや、楽しかったです。すごい悪意のある光源氏で、特にお母さんに厳しいよね。

橋本　祖母にも厳しい。私の中で光源氏は、人に対して一般的に冷たい、人の愛し方を知らない人。だから、誰を好きになるのかというその動機づけが根本で曖昧なんです。藤壺の面影があるからOKだろうという愚かしいことをやっていて、その愚かしさが最後に薫の代になって、馬鹿らしいと作者によってピリオドを打たれちゃう。光源氏は男に対してもとっても冷たい人でしょう。

三田村　息子には特に冷たいですね。

橋本　そう。頭中将も一生懸命光源氏に関心を持つのに、光源氏は自分が人に愛されるのは当然だからと、そこそこでしかないところで頭中将を拒絶するので、頭中将としてはもっとあの人に接近したいという微妙な感情が生まれていく。〈藤裏葉〉の最後で、源氏が息子達の青海波《せいがいは》の舞を見ながら、紅葉賀の時に頭中将と二人で舞ったことを思い出すでしょう。「折から時雨が」って、そこに冬の雨を降らすんですよね。俺はあれ、涙雨だと思っている（笑）。

三田村　感動的ですよね。そこまで読んできた、読者の経てきた時間がふっと冒頭の時間に立ち戻って、もう一度その場面が身体の動作と音楽と共に再現されていく。過去の時間の意味が蘇ってくる、二人の仲が悪くなったことも含め展開されてきた物語の筋書きの起伏が、感動の中に落とされていきます。

橋本　おめでたい大団円だと思うんですけど、光源氏が頭中将を好意的に思い出すのはあの時だけなんです。光源氏は頭中将に対して、常に優位に立っているという自負心があるから自分と同列にはおかない。だから頭中将の忘れられた娘である玉鬘を密かに引き取ることもする。普通に考えれば、引き取った玉鬘に手をつけて、頭中将と婿舅の関係になることによって和解する手もあるんだけれど、そうはならないしさせない。自分でもその気はあるんだけどなれないのは、あれは絶対、頭中将に対するこだわりがあるからですよ。

三田村　左大臣の婿としてさんざんいやな思いをしましたからね。

橋本　玉鬘に関しては、頭中将よりもずっと父親らしいという優位性を引きずっている。雲井雁《くもいのかり》と夕霧がくっついたのは許すけど、自分と頭中将を並べて思い出すことは絶対しなかった。でも〈藤裏葉〉になって、それが自然に思い出されるというのは、なんと悲しい結末だと私は思いました。

三田村　「酔い泣き」で宴会の酔いの中にほろほろと回想のなつかしさと悲しみに呑み込まれていく場面がありますね。若菜にも同じような場面がある。年を取るってそういうことなのかしら。『源氏物語』は華やかな大団円、明るい、美しいところを書くと同時に、その裏側の暗いところを重ねながら再現している感じがします。〈若菜〉の巻と〈藤裏葉〉の巻は、実は様々な天皇達の四〇歳の時のお祝いの日記（「御記」）の文章を無数に引用していますが、引用文献が全部重なっています。二つの巻でバラバラの逸話、挿話なのに元ネタが全部同じ。同じネタを二つに分けたかなという感じもします。

橋本　だったら〈若菜〉で突き落とすために〈藤裏葉〉を構築したのではないでしょうか。紫式部って光源氏の感情、心理はあまり書かないでしょう。感情をあんまり露にしないということは、どこかで光源氏の感情が枯れているんですよね。肝心なことが分からないまま進んでいくあなたが哀れでもある、というところで紫式部の筆は動いています。権勢の頂に登りつめるということがどういうことかといえば、それは孤独への道でしかない。それまで孤独を意識することはなかったけれども、権勢の道を登りつめていくことによって、孤独という檻の中にどんどん閉じ込められていく。

三田村　光源氏だけじゃなくて、紫上も〈藤裏葉〉巻では他の女性たちを従えて葵祭に何十台もの車をつらねて行く。自分は明石の女御の母代わりをするまでに登りつめたという安堵の思いの表れですよね。その無意識の傲慢さが、彼女の華やかな行列によって明らかになった途端に崩れていく。あれは上手いなあと思いました。

橋本　「宇治十帖」の帖名のつけ方は特殊ですよね。あんなに内容をストレートに反映している帖名はないでしょう。〈宿木〉も何かに寄生しているというのがハッキリあるし。そこから〈東屋〉に行って、〈浮舟〉になるという。

三田村　〈蜻蛉〉もよく分かりますね。

橋本　そう。有為転変ということをストレートに言ってしまっているのに、それまでと同じように、ある一つのイメージで押してもくる。あの微妙な転換というのがとんでもないものだと思いますね。小説家は本当に上手くなるとああいうだまし方ができるんですよ。王朝世界から離れて最後、私はどういう決断をしたらいいのか分かりませんと浮舟に言わせる。分からない世の中に住んでいるから、どう決断していいのか分からない。でも、決断するという権利だけは私は持っていたいというところで終わるのが、紫式部の本音だと思うんですが。

三田村　格好いいですね。『源氏物語』の作者って、〈夢浮橋〉を書いてから、長く生きているんですよね。前はすぐ死んだので中絶したのだと言われていましたが。『小右記』*の記述などから考えると長和年間まで生きていたのに、その後もう一度書こうとしなかった。どうして書かなかったか不思議なんですが。

橋本　書くべきことは全部書いた、もう言うことはないという形で完結した。普通だったらそういう人って出家するじゃないですか。

三田村　そうですよね、でも出家もしない。瀬戸内さん*みたいに、したと仰る方もいますが。

橋本　「僧侶になるということはこんなにいかがわしいことだ」というのが全編に出てますもんね。冷泉帝が夜居の僧都を嫌がるのもそれでしょ。坊主になる人というのは、執着が強いから信用できないと。宇治八宮が死んだ後で阿闍梨の夢に出て来て、「成仏出来ないからなんとかしてくれ」と頼むでしょう。

三田村　阿闍梨が冷たいですよね。

橋本　阿闍梨は、「思うところがあって」と言って、弟子達を街に出して、道行く人全てに頭を下げさせますよね。私は、「八宮がそれをしなかったから成仏の妨げになった」と阿闍梨が考えてるんじゃないかと思うんですけど、でも親王にそんなことができるわけはない。そういう突き詰め方を紫式部がしているとしたら、出家した人や出家自体に、紫式部はかなり冷酷ですよ。だから、紫式部が出家したとは到底考えられない。

＊藤原道長（ふじわらのみちなが）　康保三年（九六六）生まれ。万寿四年（一〇二八）没。姉の詮子が一条天皇の母后で、彼女のバックアップもあって、地位を上げ、さらに源氏の血をひく、源倫子を正室に、源明子を側室にし、倫子との長女を一条天皇の中宮にすることができ、摂関家として勢力をましていく。個人的には紫式部や、清少納言を庇護し、『源氏物語』の読者でもあったという。また、歌集を残しており、勅撰歌人でもある。

＊源明子（みなもとのあきこ）　左大臣源高明の娘。藤原道長と結婚して高松殿と呼ばれた。

＊源倫子（みなもとのりんし）　左大臣源雅信の娘で、藤原道長の正室。長女彰子（後の一条天皇中宮）、長男頼通など多くの子女に恵まれた。

＊源師房（みなもとのもろふさ）　平安時代中期の貴族。村上天皇の皇子具平（ともひら）親

王の長子で、村上源氏の祖。文をよくし、和歌に長じた。

＊藤原頼通（ふじわらのよりみち）　平安時代中期の貴族。道長の長子。後一条、後朱雀、後冷泉の三天皇五十二年にわたり摂政・関白。道長と共に藤原氏全盛時代を築き、宇治に平等院を建てる。

＊雄略天皇（ゆうりゃくてんのう）　允恭（いんぎょう）天皇七年（四一八）生まれ、雄略天皇二三年（四七九）没。『記紀』に記された五世紀後半の第二一代天皇。允恭天皇の第五皇子で、政敵を一掃して即位した。考古学的に実在が実証されている最古の天皇である。

＊ドン・ファン　一七世紀のスペインの伝説上の人物。劇作家ティルソ・デ・モリーナの『セビリアの色事師と石の招客』の主人公。喜劇やオペラ、交響詩となり、転じて漁色家の代名詞となった。

＊『小右記』（おうき、しょうゆうき）　平安時代の小野宮右大臣藤原実資の日記。全六一巻。『野府記』（やふき）ともいう。

＊瀬戸内寂聴（せとうちじゃくちょう）一九二二年徳島市生まれ。小説家、天台宗の尼僧。旧名は瀬戸内晴美。代表作に『夏の終り』『花に問え』『現代語訳源氏物語』など多数。〔二〇二一年没〕

浮舟に至るまでの物語

橋本　一番嫌いな人を上げろと言われたら、私は宇治の大君を上げるんですけどね。美しい二人の姫君を垣間見してると思ったら、すごい話になってくるじゃないですか。大君は薫を嫌だ嫌だと言い、中君を代わりに押しつけようとし、嫌だと言いつつ最後は結ばれるのかというと、薫がどういう人間か分からないから嫌だと言っているんじゃなくて、大君という人は自分達の世界の外側にいる人間全部が嫌なだけで。その大君に送りこまれた中君は、匂宮《におうのみや》が浮気で困ったことになります。浮舟の前では意地悪な継姉ですしね。浮舟にここから出て行けよがしの設定が二重、三重に仕掛けられている。男の物語で始まった『源氏物語』がなぜ女の浮舟の物語で終わるのかは大きな疑問の一つですが、私にとっては『源氏物語』は浮舟に至るまでの物語なんです。浮舟が紫式部の分身だとするなら、浮舟に届くまでに紫式部はどれだけの大葛藤を演じたかということが『源氏物語』なんだとしか思えない。紫式部がその後、長生きできたというのは、幸運というのもあるかもしれないけれども、浮舟が決断しないまんま終わっていくのとほぼ同じですよね。
だってあんな長いものを「夢浮橋」で終わらせるような人だったら、現実が嫌になると思うんです。でも出家も現実のうちなのだとしたら、嫌かもしれないけどこの世界の中で生きていくしかないと思うんじゃないかな。だから一〇〇八年に紫式部が道長のところに出仕していて、藤原公任が、*「このわたりに若紫や云々」と言った時は、まだ途中までしか出来ていなかったと思うんですよね。

三田村　「宇治十帖」が全部できた段階が一〇〇八年だとは全く思えないです。恐らく正編だけか、または「藤裏葉」までぐらいか、どこか綺麗に切れるところで一応完成したんでしょう、豪華本を作ったんですから。だけどその時から千年を祝うというのは空々しいかなという感じがしてなりませんね。藤原公任が「若紫」と呼びかけてくれたからって偉いわけじゃないということを、紫式部自身が言ってますよね。そんなことで『源氏物語』を理解したことにはならないと。

橋本　しかもまだ紫上になっていない「若紫」でしょう。いわゆる須磨源氏、途中で止めちゃうというのもありますからね。

三田村　公任は「我が紫」と呼びかけたという説もあって、「私の紫上」というふうに言われたので、「失礼ね、あんたの紫上じゃないわよ」と考えたという説もありますけれどね。ただ、どちらにしても全部はできていなかったでしょうね。

＊藤原公任（ふじわらのきんとう）　康保三年（九六六）生まれ。長久二年（一〇四一）没。平安中期の貴族で、父は関白太政大臣藤原頼忠。和歌、漢詩、管弦に優れた才能を見せた。歌集はもとより、「三十六歌仙」の元になった「三十六人撰」は彼が選んでいる。

母と娘のすれ違い

三田村　匂宮と薫との三角関係に悩んだ浮舟が、母親にそっちに引きとってくださいよと言うでしょう。そうすると、母親は、「妹の出産で忙しいから帰ってきちゃだめよ、あなたは勝手にそっちでどうにかしなさい」と言う。「でも一緒に連れていって欲しい」と浮舟がすがっても、母親は忙しいからと帰っちゃう。しばらくして、「あの子のあの時の言いぶりは尋常じゃないな」と思い返す。母もわかっていたのですね。何かおかしいということは。わかっていたんだけれど、気付かないふりをしてきたことが今となって心配になってくる。夢見も悪くて、何かあるんじゃないかと手紙をよこすから、「迎えに来てください」と浮舟は返事を出すんだけど、「だめよ、もうちょっと我慢しなさい」と言われ、どうしようもなくて彼女が家を出て行こうとすると、また母親が手紙をよこして、「夢見が悪いから心配でお祈りをあげさせている」とある。それでも浮舟が入水しようと出て行った後に、「そんなに言うなら大変だけど帰ってきてもいいわよ」という母親のすれ違った手紙が届く。そこがまた上手くできています。

橋本　浮舟の母の見事さと言ったらないですね。「八宮は私にお手をおつけになったんですけれどもねえ」と、明確に現実が分かっていて、現金で、自分の処遇の仕方も分かっている。

三田村　そうですね。限度がしっかり分かって、この程度の夫だってしょうがない、自分の幸せをちゃんと抱きしめなきゃいけないんだと分かっている。

橋本　あれは町人のかみさんから現代の昭和三〇年代ぐらいまでの専業主婦のあり方に続く普遍的な母親像です。あれが千年前にあったというのは、すごいと思う。

三田村　橋本さんの訳には皮肉が一杯鏤《ちりば》められていますね。丁寧な表現ほど、皮肉が研ぎ澄まされて来る。娘には違う幸せを願ってしまう母親というのも面白い。それまでの『源氏物語』の中の母親像って実体性が殆どないでしょう。

橋本　そうですね。浮舟と浮舟の母の関係というのは、戦後、男女平等が言われて、お母さんは相当なことを言うようになっているけど、やっぱりお母さんは私のことを分かってくれないと娘が少女漫画を描いたりする関係に近いものを感じる。浮舟の母は王朝社会に疑いなく巻き込まれ、傷つくんだけれど、そのことを容認していく、言ってみれば紫式部の現実的な生き方のモデルでもあるわけじゃないですか。

三田村　すごくしっかりした座標軸ですね。

橋本　でも、浮舟も紫式部の中にいる。

三田村　そう、あのお母さんがいたから、浮舟という人がすごくはっきり像を結んだ感じがします。

橋本　作家としての一番の腕のすごさはさ、あのお母さんがちゃんと書けることです。それによって、宇治八宮の嘘臭さ、そのお父様を唯一と慕っている大君や中君の薄っぺらさが全部出てくるから。俺はああいうものこそが作者としての成熟だと思います。「若菜」、「柏木」、「横笛」みたいなところで、言ってみれば、彼女はある種の筆の頂点を極めています。それをがらっと変えて「宇治十帖」に持ってきて、中長距離を短距離のスピードで突っ走るような書き方をする。本当のことを言えば、私はこれがやりたかったんだよという成熟の証だと思うんですよね。

三田村　それはそう。『源氏物語』は父コンプレックスの物語ですが、最後の最後で「母」

が問われていますね。これを書かなかったら、彼女は絶対満足しなかったでしょうね。豪華本制作直後、周囲が騒ぐこと自体に違和感を感じて、紫式部はものすごく落ち込んでいます。あの落ち込み方は、周りのもてはやし方と自分自身の中でまだ解決されていない問題があまりにもアンバランスで、それを自分の中で統合できないでいるからなのではないかと思いますね。羨望と嫉妬に巻き込まれる作家紫式部としての栄華と、自分自身が掘り下げて行きたい目標に対する強い思いと焦りがある。

橋本 不吉な物語書いているのに、「光源氏は素敵ですね」という持ち上げられ方をしているだけでいいんだろうかと。

三田村 落ち着かないですよね。でも作者ってそういうものを抱えているんだと思うけどなあ。作品によって自分の声価が確立されて嬉しくないわけじゃないけど、そんなものは彼女の幸せを保証しないんですよね。

橋本 しかもこの先、みんなが喜ばないようなことを書くかもしれないのに、この騒ぎは何、ああ嫌だというのがすごく分かる。

三田村 そうでしょうね。豪華本騒ぎをすごく嫌だと思っているぐらいだから、今年の千年紀の大騒ぎはもう何だか、紫式部可哀想になあと思います（笑）。

橋本 そういう意味でも最初の作家なんですね。

三田村　そうですね。

橋本　じゃあ、第二の小説家って何時出てくるんだと言ったら、ずっと飛んで直接、近代文学の祖先になっちゃうぐらいじゃないかなと私は思います。

三田村　『源氏物語』以降、物語は作られていきますが、源氏を超えたものはないですしね。

橋本　どう考えたって『源氏物語』は空前絶後です。

（二〇〇八年七月八日収録／『新潮』二〇〇八年一〇月号掲載）

王朝を終焉に導く男たちの闘い

田中貴子

（たなか・たかこ）国文学者。一九六〇年一一月一八日京都市生まれ。広島大学大学院博士課程後期修了。怪異・妖怪ブームにのって、鬼やあやかし等の俗説が出版されている状況に対して、国文学者としてテキストと各種原資料に立脚した著作で対応している。中世国文学専門。二〇〇四年、『あやかし考』でサントリー学芸賞を受賞。

固定されない歴史

田中　ちょうど『双調平家物語』の第一巻が出た直後に『文學界』（一九九九年一月号）でインタビューをさせていただいたとき以来ですね。

昨年一〇月に全一五巻が完結し、その間「ノート」として『権力の日本人』*を刊行され、続篇『院政の日本人』*も刊行されました。

まず『双調平家』を書き終えられて、現在の感想からお伺いしたいのですが。

橋本　書き終えてみてどうだったかというのが、まだはっきりわからないんです。ただ、最初にやろうと思っていたことは、途中でどこかに行ってしまったんです。平安朝の摂関政治の権力というのは結局、女性を利用した権力であって、その女の価値はどこから生まれたのか、それを知りたいと思っていました。藤原氏がいて、その前に蘇我氏*がいる。はっきりしないけれども、さらにその前には葛城《かつらぎ》氏*がいる。女を利用した権力が院政という男の時代になってガタガタと崩れていく。そのあり方は、もしかしたら日本の基本的な構造なのかもしれないという感じが初めはありました。

ところが、第七巻の藤原頼長か、第八巻の信西《しんぜい》*が出てくるあたりから、「面倒臭いから女はどうでもいい」と思うようになって、どこかに行っちゃったんですよ。

それで、それまではそれまでとして、男たちの錯綜が、ある一つの文化を壊していくことを書くという方向に変ってしまいました。だから、前半が終わってみると、それまで何をやっていたのか、本人もよくわからないようなことになった（笑）。

田中　『院政の日本人』には「平安時代的な政治構造の終焉」を書きたかったとあります。また、「私の知りたいことは後の人間の解釈によって『歴史』として固定されてしまった秩序に沿って過去を理解することではない。固定されてしまった『歴史』の中にいて、別の歴史理解を実現させてしまうかもしれない、『人のあり方』なのである」ともあって、「固定されない歴史」という考え方が非常に印象的でした。当初の意図が変質したというのは、「人のあり方」を書くという方向へ向かったということですか。

橋本　やっぱり流れの前に人が立ちはだかってしまうと、人波をかき分けて行くということで精一杯になるんです。進むべき方向をずっと頭に置いていたのが、どこかへ行っちゃうんですよ。それで、人波をかき分けて行くことで方向ができていければいいと考えるようになりました。

当初の女の流れでたどっていくのであれば、北条政子で絶対に一つのピリオドなり、カンマなりが打たれるはずだと考えていました。だから、『文學界』*のインタビューでは、「北条政子まで行く」と言ったんですが、けれども北条政子はどうでもよくなった。

田中　たしかに他の作家の書いた『平家』に比べ、北条政子はほとんど出てきませんね。

橋本　もしそれを書くとしたら、これは北条氏の話であって、鎌倉幕府の起点だろうというところに考えが行ってしまいました。

＊『権力の日本人』　二〇〇六年、講談社刊。「双調平家物語ノートⅠ」というサブタイトル通り、『双調平家物語』執筆時に抱いた〝平清盛は本当に悪人だったのか？〟に迫る。平安時代の人々が、意外にも現代的だったと語る。

＊『院政の日本人』　『権力の日本人』の続篇として二〇〇九年（講談社）に刊行された。院政の始まりは男の歴史の始まりとし、権力（仕事）に夢中になる男たちの歴史を追った。

＊蘇我氏（そがし）　古墳時代から飛鳥時代、六世紀から七世紀前半に勢力を持っていた氏族。娘を天皇家へ嫁がせ数代に渡り、国家権力を握る。六四五年、乙巳（いっし）の変で入鹿

が暗殺され、大化の改新が行われた。

＊葛城氏（かつらぎし）　古墳時代、現在の奈良県葛城市を本拠地にした有力豪族。その始祖である襲津彦（そつひこ）は、娘、磐之媛（いわのひめ）を仁徳天皇へ嫁がせ、大王家と両頭政権を築く。しかし、四一六年の地震以降、大王家との関係が破綻し、衰退。

＊信西（しんぜい）　嘉承元年（一一〇六）生まれ。平治元年（一一六〇）没。信西は法名で、俗名は藤原通憲。代々学者の家系であったが、幼少に父を亡くし、出家。妻が後白河天皇の乳母だった縁で権力を握った。藤原信頼、源義朝らの平治の乱で切腹。当代屈指の碩学者。

＊北条政子（ほうじょうまさこ）　保元二年（一一五七）生まれ。元仁二年（一二二五）没。鎌倉幕府を開いた源頼朝の正室。伊豆国の豪族、北条時政の長女。頼朝亡き後、京から招いた幼い藤原頼経の後見となって実権を握り、世に尼将軍と称された。

『平家』における悪とは何か

田中　前回のインタビューでも申し上げたんですが、やはり最初に驚いたのは、『双調平家』が中国から始まっていることです。中国から始まり、日本の古代になり、大化の改新、壬申の乱を経て、奈良・平安となり、保元・平治の乱があり、やっと半分ぐらいで『平家』にたどり着くわけです。

　第一巻では安禄山《あんろくざん》*の乱について多くのページを割いていますが、保元の乱前夜、信西が後白河上皇に《安禄山絵巻》を贈ったことと関係づけて語るための伏線だったのでしょうか。それともたまたまですか。

橋本　その話は、そういうこともあったなぐらいなものです。

『平家』では冒頭の「祇園精舎の鐘の声……」の後に秦の趙高《ちょうこう》*、漢の王莽《おうもう》*、梁の朱异《しゅい》*、唐の安禄山*の四人の名前が出てきますが、彼らは謀反人なり、悪人なりの典型であるという書かれ方をしています。そこで、とりあえず何を悪だと考えて彼らの名前を挙げたのか、はっきりさせたいと思ったんです。

　安禄山については、多くの人が漢詩「長恨歌」的な形で知っている。しかし、「唐の禄山」という一語で、読者がどういう共通理解をもっていたのかわからなかった。だから、それをはっきりさせるために全部書きました。
安禄山は、ある意味で、ディテールもわかりやすくて、複雑でも多く調べようと思えば調べられるし、はっきり言って、安禄山が好きになったところがあるんです。

田中 中国の四人の名前の後に、日本の悪人の例として、承平《じょうへい》の平将門、*天慶《てんぎょう》の藤原純友、*康和《こうわ》の源義親《よしちか》*、平治の藤原信頼《のぶより》*の名前が出てきますが。

橋本 藤原仲麻呂*や蘇我入鹿*がなぜ出てこないのかという疑問はあります。

田中 義親について「性粗暴なる荒くれで、康和の時、対馬の国に官を得て、横逆を恣《ほしいまま》にした」（第一巻）と書かれているのが面白かったです。
ただ本来『平家』の読者は普通、義親をこのように思っているものなのですか？『平家』の作者は誰かわかりませんが、義親が出てくるということは、なんらかの形で彼を悪だと認めているわけですね。
『平家』の本文において、何が悪だと考えられていると思われますか。

橋本 それはわからないです。作者はそれをはっきりさせてはいない。はっきりさせないのが、あの当時のものの見方なんだろうと思います。だから、都合がいい時に、これは悪いと言うし、別の場面では、哀れなりと言う。つまり、固定的な価値観がないんだと思います。

＊安禄山（あんろくざん）　唐代の中国の軍人、大燕国（だいえんこく）皇帝。唐の玄宗に対し安史の乱を起こして洛陽を陥落、翌七五六年聖武皇帝に即位し国号を燕とした。二〇〇kgを超す巨漢。

＊趙高（ちょうこう）　紀元前二四〇年頃生まれ。紀元前二〇七年没。始皇帝没後、教育係を務めていた末子、胡亥（こがい）の即位を画策。即位後は権力を握り、独裁者に。さらに子嬰（しえい）を自害に追い込み、自らが皇帝になろうとしたが失敗。子嬰に殺される。

＊王莽（おうもう）　紀元前四五年生まれ。二三年没。新朝の皇帝。平帝を立てて政権を握るが、その平帝を毒殺し、八年、新を建国し、皇帝に。しかし、儒教思想に基づく政策が失敗し、赤眉の乱が起き劉秀に攻められ、殺された。

＊朱异（しゅい）　四八三年生まれ。五四九年没。梁の武帝に取り立てられて、権力を握るが、侯景の乱を誘発するなど、国政を混乱に導いた。『平家物語』では、趙高、王莽、安禄山と並び、君主の権力を背景に悪行を行う奸臣として記されている。

＊平将門（たいらのまさかど）　生年不詳。平安時代中期の関東の豪族。平氏一族の抗争に端を発し、朝廷からの独立国建設を目指したが、藤原秀郷、平貞盛らにより討伐された。
＊藤原純友（ふじわらのすみとも）　寛平五年（八九三）生まれ。天慶四年（九四一）没。海賊を取り締まる立場から、自ら海賊となり、瀬戸内海全域に勢力を伸ばした。九三九年に乱を起こし、大宰府を奪取するが、九四一年に獄中死。
＊源義親（みなもとのよしちか）　天仁元年（一一〇八）没。八幡太郎、源義家の次男。対馬守時代に、略奪や殺害を働き、配流の刑を受けるが、再び暴行を繰り返し、平正盛に追討される。
＊藤原信頼（ふじわらののぶより）　長承二年（一一三三）生まれ。平治元年（一一六〇）没。後白河上皇の寵臣として、源義朝と平治の乱を起こしてライバル信西を斬り、朝廷の最大の実力者に。その後、清盛に敗北。六条河原で斬首された。
＊藤原仲麻呂（ふじわらのなかまろ）　慶雲三年（七〇六）生まれ。天平宝字八年（七六四）年没。光明皇后の取り立てで出世。天平宝字四年（七六〇）に光明皇后死去後、状況が一

変。道鏡を溺愛する孝謙上皇と対立し、天平宝字八年（七六四）殺害された。

＊蘇我入鹿（そがのいるか）生年は不詳。皇極天皇四年（六四五）没。大和朝廷の有力者。大化の改新の前夜、クーデター（乙巳の変）において中大兄皇子、中臣鎌足らに討たれた。

院政の芽のありか

田中　『平家』にいたる前史を非常に長く書かれていますが、そこでは何を語りたかったのでしょうか。

橋本　飛ばし方がわからなかったから、書いていたんですよ。平安時代の嵯峨天皇*の時代から藤原道長の時代まで一挙に飛ぶのは、ここで飛ばし方がやっとわかったからです。

田中　ここは変らないから、別に書かなくてもいいという……。

橋本　そうそう。大化の改新で飛ばそうと思っていたのですが、前史を延々と書いたのは、斉明女帝*というとんでもなく面白い人にぶつかってしまったからなんです。

もしかしたら、推古女帝*ではなくて、斉明女帝のほうが、後のあり方に関してはとっても大きいかもしれないという見込みがあった。しかも『日本書紀』に結構面白いことが書いてあるわけです。

斉明女帝は、ばかみたいな土木工事をやって、民衆からクレームをつけられた最初の天皇です。でも『日本書紀』の注を見ると、「斉明女帝の大工事はまだ確認されていない」とあった。『日本書紀』は、平気で嘘を書くみたいな前提があるじゃないですか。だから、これは嘘なんじゃないかと、専門家は半信半疑だったんでしょう。

でも、斉明女帝のあり方から言えば、土木工事をやっているはずだと思って、事実であろうとなかろうと書いてしまったのです（第二巻）。それからしばらくして、明日香村で酒船石遺跡が見つかって、それが斉明女帝の頃の工事に該当するというから、「ざまぁみろ」と思ったんです。

田中　タイムリーでしたよね。

橋本　母である斉明女帝の存在が中大兄皇子*（天智天皇）にとって、どれほど大きなプレッシャーになっていたのか。ある意味で、姉弟である斉明女帝と孝徳天皇*との不思議な関係——親和力であり、反発でありみたいな関係がある。そうした関係がありさえすれば、持統天皇*が「私は正当なの。何をやってもいいはずなの」と思えるようなことは生まれないはずです。

持統天皇は天智天皇の娘で、叔父・天武天皇*の妻ですが、斉明女帝の孫であるということが、非常に大きな事実として見えてきました。

田中　斉明女帝の場合は、おばあさんが力をもつという意味で、女院のあり方にも似ていますね。奈良時代にすでに院政の芽はあったんじゃないかと、どこかにお書きになられていたんですが、そういうことが、後で結びついてくるという感じがあったんですか。

橋本　強引に結びつけると、話がくどくなるから、それはそれで切りました。

持統上皇に関しては、律令で「太上天皇」という単語が登場するぐらいだから、院政の芽はここにあります。

院政の芽がそこにあったので、この流れが一段落するまでは途中で切れなくなったんです。

それが聖武天皇*で一段落するかと思ったら、孝謙女帝*がいて、さらに井上内親王*というまた素敵な人が現れた。そうしたら、平安時代初期の藤原薬子《くすこ》*までが一つの女の時代の流れとして存在していると考えるべきだろうと思った。薬子に懲りたから、藤原氏の女はみんな鎖でつなぐようになったんじゃないかとさえ思いました。

＊嵯峨天皇（さがてんのう）　延暦五年（七八六）生まれ。承知九年（八四二）没。第五二代天皇。桓武天皇の第二皇子。空海・橘逸勢と並び優れた書道家・三筆の一人。

＊斉明女帝（さいめいじょてい）　茅渟王（ちぬのおおきみ）の第一皇女。高向王（たかむくのおおきみ）と結婚して、漢皇子（あやのみこ）を産んだ後に、舒明天皇の皇后に。中大兄皇子（天智天皇）・間人皇女（はしひとのひめみこ）（孝徳天皇の皇后）・大海人皇子（天武天皇）を産む。第三五代天皇・皇極天皇となり、重祚（ちょうそ）して第三七代斉明天皇となった。

＊推古女帝（すいこじょてい）　欽明天皇一五年（五五四）生まれ。推古天王三六年（六二八）没。第三三代天皇。日本初の女帝。第二九代欽明天皇の皇女。第三一代用明天皇は同母兄、第三二代崇峻天皇は異母弟。

＊中大兄皇子（なかのおおえのおうじ）　天智天皇。推古天皇三四年（六二六）生まれ。天智天皇一〇年（六七二）没。第三八代天皇。舒明天皇の第二皇子。中臣鎌足らと謀り、大化の改新を起こして蘇我入鹿を殺害し、叔父・孝徳天皇を即位させ、皇太子に。様々な改革を行なった。

＊孝徳天皇（こうとくてんのう）　第三六代天皇。推古天皇四年（五九六）生まれ。白雉五年

（六五四）没。押坂彦人大兄（おしさかひこひとのおおえ）皇子の孫。茅渟王（ちぬのおおきみ）の長男。母は吉備姫王（きびひめのおおきみ）という。

＊持統天皇（じとうてんのう）第四一代天皇。大化元年（六四五）生まれ。大宝二年（七〇二）没。父は天智天皇、母は遠智娘（おちのいらつめ）。女性天皇（女帝）の一人。飾り物ではない有能な統治者として理解されている。

＊天武天皇（てんむてんのう）第四〇代天皇。舒明天皇三年（六三一）頃生まれ。朱鳥元年（六八六）没。舒明天皇の第三皇子。「天皇」の称号は天武天皇が始めたとされている。

＊聖武天皇（しょうむてんのう）第四五代天皇。大宝元年（七〇一）生まれ。天平勝宝八年（七五六）没。文武天皇の第一皇子。母は藤原不比等の娘・宮子。

＊孝謙女帝（こうけんじょてい）第四六代天皇。養老二年（七一八）生まれ。神護景雲四年（七七〇）没。父は聖武天皇、母は藤原氏出身で史上初めて人臣から皇后となった光明皇后（光明子）。史上六人目の女帝で、天武系からの最後の天皇である。重祚して、第四八代称徳天皇となる。

＊井上内親王（いのえないしんのう）　養老元年（七一七）生まれ。宝亀六年（七七五）没。第四五代聖武天皇の第一皇女。光仁天皇の皇后となり、三七歳と四五歳で出産。宝亀三年（七七二）、光仁天皇を呪い殺す祈禱をさせる巫蠱大逆（ふこだいぎゃく）の罪に問われ、皇后を廃され、幽閉。

＊藤原薬子（ふじわらのくすこ）　生年不詳。大同五年（八一〇）没。中納言藤原縄主の妻だったが、安殿親王と不倫。大同元年（八〇六）安殿新王が平城天皇として即位すると、尚侍になり、権力を握った。その後、薬子は平城京への遷都を画策。内戦勃発を恐れた嵯峨天皇が挙兵し、自殺。

孝謙女帝の現代性

田中　以前に孝謙女帝の後の時代の風聞について調べたことがあるんです。即位直後、藤原仲麻呂が紫微中台と作り政治的には中国に範をとってしっかり統率してるのに、最近の人は一切そんなことは語らない。

なぜ語らないかと言えば、鎌倉時代か室町時代あたりに、孝謙女帝は道鏡との醜聞があったことが広まっているから、それが邪魔をしていい所が見えなくなっているんです。

橋本　それもそうですが、孝謙女帝の見えなさ加減は、誰も大昔にあんなに現代的な人がいると思わないから、そういうスポットの当て方ができないんだと思います。

孝謙女帝はとても可哀想な人ですよ。彼女は男よりも遥かに優れたあの時代のエリートじゃないですか。自分がエリートである誇りをもって働いていて、そのことを母親も助けてくれて、支持もしてくれていると思っていたら、ある時、突然手のひらを返されたような不思議な状態になってしまった。

これは現代だったら、母親に「あなたね、これから社会に出てしっかり働きなさいよ」と言われて、娘は一生懸命働いて出世して「ああ、おめでとう」と言われた。そしたら、突然、「ところで、あなた結婚はどうするの？」と言われたみたいなものでしょう。そういう引っくり返しの原型がここにあったんです。

田中　「どうせ結婚しないから、子どももできないでしょ。次はどうするの？」とか言われる。

橋本　そうそう。だから、私は道鏡*とのスキャンダルに関しては二段構えで考えました。初めは精神的な不倫みたいな感じのものだった。肉体関係はなかったけれども、人に聞かれれば言い訳のできないような感情が、自分の中にあるという種類のものだと思います。それが藤原仲麻呂の乱が終った時、後継について考えなくてはいけなくなった。けれども独身だから、子どもを産むという発想は全然なかった。しかし「あいつもいやだ。こいつもいやだ」と、後継候補を拒否していくうちに、「自分が産んでもいいんじゃないか」と考えるようになったとしか思えない。だから、そこでスキャンダルが本格化したんだろうと思います。

田中 その時、四〇歳ぐらいですか？

橋本 そう。だから、もうぎりぎり産めるかどうかという年齢だった。それで何かが崩れてしまった。そういうところまで含めて、とても現代的な女性だと思うんですよ。

田中 孝謙女帝のそういうあり方には、現代の女性も惹かれると思います。

橋本 これだけ長々とした話なので、落とした話もいろいろあります。その中で、もし独立して一つ書くとして何を選ぶかと聞かれたら、孝謙女帝の話と答えますね。

孝謙女帝までは「女が変なことをやって権力を取った」という見方で通せるじゃないですか。しかし、孝謙女帝は違います。孝謙女帝については、調べ始めたらすごいことがわかる。そのすごさというのは、彼女自身のパーソナリティではなく、大昔に現代的なあり方をする人がいたことのすごさです。

＊道鏡（どうきょう）　文武天皇四年（七〇〇）頃生まれ。宝亀三年（七七二）没。天平宝字五年（七六一年）、孝謙上皇の病気を治し重用される。称徳天皇（孝謙上皇）が、神託として、道鏡を皇位につかせようとするが、和気清麻呂がそれに反する神託を持ちかえり、失敗。称徳天皇死去後、道鏡は下野へ流刑。

清盛は朝廷の被害者

田中　『権力の日本人』でもふれられていますが、清盛は悪人であるという思い込みはおかしいですよね。清盛が本当に悪かといえば、別に絶対的な悪でも、源氏に対する悪でもない。橋本さんがおっしゃっているのは、朝廷と対峙した時に、清盛は悪に見えるということですか。

橋本　いや、清盛は朝廷の被害者ですよ。被害者だけれども「ちょっと調子に乗ったよな」というところがあるから、悪になる。ただ、調子に乗るぐらいだから、朝廷についてはあまりよく知らずに、内部に踏み込んじゃったんだろうと思います。

『平家』の清盛の描き方でよくわからないのは、少なくとも『平家』本篇では、清盛は基本的に福原にいるわけじゃないですか。都で何かが起こっても、電話があるわけではないので、そうそう出てこられない。福原から来るとしても、半日か一日ぐらいのタイムラグがある。だから、清盛がこんなに自由に出てこられるはずがないんです。

田中　そうですよね。

橋本　その時の都の責任者は嫡男・重盛*のはずなのに、なぜその重盛を外して、いきなり清盛を出すのか、よくわからなかったです。

田中　その違和感はあります。重盛に任せておけばいいのに、なぜかわざわざ清盛が出てくる。

橋本　しかも本当に出てきたのかどうかもわからない。

田中　わからないですね。

橋本　逆に言えば、鹿《しし》ケ《が》谷《たに》の陰謀後の諫言《かんげん》騒ぎの時の、親孝行で忠義者の重盛というイメージだけで、他の重盛は全く見えないというのも不満だったので、私は、重盛については極力書くようにしました（第二巻）。

田中　重盛は、後白河法皇とできていたんじゃないかという説もありますね。

橋本　そういう説があったので、どうなんだろうなということは、頭にありました。でも、藤原成親《なりちか》*とできているんだったら、と思う。成親と重盛の関係というのは、結構異常だから、初めに手を出したのは、後白河法皇かもしれない。

この当時の、愛した者には何かをあげるという愛情関係からすると、「一度愛した」はあっても、ずっと愛し続けていたかどうかはわからない。ご寵愛を受けた者は、ずっと愛されていると思い込んでいるけれども、相手がそのうち冷めてしまって、手のひらを返されることがありうるだろうと思います。重盛はその系統に入ると考えました。

田中　重盛には思い出だけがあって、「なぜ僕が冷たくされるのか」となってしまう。

橋本　いや、そのあたりは途中でわからなくなった。逆に清盛がそれを受け継ぐわけでしょ。「重盛をあんなに愛してくださったはずなのに、なぜそのようにお手を返されます」みたいな感じになる。

重盛は内大臣になったから、いつまでもそのことにこだわっていても仕方がない。重盛は平氏政権の責任者として清盛と後白河法皇の対立を収めなくてはならないはずが、体もガタガタで、どうしたらいいのかわからない。それでそのまま最期を迎えます。

＊平清盛　元永元年（一一一八）生まれ。治承五年（一一八一）没。平安時代末期の武将。保元の乱で後白河天皇の信頼を得て、武士では初めて太政大臣に。娘の徳子は高倉天皇に入内させ「平氏にあらずんば人にあらず」と言われる時代を築いた。

＊平重盛（たいらのしげもり）保延四年（一一三八）生まれ。治承三年（一一七九）没。平清盛の嫡男で、文武両道に長け、清盛の後継者として将来を期待されていたが、病死。父よりも二年早い死去となった。

＊藤原成親（ふじわらのなりちか）保延四年（一一三八）生まれ。治承元年（一一七七）没。保元三年（一一五八）に右近衛中将となる。平治の乱にも参戦。共に戦った藤原信頼は処刑されたが、義弟である平重盛によって救われる。平家討伐を計画（鹿ケ谷の陰謀）したが、事前に平清盛に逮捕されて流刑。

〝イヤなやつ〟忠通が面白い

田中　貴族と武士をいくつかの型に分けてらっしゃいますね。旧来の古いタイプに対して、何かを変えていこうとする新しいタイプの貴族。さらに、清盛のように摂関家と同じことをしようとする古いタイプの武士と、夜討ちをやってしまえというような新しいタイプの四タイプぐらい出てくるんですが。

橋本　タイプはもっと複雑に分かれると思いますよ。ただ私の分けたタイプは、好きか嫌いかだけですよ（笑）。

田中　橋本さんは、どういうタイプがお好きなんですか。

橋本　藤原忠通《ただみち》*ですね。いままでの話からすれば、摂関家の長の忠通はイヤなやつだから、嫌いだと思うじゃないですか。でも、忠通が面白くなっちゃうんですよ。あれだけ父親・忠実《ただざね》*との仲も悪く、後白河法皇からも滅茶苦茶にされる。それでも「王朝を担っているのは摂関家であって、その長は私だから、絶対に譲らない」という、あのしぶとさは評価するし、好きになっちゃう。

誰かが忠通のことを、こんなイヤなやつはいないと書いていたけれど、そうじゃない。忠通の立場からすれば、この人の孤軍奮闘ぶりは当然だし、忠通が生きているかぎり、清盛の娘・盛子*は忠実の息子・基実*のところに嫁に行けなかったことまで踏まえると、やっぱり偉かったんだと思います。だから、イヤなやつだけれども偉い。

その反対は藤原為通《ためみち》*ですよね。為通とか、伊道《これみち》*とか、『平治物語』の作者ではないかと言われている家系の人は「なぜお前は他人事で、そんな嫌みばっかり言っているのか」という感じがある。この人たちには、大物と言われているだけで、何をやっているのかよくわからない自民党の代議士みたいなイメージがちらついてしまってイヤでした。

田中　忠通の場合、たぶん最後の摂関家としての立場を貫こうとして、防波堤になっている感じがありますね。
橋本　ありますね。
田中　それで体を張って防波堤になっているけれども、結局崩れてしまって、清盛が娘を摂関家にやり、摂関家の財産が来ちゃうという。それもまた横取りされます。
橋本　父親・忠実の院政に対するすり寄り方に対して、「私はいやです」という忠通の距離の取り方は、祖父・師通*に感じが似ています。でも、それほど時代がよくないから、美福門院*と手を組んだりして、卑劣なやつと言われるのはしょうがない。けれども、そういう意味では、ちゃんと政治家らしく権謀術策をやった人だから、私は評価します。それぐらいやってくれないと面白くない。
田中　そうですよね。
橋本　他の人は誰もやらない。忠実なんか、何をやろうとしていえるんだか、やれないのか、やったのか、やってないのか、よくわからない。それでも偉そうにしていて、私なんか忠実が一番嫌いですね。
田中　いままでの先入観では、忠実は嫡男・忠通をこけにして、次男・頼長*ばかりを可愛がった汚いやつみたいな印象があります。

橋本　イヤなやつだけど、忠実も忠実なりに摂関家のことを考えてはいるんです。でも、やっぱり息子・忠通の眼で忠実を見ると、古いと思ってしまいます。

田中　親子の世代的なものですか。そこではっきり分かれますね。

橋本　分かれます。院政の時代になって、摂関家の時代と院政の時代の間にはもう明らかに断絶がある。けれども、そのことを理解した人としていない人の二種類いると思うし、忠通は、結局それを理解せざるをえないから理解した人だと思います。

＊藤原忠通（ふじわらのただみち）　承徳元年（一〇九七）生まれ。長寛二年（一一六四）没。摂政関白太政大臣、藤原忠実の長男。二五歳で鳥羽天皇の関白となり、その後三十七年間摂政・関白を務めた。二十三歳違いの異母弟の頼長を溺愛する父と対立。その対立が保元の乱の原因とも言われている。保元三年（一一五八）に藤原信頼と対立し、失脚。応保二年（一一六二）出家。

＊藤原忠実（ふじわらのただざね）　承暦二年（一〇七八）生まれ。応保二年（一一六二）没。長治二年（一一〇五）、堀河天皇より関白を命じられたが、平清盛などの台頭もあり立場は弱かった。白河法皇の怒りに触れ、長男忠通に関白の座を譲るも法皇没後に復権。次男頼長を溺愛し、忠通を絶縁。保元の乱後、忠通のとりなしで罪を軽減され、幽閉で免れた。

＊平盛子（たいらのもりこ／せいし）　保元元年（一一五六）生まれ。治承三年（一一七九）没。平清盛の娘。忠通の後継者基実に九歳で嫁ぐ。二年後基実が没し、一一歳で摂関家の家長となり、後継ぎの基通の後見人として、家督を継いだ。

＊近衛基実（このえもとざね）　康治二年（一一四三）生まれ。永万二年（一一六六）没。藤原忠通の子。保元三年（一一五八）二条天皇の関白となるが、二四歳で死去。のちに五摂家の一つとなる近衛家の始祖。

＊藤原為通（ふじわらのためみち）　天永三年（一一一二）生まれ。仁平四年（一一五四）没。太政大臣藤原伊通の長男。藤原頼長と男色関係になったと言われている。

＊藤原伊通（ふじわらのこれみち）　寛治七年（一〇九三）生まれ。長寛三年（一一六五）没。美福門院（藤原得子）や藤原忠通に取り立てられ、出世。政治意見書『大槐秘抄（たいかいひしょう）』を二条天皇に献じた。その政治的才覚だけでなく、文化人としても高く評価される。

＊藤原師通（ふじわらのもろみち）　康平五年（一〇六二）生まれ。康和三年（一〇九九）没。藤原師実の息子であり、忠実の父。寛治八年（一〇九四）堀河天皇の関白となり、白河上皇の政治介入を嫌悪していた。

＊美福門院（びふくもんいん）　永久五年（一一一七）生まれ。永暦元年（一一六〇）没。藤原長実の娘、得子（なりこ）の院号。美貌の持ち主でもあり、鳥羽上皇の寵愛を受け、四人の子をもうける。永治元年（一一四一）第三子をわずか二歳の近衛天皇として即位させ国母となる。鳥羽法皇の後ろ盾もあり、勢力を増し、美福門院を名乗る。平治の乱などの混乱の原因となった。

＊藤原頼長（ふじわらのよりなが）　保安元年（一一二〇）生まれ。保元元年（一一五六）没。父は忠実。忠通は異母兄である。幼少のころより秀才として評価されており、父の溺愛を受け、兄忠通と対立。近衛天皇崩御後、後白河天皇時代に、近衛天皇を呪詛した罪に問われ失脚。保元の乱で重傷を負い死亡。

不思議な権力構造

田中　実際的にものを動かしたりするような朝廷の権力と、天皇や院政における院の権力は分けて考えていらっしゃいますか。

橋本　分けなくてはいけないんだろうけれども、その権力の行使のあり方は、実は同じではないかと思っています。

権力者が民衆に対して権力を行使するのではなくて、権力者がやってくると、民衆の側が勝手に行使されていたという関係です。そういう関係がないと、この時代の権力は成り立たないと思うんです。

つまり、相手が国司で偉いから従わなくてはいけないという民衆の側の思い込みによって権力が成り立っている。だから、国司の言うことを聞かない武士が力をもったら、「国司だぞ」と言っても、通用しないんです。そういう不思議な権力構造だと私は思います。そうでなければ、上の人があんなに何もしないのに権力をもっているということはありえないんです。

田中　下にいる民衆たちが、あれは別に権力なんかじゃないんだよと思ってしまえば、引っくり返るわけですね。

橋本　でもその時は、代わりに別の権力者がいなくちゃいけないから、ある意味で、神に仕えるという感じに近いですよね。信仰です。

田中　そうですね。非常に西洋的で、神の代理人といってもいい感じですよね。

橋本　だから、頼朝が何もせずに東国武者を従えることができたのは、彼らに対して「私は神だ」というように向かえばいいんだと理解した結果だとしか思えません。しようがないから、私は石橋山から逃げて、舟の中にいる間に、そういう心理的な変化が起こったということにしました（第一五巻）。

『平家』が叙事詩でいいのか

橋本　『平家』の内容についてはみんなが知っていて、歴史的知識ももっている。けれども、『平家』には、頼朝が旗揚げをして、石橋山の合戦に敗れて、その後どうやって富士川までやってくるのかという話が全部抜けている。あってしかるべき話がないんです。しかもわかったのは、語り物は結局ダイジェスト版でしかないということなんです。読み本である延慶本《えんぎょう》*を見ると、こういうことだったのかということが全部書いてあるわけです。それなのに『平家』を日本有数の叙事詩としてしまっていいのか。

それは無難な手ではあるけれども、あの時代の歴史を探るのに、『平家』以外にテキストがないということになってしまったら、あのテキストには結構問題が多いと考えるべきなんじゃないかと思います。

田中　史実かどうかはわかりませんが、確かに読み本系の延慶本とか『源平盛衰記』のほうが詳しいですよね。とにかく異様に書き込んである。語り過ぎているところもありますが。

橋本　すごくある。

田中　そうしたものと、いわゆる流布本系*とか語り本系*と言われているものの落差を考えれば、もう別ものだと見なしたほうがいいと思います。

橋本　でも、私はフィクション作家だから、延慶本や『源平盛衰記』の語り過ぎに関してはわかるんですよ。

自分でも書きながら、「こうなったら、こう語りたいだろう。自分ならこう語りたいぞ」というように、エピソードを拾ったり捨てたりしていました。たぶん学者の読み方ではないことだけは確かなんです。

ただ、『平家』に関しては文学と歴史の間が、フィクションとファクトの間がこんなに曖昧なままイコールで結ばれていいのかという疑問はありますよ。

田中　それはそうだと思います。

『平家物語』は叙事詩であると言った段階で、それはもう歴史であるかのようなすり込みがされていると思うんです。日本人には『平家』を享受してきた歴史があって、一種の正典化がされていますね。

橋本　『平家物語』と『ニーベルンゲンの歌』*を一緒にするとかね。

田中　『源氏物語』についてよく言われるように、こんな時代に女性一人がこんな長い小説を書いたのは、すごいことであるとか。それと同じように『平家』についても言われると思うんです。

たぶん『平家』と『源氏』が二つの山だと思うんですが、そういう国民的なすり込みというものをやっぱり一度どこかで引っくり返さないといけないと思います。

＊延慶本（えんぎょうぼん）『平家物語』の〝読み本系〟の一冊。新義真言宗総本山、根来寺で、延慶二年（一三〇九）に筆写された『平家物語』の中でも最も古い作品と言われる。

＊流布本（るふぼん）『平家物語』の〝語り本系〟である覚一本（かくいちぼん）の流れを組むと言われる。元和九年（一六二三）に刊行され、普及した。全一二巻と灌頂巻（かんちょうのまき）で構成。

＊語り本　琵琶法師などによって語り継がれた『平家物語』をこう呼ぶ。もっとも有名なのは、明石覚一による『覚一本』。他にも『屋代本』や『百二十句本』などがある。
＊『ニーベルンゲンの歌』　ドイツの国民的英雄叙事詩。英雄ジークフリートの悲劇的な死と、その妻クリエムヒルトの陰惨な復讐劇を描く。

建礼門院の悲劇

田中　従来の『平家』であれば、最後は建礼門院徳子と後白河法皇＊がしみじみ語りあう場面になりますが、それがありませんね。
橋本　みんなが書いているから、別に自分が書く必要ないんじゃないかと思った。それに建礼門院に関しては、藤原信頼の息子と結婚していたことのほうが、ずっと悲しいと思っているんです。
田中　高倉天皇＊とは再婚だったということですよね。本当かどうか、私はわからないんですが、不幸なことですね。
橋本　信頼の息子と結婚していたのは、建礼門院とは別の清盛の娘だという説もあります。

です。でも、当時の信頼のポジションからすると、清盛にとって信頼はとても重要な人なわけでしたんです。信西の息子・成範《しげのり》*に長女をあげたのは、成範が結構な年齢だったから一番年長の娘にでも、相手が信頼の息子だったら、他にタマがないから次女よりも三女、三女より四女で、一番重要な徳子をあげるしかないんです。徳子以外の他の娘をあげていたら、絶対に変です。その頃、清盛は信頼よりもずっと地位が下なんです。下の人間が上の人間に娘をあげて、絶対にこれは後白河法皇の引きがあって大丈夫だと思ったら、い娘をあげるわけです。一番い

その後のことでいえば、盛子が結婚する時に、なぜ徳子じゃないのかといえば、徳子はすでに信頼の息子に嫁いでいたからしようがなく盛子になるわけです。徳子と盛子の結婚については単独ではなく、クロスでしか考えられないわけです。

田中　それは考えませんでした。

橋本　だから、建礼門院の入内が近づいてくると、いままで罪を不問にされていた信頼の息子が、突然島流しにされる。あれは絶対に建礼門院の入内と関係があるとしか考えられないですよ。

田中　邪魔だったんでしょうね。

橋本　初めは信頼の息子と結婚し、わけがわからないまま引き離され、次に高倉天皇とす

る。高倉天皇が死んだら、今度は後白河法皇ともう一度しないかという恐ろしい話になっている。建礼門院の悲劇は、そこで尽きていると思いますね。

田中　〝二代后《にだいのきさき》〟どころか、三代。

橋本　しかも一代分は抹消されちゃっているわけでしょ。

田中　そうですね。これは建礼門院については誰も言っておられないことではないですか。

橋本　『平家物語』の注では、「何女が信頼と……」とあるけれども、どう考えても私には、辻褄が合わないんです。

平治の乱以前の段階で、清盛が徳子を大事にとって置かなくちゃいけない理由なんてないじゃないですか。清盛はそこまで偉くなるつもりもないし、天皇に自分の娘を后として差し出すことがありえるとは思わないんですから。その当時、自分の正妻である時子の娘に対して最上の待遇をすると考えたら、歳も同じだし、信頼の息子しかないと思います。すでに定まったところから物事を考えると、「それって間違っていないか」という引っくり返し方は、なかなかできないですよ。

田中　そうですね。

橋本　このあたりなんか、もう物を知らない人間の強みです。

田中　年表や系図というのは、自分で作らないと見えてこないものがあります。年表もいろいろな系統のもの、それを横に並べてみると、横のつながりができてきますから、そういう把握の仕方がいままであまりされてないんです。『平家』は『平家』の中だけで完結したものだとか、『平家』はこうあるべきだみたいな考えがあります。

橋本　文学だったら、それでいいですよ。でも、あの時代がどういうものだったのか知りたいという欲求込みで『平家物語』を読むと、これはわけのわからないものだということにしかなりません。

＊建礼門院徳子（けんれいもんいんとくこ）久寿二年（一一五五）生まれ。建保元年（一二一四）没。高倉天皇の中宮であり、安徳天皇の国母。平清盛の娘、徳子の院号。承安元年（一一七一）に高倉天皇に嫁ぐ。その後、高倉がわずか三歳の安徳天皇に譲位。これにより徳子は国母となった。壇ノ浦の戦い時、安徳天皇と共に入水した徳子だったが、救助され、出家。直如覚と名乗った。

＊高倉天皇（たかくらてんのう）第八〇代天皇。応保元年（一一六一）生まれ。治承五年（一一八一）没。後白河天皇の第七皇子。母・平滋子は平清盛の妻平時子の異母妹。安徳天皇、後鳥羽天皇らの父。

＊藤原成範（ふじわらのしげのり）保延元年（一一三五）生まれ。文治三年（一一八七）没。信西の子として生まれた。母は後白河天皇の乳母でもあった朝子。父が殺害された平治の乱で流刑。しかし寿永暦二年（一一八三）には復権、中納言となり、後白河法皇の側近を務めた。

「国はあって、国はないのか」

田中　『双調平家』は後鳥羽上皇の承久の乱*で幕を閉じます。私が気になったのは、その前にある中大兄皇子が言う「国はあって、国はないのか」「朝廷《おおやけ》はあって、その朝廷はないも同然」「国を作るなんて、どうすれば出来るんだ」という言葉です。これがとても意味深長な感じがするんですが。
橋本　これは私の現代に対するメッセージです。
田中　そう読んでいいんですか。
橋本　他にメッセージなんかはないんですが、一九歳の中大兄皇子にこれを言わせたのは、私の明白なるメッセージです。「国はあって、国はないのか」と言って、涙を流しそうになる。みんなそういうふうに考えてくださいというのがメッセージだから、最後にそれを持ってきました。

田中　最後はこうしようとお決めになっていたんですか。

橋本　それはわからないですよ。平家が壇ノ浦に沈んだ後、これをどうやって締めくくったらいいかわからない状態に一瞬陥ったんです（笑）。重要なのは中大兄皇子だということはわかっていたんですが、もう一度戻って、どうすれば中大兄皇子が出てくるかといろいろやってみて、こういう落ち着き方をしました。

田中　それで最後が「王朝の一切は終わっていたのである」となるわけですね。

橋本　そうそう。だから、承久の乱で王朝が終わったわけではなくて、承久の乱は、すでに終わっていたことを知らずに始めた天皇側の悲しい戦いである。ただ、それを言ってしまうと困ったことに、後醍醐天皇の悲しい戦いに直結しちゃう。だから「あんまり深く考えないでください」というしかない。

田中　実は、これは後醍醐天皇への布石かなと思って読んだんです。*

後白河、後鳥羽、後醍醐。「後」がつく天皇はみんな変なんです。後鳥羽も〝遅れてきた青年〟で、とても可哀想なんですが、後醍醐は隠岐で死なずに帰ってきちゃうとか、その上を行っているでしょう。

橋本　しかも後醍醐天皇の時代には、武士の数も増えており、集めようと思えば、武士を集めることができた。後鳥羽天皇の時代であればアマチュアだったかもしれないが、一応プロを集めてしまった後醍醐天皇には、変な自負がある。そのあたりが可哀想ですよね。

田中　私はこのあと『平家』から『太平記』*に行くのかしらと思っていましたが、『太平記』はいまのところはなしということですか。

橋本　なしです。知らん顔はできないけど。だって事実として、後白河法皇が征夷大将軍を認めなかったことが、そのまま後鳥羽上皇の承久の乱に続くわけですから。

いま言ったように、承久の乱とは鎌倉武士政権、つまり武者の世になっていたにもかかわらず、そのことを認めなかったという幻想の中で受け継がれていく戦争です。そのことは私にとっては常識だから、そういう余韻をもって終らせるしかないんです。でも、「承久の乱をプロローグとする『太平記』を書け」なんて言われても……。

田中　明らかに続いているとしか読めないんですが。

橋本　いやですよ、私は絶対に書きません(笑)。体力的に無理です。だから、こういう長いものを書いた人がいて、『源氏』をやり、『平家』もやって、『平家』で息絶えて死んでしまいましたと納得してもらうことしか、私にはできません。

その後、同じ名前の人が、なにか別のことをやっていましたなんて……。

＊後鳥羽上皇（ごとばじょうこう）　平安末期から鎌倉初期の第八二代天皇。治承四年（一一八〇）生まれ。延応元年（一二三九）没。高倉天皇の第四皇子、母は従三位坊門信隆の娘七条院殖子。安徳天皇の異母弟。後白河法皇の孫。承久三年（一二二一）五月一四日に時の執権北条義時追討の院宣を出し、畿内・近国の兵を召集して承久の乱を起こしたが、幕府の大軍に完敗した。

＊後醍醐天皇（ごだいごてんのう）　第九六代天皇。正応元年（一二八八）生まれ。延元四年／暦応二年（一三三九）没。大覚寺統の後宇多天皇の第二皇子。生母は内大臣花山院師継（かざんいんもろつぐ）の養女、談天門院・藤原忠子。倒幕を志して、建武の親政を敷いた。

＊『太平記』　日本の古典文学の一つ。作者・成立時期は不詳。全四〇巻。南北朝時代を舞台に、後醍醐天皇の即位、鎌倉幕府の滅亡、建武の新政とその崩壊後の南北朝分裂、二代将軍足利義詮の死去と細川頼之の管領就任まで、文保二年（一三一八）からの約五十年間を描いた軍記物語。

坩堝のような時代

田中　『双調平家』は、やはり前作『窯変《ようへん》源氏物語』とのつながりを意識されていたわけですか。

橋本　してないです。形式上のつながりだけですよ。

田中　そうなんですか。そうすると、「橋本さんにとってもやっぱり日本の古典は『源氏』と『平家』なんだ」ということにもなりかねない。

橋本　でも、それでいいんです。『太平記』のような天地人みたいな政治構造でやるという気もありませんので。

もともと事の発端は『桃尻語訳枕草子』なんです。『枕草子』を訳していて「ああ、平安時代って、自分が思っていたものと全然違うんだ」ということがあって、とりあえず平安時代を追いかけてみたいという気持ちがあったんです。その意味で、『源氏』と『平家』は、平安時代の真ん中と終わりみたいなものだから、それが終わってしまえば、あとは誰か他の人がやってくださいみたいな感じです。

田中　『太平記』となると、探ればいろいろと出てくるかと思いますけれども……。

橋本　結構フラットなので、複雑なものがないんですよ。

田中　『太平記』の「太平」についてはいろいろ説がありますが、平和ではなくて、フラットという意味かもしれないですね。いろいろあるけれども、どことなく平板なんです。

橋本　『太平記』はやっぱり、一人の人なり、一つの勢力の話じゃないですか。それ以前だったら、いろんな勢力が浮上してきて、それが大きな勢力になるのか、なれないのかという混沌の中で鎌倉幕府ができ上がっていく。しかも幕府ができ上がっても、まだ生きている勢力もあるわけです。

田中　そうですよね。いろいろなものがミックスされている坩堝《るつぼ》のような時代というのが、よくわかる作品だと思います。

橋本　坩堝にしたので、長くなりすぎました。

田中　なかなか含みの多い終わり方で、それだけが気になっています。

橋本　「含み」を多くしたんです。でも、それは自分のためのものではなくて、他人のための「含み」です。

（『中央公論』二〇〇八年三月号掲載）

二〇〇九年の時評

天野祐吉

（あまの・ゆうきち）コラムニスト、二〇〇九年四月まで雑誌『広告批評』主宰者。一九三三年四月二七日東京生まれ。明治学院中退。『広告批評』は「広告」を主たるテーマにしながらも橋本治を筆頭に、個性ある書き手が多数登場するメディアだった。〔一三年一〇月二〇日没〕

橋本　この対談が載る『通販生活』は、二〇〇九年の春に出る号なんですね。もしかしたら、解散総選挙なんてもう終わっているかもしれないし、先なんて読めないですよね。

（注・この対談は二〇〇八年一〇月末に行われた）

天野　そういう意味では、リスキーな対談だなあ（笑）。

橋本　『広告批評』*の連載も、というより『広告批評』そのものも、もう終わっている……。（注・雑誌『広告批評』は、二〇〇九年四月号をもって休刊）

天野　そういうことになりますね。今回の『通販生活』編集部からの依頼は、「来年はどうなるか、来年以降はどんなことが起きるのか」、それを読み解く「橋本治流先読み時評」をやってもらいたい、ということなんだけど。

橋本　知らない知らない（笑）。だって、もう時評なんて辞めてんだもん、オレ。分からなくてもいいやって人なんだし。

天野　じゃあとりあえず、「そもそも『橋本流時評』とは何か？」というところから話を始めますかね。

橋本　オレね、時評なんて基本的にやりたくないんですよ。そんなものは、ちゃんとした人がやればいいんです。オレって、ちゃんとしてない人なわけだし。世間で注目されているような出来事は、みんなが言及してるんだから、別にわざわざオレが言う必要もないでしょ。『広告批評』だからやっていたというだけの話で。

だから『広告批評』みたいなのをやってくれませんかって、どこかから頼まれても、まずやらない。もしどうしてもやらなきゃいけなくなったとしても、おちゃらかして別なものにするか、もっとハードにいくかどちらかで。

天野　そうね、時評というものについての橋本さんの考え方は、他の人とはまるで違う。

橋本　うん、これまでの時評って、時評というものはこういうもんだって決まっていて、やる人がどういう人かも決まっていて、そうすると、言うことは大体どういうことかという大まかなラインも決まっていて。オレ、そういうの好きじゃないんですよ。学生時代からそういうものの考え方をしてこなかったし。

天野　学生時代から、人とは違う考え方をする傾向があったんだ。

橋本　そうですね。なんかヘンなよなあって思ったことを、どーたらこーたら考えていくと、結局それは時評ではなくて、その出来事の下にあるのは人間の在り方だろうというところへ行っちゃうんですよね。ワタシ、一応作家だし、『広告批評』だって、そもそも人間の在り方みたいなところに興味のある雑誌だと思うから、それはそれでいいんじゃないかなあって。

天野　時評というのは、その時々の出来事の評価とか批評というものでしょう。出来事そのものを捉えているわけでもないんですよね。

橋本　ないんです。でね、オレの場合、どっかで視点がズレルから、出来事そのものではなく、出来事の向こう側にあるものしか見えない。細かいことは分からないんですよ。新聞もちゃんと読まないし、インターネットなんか触ったこともないから、みんなが得ている情報とは違った見方をするしかないでしょ。

千年前が絡んだ時評

天野　今もインターネットやってない？

橋本　だってパソコン持ってないもん。

天野　うーん、パソコン持ってないんだ。でも携帯は持っていましたよね？

橋本　一応持ってますけど、オレの携帯って、メールができないんですよ。そういうものが存在する以前の機種ですから。

天野　ほとんど骨董の域に達している（笑）。原稿も、そういえば手書きでしたね。

橋本　ワープロはまだ生きてますけど、あれは『平家物語』を書くときのデータを、全部ワープロに入れる必要があったからで。基本的には、全部手書きです、今も。

天野　橋本さんは、そういう人なんですね。そういう橋本さんの時評を『広告批評』の巻頭に載せようと言い出したのは、当時編集長だった島森（路子）*で、僕も賛成したんです。あるところで、哲学者の鶴見俊輔*さんに「『広告批評』は時代の世相の天気図になっている」という過分のお褒めをいただいたんですが、そういう世相の天気図、見取り図みたいなものを僕らが作れたらいいな、という想いがあって、じゃあ冒頭に総合的な全国気象図を橋本さんに書いてもらおう、ということでね。つまり、まず橋本さんに単なるその時々の政治的事件、社会的出来事の文字通りの時評をしてもらうんじゃなくて、そういうものを素材にして、今の時代の一つの大きな天気概況を示してもらう。それをバックにして、個々の広告とか、いろんな分野の個別の天気図を雑誌の後ろのほうにつけていければ面白いかなと。それにはまず何よりも、橋本さんの時評が冒頭に来なくてはならない。それで、冒頭のコラムをお願いすることになった。そういう経過でしたね。

橋本　「じゃあ、やりゃあいいんでしょ」（笑）みたいな話で始めたのが、もう二〇世紀の終わりでしょ。オレとしては、細かいことをアレコレ言ってみたってしょうがないから、日本だか世界だか分かんないけど、一体どっちへ行くのかなと、昨日から明日へ向かって行く天気を読む天気予報士。こういうことが起きるのはなんでなんだろうとかを、今日まで続いて来た過去の話からつなげて考えていく天気図なのね。それこそ小泉政権*が誕生したところに「保元の乱」*を持ち出すような人だから、オレ。

天野　そこが橋本さんの持っている独自の論法というか視点というか。だいたい時評というのは、物事を切り捨てて四捨五入的に書くでしょ、すっきりさせるために単純化して。だけど橋本さんの時評は、逆に物事を複雑化させていくのね。その複雑なところを通り抜けていかないと切り捨ててしまったものが見えてこない。そういう橋本さんの物事を考えるスタイルに、僕らはどうも惚れてしまっていたらしい（笑）。第一、四〇〇字詰め原稿用紙で三〇枚も書く時評なんて、あんまりない。

橋本　「あの薄さの雑誌に、あれだけの枚数をよく毎月書かせますね」って他の雑誌の編集者に言われたの。でも数枚分の時評原稿じゃ、言うことは決まっちゃうでしょ。分かりやすく単純化した時評、面白くない。枚数があって初めて言えることってあるんですよね。

天野　短くすると分かり易い、という思い込みも読む側にあるんじゃないですかね。短くスパッと言い切られると、面倒なはずの事柄が、それこそスパッと頭に入ってパッと分かっちゃった、みたいな。分かるということは、そんな単純なことじゃないと思うけど。論理的にはどうしても分からないもののほうが、本質をよく突いているということもあるはずだし。もうひとつ、あんまり物事を簡単にしないで、もっとちゃんと考えてみようよ、と僕らが思っていたということもありますね。

橋本　オレには、時評みたいなものが好きな人に「そう簡単に分かられてたまるか」というところがあるんですよね。ある物事について考えるとき、「普通はこう考えるだろうけど、そういう考え方っておかしくない？」という引っくり返しをしてしまう。

だってさオレ、「じゃあ今の世界情勢を三行で言え」って言われれば言える人なんだよね。でもそれは、フツーの人には分からないじゃん。説明しなきゃなんなくなる。だから長くなっちゃう。三行の情勢をフツーの人がきちんと分かるように説明するには、どうしたって三〇枚の理由が必要なんですよ。

天野　橋本さんの時評というのは、今日のことを書いているのに、千年前の歴史やなんかが絡んでくる。例えば『源氏物語』でも『平家物語』でも同じ形でやっておられますが、そういう話法の面白さがあると思うんですよ。でも世の中は、四捨五入的話法が歓迎されていて、みんなあまり深く考えることをしなくなった。単純化して、分かり易さばっかり求めるようになっちゃっている。でも、分かりにくいものは分かりにくいものとして提示してもらったほうが、何かそのうち分かる、ということもあるはずなんだ。

橋本　そう、そのとき分からなくても。

天野　そうじゃないと、例えば『リア王』*なんか、すぐコーディリア姫の親孝行物語に単純化されちゃうわけでしょ。子どもにとっては『リア王』の本当のテーマなんか難しくて分からない。でも、それはそれでいいんじゃないか、難しいものは難しいものとして出せば。そこを大人も一緒になって単純化して無理に理解しようとするから、おかしなことになってしまう。三行の『リア王』で大人が理解したつもりになっているのが、今までの時評でしょう。橋本さんの「ああでもなくこうでもなく」は、それを見事に引っくり返してくれた、今までにはないスタイルの時評じゃないですかね。

＊『広告批評』　一九七九年に天野祐吉が創刊した、広告のありようを考える雑誌。二〇〇九年四月で廃刊となった。内容は多岐に渡り、広告業界の「業界」誌とは一線を画し、まさに批評誌であった。そうした姿勢に反応する第一線のクリエーターが常に登場した。橋本治にも早くから「時評」という場を提供していた。

＊島森路子（しまもりみちこ）　一九七九年に天野祐吉とともに『広告批評』を創刊し、副編集長、メインインタビュアーを務める。八八年より編集長となり、九〇年にはフジテレビ『FNNニュースCOM』のキャスターを務めたほか、評論活動やコメンテーターなどさま

ざまな場面で活躍。九〇年代後半に体調をくずし、第一線をしりぞいている。主な著書に『広告のなかの女たち』（大和書房）『コピーライターの冒険』（筑摩書房）、橋本治との対談集『仲よく貧しく美しく』（マドラ出版）など。〔二〇一三年没〕

＊鶴見俊輔（つるみしゅんすけ）　哲学者。一九二二年東京生まれ。一〇代で渡米し、四二年にハーヴァード大学哲学科卒業。帰国後、海軍バタビア在勤武官府に軍属として勤務する。敗戦後の四六年五月、丸山眞男らとともに雑誌『思想の科学』を創刊。その後、京都大学、東京工業大学、同志社大学で教鞭をとり、六〇年には市民グループ「声なき声の会」を創設、六五年にはべ平連に参加した。近年では、「憲法九条の会」を大江健三郎らと結成し、再軍備に向かって舵を切りつつある現在の日本を鋭く批判し、警鐘を鳴らし続けている。〔二〇一五年没〕

＊小泉政権　二〇〇一年に「自民党をぶっ壊す」といって登場した、「変人」小泉純一郎が総理総裁の座に着いた政権。小泉純一郎のパフォーマンスとワンフレーズで相手にせまり、考える余地を与えず、構造改革と称して、必要なものまで解体してしまった。しかし、判りやすいので、大衆受けはよく、支持率は高く、〇五年の総選挙でも「敵か味方」とせまり、圧勝してしまった。結果的に〇六年まで続いた長期政権となった。しかし、ぶっ壊す

といっていたように、小泉退陣後の自民党はまさに荒野となっていた。

＊保元の乱（ほうげんのらん）　保元元年（一一五六）七月に起った内乱。皇室では崇徳上皇と後白河天皇が、摂関家では藤原頼長と忠通が対立し、上皇は頼長と連合し、武将として源為義を立て、天皇・忠通側は平清盛と源義朝軍で戦うことになった。崇徳側は敗れ、上皇は讃岐に流され客死し、負けた側への処罰は死刑も含め、かなり厳しいものがあった。親戚縁者が入り乱れての戦いでもあり悲惨なもので、武士の強さばかりが目立った。結果として武士の時代の到来を告げることとなった。

＊『リア王』　イギリスの劇作家ウィリアム・シェイクスピア作の悲劇。四大悲劇の一つ。長女と次女に国を譲ったのち、二人に事実上追い出されたリア王が、末娘の力を借りて二人と戦うも敗れる。四大悲劇中最も壮大な構成の作品と評価されている。

二行のコメント

橋本　連載を始めた時期が、二〇世紀が終わろうとするころだったでしょ。世紀が終わりに近づけば近づくほど、世の中が薄っぺらになっていくことに気づいていて、それで腹を立てたってことがありますね。テレビのニュースなんかが知的なショーみたいになって、何かいっぱしのコメントを言えるのが知的だ、みたいなふうになっちゃってね。でもそれって、結局はその場しのぎで何の解決にもならないでしょ、ってのがオレにはあるんですよね。

天野　観ているほうは、だいたいそれでごまかされちゃう。ワンフレーズでね。その典型が、さっき話に出た小泉さんみたいな政治家の出現で、なにかワンフレーズで改革ができちゃうみたいな錯覚に陥った。分かった気になっちゃった。でも、どうしてみんなそんなふうに、分かり急ぐようになったんでしょうね。

橋本　頭が悪くなったからだと思う。みんなの教育レベルが上がって、ま、レベルが高いんだからそんなに頭良くなくてもいいや、と思うようになったんだと思うのね。知識はあるんだけど、思考力がないみたいな。だから、コピペとか言うじゃないですか、あれですよ、日本の教養なんて。「私はこれだけのことを知っています」という〝良き受け手〟になる訓練でしかなくて、「ちゃんと自分の意見を述べなさい」と言われると「うーっ」ってなっちゃう。「誰かはこう言っていた、別の人はああ言っていた。それをまとめると、一般的見解はこうなります」というのがレポートだと思い込んでいる。日本って、ずうーっとそういうことでここまで来ちゃったから、テレビのコメントなんか、そういうまとめコメントにしかならないんですよ。

天野　そうなんですね。何かがあったときに、僕なんかにもテレビや新聞がコメントを求めてくることがあるんですが、これがまたスゴイ。さんざん喋らせておいて、使うのが二行とかね。しかも、その二行のまとめ方がまたぜんぜん間違っていたり。

橋本　「そんなこと、言った覚えはないが」という……。

天野　そうそう。

橋本　結局、記者が自分で言いたいことを求めてきて、それに合った部分だけを取り上げて「この人はこう言ってくれました」みたいな。

天野　最初から聞きたいことを決めていて、そのことに当てはまった言葉だけを取り出している。

橋本　だいだいコメントを求めてくる人って、二行にわたる話が理解できないような頭になっているんですよ。ワタシが質問に答えて「普通こうこうだと言われていますが」と言って、「でも私はかくかくだと思いますね」と続けると、その二行目の「でも……」以下を削っちゃうんですよ。

天野　そうね、まったくそうだ。

橋本　もしかしたら、二行にわたる話が日本人には飲み込みづらいのかもしれないと思って、それ以来、ワタシの書くものが異様に長くなった、という話につながるんですけどね。ああ、この説明も長かった……(笑)。

天野 だから最初から、「普通はこう言われていますけど……」という部分を削ってコメントしなきゃいけない。

橋本 「人はこう思っているらしいけど、実はそうではなくて」という考え方をしないと日本はどうにもならないんだけど、「人はどう思っているか」しか問題にしないから、ほんと、どうにもならないんですよ。「あ、みんなそー思ってるんだー」の予定調和でオシマイ。

「どうしていいのかわからない」

天野 僕は橋本さんの時評で、いろいろと触発されているんだけど、今日のテーマの「先取り時評──二〇〇九年はどうなるか」ってことで言えばね、今度の『広告批評』(二〇〇八年一一月発売号)に載る「ああでもなくこうでもなく」の内容は、とても示唆的でしたね。エコノミストは、金融市場がぶっ壊れるなんて絶対に言わないっていう話。

橋本 今の世界の金融市場なんて、もうひどいもんでしょ。もの凄い株の乱高下や、メチャクチャなパニック状態に陥ってもなお、エコノミストってさ、自分が棲息しているシステムに関してだけは、想像力が働かないんだよね。金融市場というものがぶっ壊れないっていうことを前提に話しているから、少しモノの分かったエコノミストでも「このままだと市場が壊れかねませんよ」とまでは言うんだけど、決して「壊れます」とは言わない。だから、なんだかんだ言っても、マネーゲームを続けていけるわけですよ。

天野　そうである限り、壊れたらどうなるのかということへの想像力は、そこですべて遮《しゃ》蔽《へい》されてしまう。橋本さんの時評によれば、エコノミストは壊れないと思い込んだ塀の中で生きているから、その外側はまるで宇宙の外みたいなもので理解不能だということになる。僕なんかも自省をこめて言うわけだけど、広告がなくなったらなんてことは、僕ら、あまり考えない。

橋本　広告はどこかから出てくるんですよ。人に何かを知らせたい、ということはなくならずにあるんだから。でも経済は違う。世界経済が完全に破綻したら、つまりぶっ壊れてしまったら、エコノミストが存在する場所はなくなる。エコノミストは経済のあらゆることが分かっているんだろうけど、ただひとつ「世界経済が破綻したらどうなるのか？」だけは分からない。自分の居場所がこの世から消滅してしまうということを考えたくないからですよ。理解できないのね。オレ、この原稿の中でも書いたけど、経済なんかに興味はないんですよ。でも、壊れた壁は見えるの。

エコノミストたちは二〇世紀も二一世紀も、「世界経済はどういう形であれなくならず存続する」という前提で動いていて、これ以外のことは考えられない。〝もし〟が、理解できない。壊れた壁の前で、「まだ壊れていない」、「あれは壊れているんじゃない、修復可能なちょっとした破れにすぎない」と思い込もうとしている。それが、来年も続いていく。でもオレ、もっとこの壊れ方がひどくなると思う。だから、ほんとうにヤバイと思ってるの。

天野　だからその外の世界、今ある前提が取っ払われたらどうなるか、ということを考えるのがものすごく大事なポイントでしょう。今までこうだったからという枠の中じゃなく、その枠を取っ払って考えないと来年も再来年もその先も、何も見えてこないんじゃないかと、橋本さんの原稿を読んで考えたんですけどね。

橋本　取っ払っても何も出てこないと思う。まず、取っ払うということ自体、日本の政治家を始めとして、官僚にだってできにくいんですもん。前例を踏まえてどうするかしか考えていないから、その前例が役に立たなくなっちゃったら終わり。

金融というか、国際経済システムが壊れたらどうするか、という話は三年前〔二〇〇五年〕の集英社新書『乱世を生きる　市場原理は嘘かもしれない』*に書いた話なんですよね。それを書いたときは、「それが壊れたらどうするんだろうな。オレは別に金融とか経済とか関係ないからいいけど、そこにいる人たちはどうするんだろう。そういう事態が十年後ぐらいに来るだろう」みたいなことを書いたんだけど、そしたらもう三年後にはこうなっちゃった。

天野　そこはピタリと未来を言い当てていますね。まったく別のところからアプローチして、しかし核心は摑んでしまっている。

橋本　この九月（二〇〇八年）に、新聞のインタビューを受けて「今、投資ブームなんですが」とか言われて「えー、だってサブプライムローン問題があって、投資ブームなんて終わるじゃない」なんて話から、今言ったような話をしたんですが、その後にリーマン・ブラザーズが破綻したの。投資なんてバーチャルなんだという話をしていて、リーマン破綻の後では載らないだろうと思っていたら載ったんだけど、リーマン破綻の前にこれを喋っていたなんて、誰も思わないのね。そう思うのが普通だと、オレは思っていたんだけど。

天野　橋本さんと他の人では、〝フツー〟の感覚が違うんですよ、きっと。

橋本　でもね、経済評論家とかエコノミストとかって、なんであんなにエラソーなんだろう。昭和の終わりごろから、ワタシは、たかがカネのことじゃん、と思っていてずーっとムカついているわけです。その上、彼らの言ったことなんて、なんにも当たってないじゃん。

天野　そうです。当たらない天気予報なんかいらない……。

橋本　『通販生活』のこのテーマには申し訳ないけど、要するに分からないんだよね。「経済のことなんか分からない」と言ってるワタシなんだから、この先、世界経済がどう動くか、世の中がどうなるかなんて分からない。ぶっ壊れている壁は見えるけど、右往左往しているばかりのエコノミストや政治家にも先のことなんて分からないから、誰にも「どうしていいのか分からない」。

天野　うん、「どうしていいのかよく分からない」というのが、これ以降のキイワードかもしれない。

橋本　このままだと危ないというのは、サブプライムローンとかが出てきた段階で「えっ、そんなことをしなくちゃならないくらい金融って行き詰ってるの」ってオレは思っちゃったけど、そういう考え方をしない人たちは、世の中でお金が回ってるからそれに乗っかっちゃった。それがこんな状況になって、どうしていいか分からなくなった。世間の人は世の中で金が回っているんだから、それに乗ってみようとだけ考えて、その回り方が危ないという考え方をしないで経済の方向へ突っ込んでいく。どうしてそうなんだろう、と考えるんだけど、でもオレ、考えるのがイヤになると、そういう連中はバカなんだからどうでもいいや、とすごく簡単なところで結論出して終わっちゃうの（笑）。来年もこの状況は続くでしょ。

＊『乱世を生きる　市場原理は嘘かもしれない』橋本治著。集英社新書、二〇〇五年刊。『「わからない」という方法』『上司は思いつきでものを言う』に続く橋本治流ビジネス書の第三弾。現代の乱世における「勝ち組・負け組」の原理が解読されていく。さらに「新自由主義」による市場至上主義の問題点を喝破し、リーマンショックを予言することになった。

マスは分裂していく

天野　金融の問題だけじゃなくて、産業の世界でも既成の枠が通用しなくなっている。そこがこれからのことを考えていくときに面白くて、橋本さんがどこかでお書きになっていたんですが、「軍縮」は必要なんだけど、「産縮」もやらなきゃならないんじゃないかと。

橋本　そう、「産業縮小」です。

天野　こんな巨大なシステムで産業界が動かなきゃならないというのは、どうしたって無理がある。小規模にしろとは言わないけれど、もうちょっと中間サイズに産業を縮小し直さなければ、いずれ破綻する。今は破綻しかけたらすぐに綻びを縫うみたいなことばかりやっているけど、もう限界が来ている。だから、その「産縮」というのは、これからの大きなテーマだと僕も思う。

橋本　産業という考え方自体を止めたほうがいいかもしれない。それに「産縮」すれば、CO_2は確実に減る。環境問題は、これからの唯一の希望です。エコってヘンなファッションみたいに受け取られているところもあるけど、環境問題はいまやそんなノンビリしたことは言ってられないでしょ。環境を考えるということが当たり前のことに近づいてきたからね。それはそれでいいことですよ。そのためにも、産業は中規模がいちばんいいんです。

天野　そう、マスというのが崩壊しつつある。もうマスメディアが成り立たない。例えば、僕の専門の広告の分野で言えば、インターネットを使った広告が、すでに雑誌広告を追い抜いている……。

橋本　マスメディアが成り立たないというのは、もう明らかですよ。だって、マスじゃ物事掴まえられないんだもん。マスは分裂している。分裂したものが、みんなで協議して何かの結論を出すというところまでいければいいんだけど、そうはならない。いっそ、個という単位まで解体してしまえばそれでもいいんだけど、今度は個が暴走し始める。極端から極端に走って、中間がないの。それがネット社会の怖さというか。

天野　橋本さんはインターネットはやらないけれど、橋本さんの想像力の世界で、インターネットというものがどういうふうに世の中を変えていくと考えています？

橋本　インターネットって、変えることじゃなくて混乱させるものだと思うんですよ。例えば、出版について考えればよく分かる。出版が危なくなっている、それはインターネットのせいだ、みたいなことを言う人が出版界にもよくいるけど、インターネットという地球規模のものに対して、出版なんて大河の一滴みたいなもので、勝てっこないでしょ。なぜなら、巨大な鵺《ぬえ》みたいなもので、どうにも捕らえようがない。そんな地球規模のわけの分からない怪物と対するにはどうするか。で、中身しかないというヘンテコリンな結論に行き着くわけでね。ワタシはインターネットやらないから、やる人に「あなたたちがやった結果どうなるかは、自分で考えてくださいね」みたいなことは言っておきたいですね。誰にも答えられないと思いますが。

天野　インターネットでものを伝えることの難しさ、というのもありますね。ほんとうにきちんと事実や表現が伝わるのか、と。

橋本　世の中って、そんなに物事が簡単に伝わるはずがないと思うから、簡単に伝わることの有効性なんて、本当に少ないと思いますよ。インターネットに意図とか意志なんてない。意図がない伝達だから、結果としてグチャグチャになっちゃうし混乱しちゃう。意志がないものに状況を任せちゃったら混乱するしかないわけで、今、状況はそっちへ行っちゃってるんですよ。もう一度、どう制御するかを考える必要があるだろうけど、制御できると考えるのも甘い。だって、金融システムが破綻したっていうのは、ある意味、ネットのせいでしょ。

天野 ネット自体がまるで生き物のように自動的に走り出す。でもそれが、いずれ破綻するんだというのは、みんな分かっていたような気がしますね。

橋本 やっと破綻が目に見えたから、みんなそう言うんですよ。でも、やっている間はそんなこと、誰も言わないのね。データでものごと全部処理できる人って、特殊な頭の持ち主だとしか思えない。オレ、できないもん。そういう人、自分は頭がいいと思い込んでいるんでしょうね。頭のいい人たちが、それでも飼い馴らすことのできないネットなんだから、暴走し始めるのは当然のことで。

天野 それが、グローバリズムのひとつの在り方だなんていう人もいる。

グローバリズムよりも「貧乏は正しい」

橋本 だいたいオレ、グローバリズムなんて、何のことかよく分からない。外国人の言うこと、よく分かんないし。グローバリズムの考え方って、最後の結論が大体合っていれば、途中の細かい経過はどうでもいい、みたいなところがあって、最終的には「はい、これだけ大きな利益が出ます」で終わり。切り捨てられるのがいっぱいあるという、そこが一番大きな問題ですね。

天野　そういうネットの暴走が来年以降も続くでしょうね。抑える力が働かない。暴走しだしたら「どうしていいのか分からない」。これも、市場原理にすべて任せっきりという新自由主義経済なんかと同根でしょ。

橋本　日本はバブル崩壊という形で、経済がいっぺんは壊れてるんですよ。壊れたんだから、そのことを前提にして考えればいいはずなのに、誰もそう思わない。先進国の中で唯一壊れた経験を持っているのに、それでもまだアメリカに聞きましょうとか言ってる。先進国のくせに先進国の自覚がないということが、この国をいちばん混乱させている理由なんですよ。もうアメリカに聞いたってしょうがないのに。

天野　アメリカに、その問いに答える力も論理ももはやないでしょ。

橋本　日本はものを作って金儲けしてたんですよ。それで儲かりすぎて金が余ってしまったんで金融へ向かってはじけちゃった。だったらもう一度、そんなに儲からない程度にものを作ろうという方向へ行けばいいんですよ。だから、産業なんか再編成して中規模の会社に戻ればいい。そうすれば中国からヤバイものとか買わなくて済む。でも儲かりすぎちゃって、それをもっとやらなきゃというんで、安い下請けの中国に仕事をさせてとか、変な方向へ行ってしまったからおかしくなったんで、自分に必要なものは自分で作りなさい、それだけですよ。

天野　そうすれば、適正規模というのが生まれるわけね。

橋本　世界の破綻というのは、オーバーフローなんですよ。毎日毎日、何十兆円何百兆円という金が、株の高下によって生まれたり消えたりするのがおかしいんであって、経済の規模が大きくなりすぎてオーバーフローしているのが金融危機なんだから、ちょっと溢れたらバスタブの詮を抜いてお湯を減らしなさい、ということなんですよ。

天野　だけど、それをこぼれちゃ困る、壊れないように一生懸命あがいている人たちもいる。

橋本　アメリカは必死になって、なんとか水漏れを防ごうとしている。でも無理でしょ。サブプライムローンもリーマン破綻も回避できなかったアメリカに、もうそんな余力が残っているとは思えないもん。

天野　今までは確かに、アメリカ主導でやってきた。しかし、アメリカの一国最強体制が完全に崩れ始めましたよね。当然、日本の独自の行き方を迫られると思うけど、どうもそうはならないみたいで。

橋本　アメリカに他国を従わせる力がなくなって、一国主義が崩壊して、衰亡に向かってるんですよ。でも、アメリカみたいになりたいと思う国はいくらでもある、中国とかロシアとかね。これらの国にも、覇権主義はいずれ衰亡に向かうんだということを早く理解してもらわないと、世界が厄介でしょうがない。アメリカが衰亡してしまえば、イスラム原理主義のテロといったって、振り上げた拳の相手がいなくなるんだから、テロなんて自然に消えていく。だから日本も、強大な国に身を預けてしまうなんてのは無能無策の現われだということを、胸に手を当てて考えてみるべきだと思うけどね。

天野　アメリカの衰亡に象徴されるように、確かに世界は壊れかけている。そこで、壊れると困る人と、別にいいんじゃないかと思っている人がいるわけですよ。僕なんか別にいいんじゃないかと思っているほうだけれど、そうなったら貧乏になるぞと脅かされるわけ。

橋本　だけど、オレ、もう貧乏なんだもん。

天野　橋本さんはよく、「貧乏は正しい」と言うけれども、貧乏で何がいけないんだ、と僕なんかも思うんですよね。食うものもないという貧乏は確かに困るけど、最低限、僕の場合で言えば、かりんとうと芋けんぴが好きなときに食えれば、それでもう貧乏だとは思わないですね。シャネルが買えないから貧乏だ、なんて思わないから。だから、みんなもう一度、貧乏になればいいと思うけど、そんなこと言うとまた怒られるわけ。

橋本　日本人は貧乏に慣れているんですよ。それがうっかり大金を手にしたりすると、遣い方が分からないからシャネルだのヴィトンだのと。そんなの似合う人、本当に少ししかいないのに。

天野　そう、正しい貧乏を極めなくちゃ（笑）。橋本さんは『貧乏は正しい』[*]（小学館文庫）という本を五冊も書いてるくらいだから（笑）。

橋本　でも貧乏は正しいけど、正しいことは楽しくないの（笑）。でもね、楽しくないからそれを捨てる、というのは間違いなんですね。もういっぺん、何が正しいかというところへ戻るしかないわけで、だったら「貧乏は正しい」という前提からやり直すのが一番だと思う。そのことにおいて、自分がいかに貧乏かを問題にする必要はないんですよ。だいたいみんなそんなに金持ちじゃないんだし。無意味な金持ちって、パリス・ヒルトンみたいなヤツのこと言うんだろうけど（笑）、金持ちになってバカになるんだったら、金持ちなんかならないほうがいいよな、と思うしね。

天野　世の中、価値を計る物差しっていっぱいあったはずだけど、今、「金」以外の物差しがなくなっている。それこそ「金尺＝かねじゃく（曲尺）」ね。金尺だけが幅を利かせて、あとはきちんとした尺度がない。それが諸悪の根源なんだろうけど。その根源をどうやってぶっ壊せるかというのが、面白いテーマなんだろうと思う。

橋本　ちょっと前にタクシーに乗ったの。「不景気ですね」なんて運転手と話してたら、「でも、金ってあるところにはあるもんですね」って言うから「どんな金持ち?」「若い人が百万円も持ってたんですよ」。若いとき百万円ぐらい持っているのって、そんなに珍しいことでもないとワタシは思うから、「そういうこともあるんじゃない」って言ったら運転手、「実は私も昔はそうでした」みたいなことを言って笑っちゃったんだけど。だから、金がすべてというのは、若いときの一時の、ほんのちょっと景気のいいときに尺度にしているだけの話じゃないかとも思うんですよ。

天野　そういう一過性のことを誤解して、こんな金融危機をこしらえちゃった。

橋本　なれないヤツが大金手にするからおかしくなるんです。特に若いヤツが金融とかで稼いで「金あるぞ、嬉しいぞ、偉いだろう」とはしゃいでいる。そういう尺度を作っちゃった。日本はそういう意味で若くなりすぎた。「それは一時のこったよ、お若いの」という言い方のできる人がいなくなった。

天野　政治がそれを助長した節もある。

＊『貧乏は正しい!』シリーズ　橋本治による「17歳のための超絶社会主義読本」と銘打た

れたシリーズ。『貧乏は正しい！　ぼくらの東京物語』『貧乏は正しい！　ぼくらの資本論』『貧乏は正しい！　ぼくらの未来計画』『貧乏は正しい！　ぼくらの最終戦争』などがある。いずれも小学館文庫。

季語としての「首相辞す」

橋本　オレね、福田さん（福田康夫）*が九月（二〇〇八年）に辞めたときに「首相辞す」というのが俳句の季語になるんじゃないかと思ったのね。福田首相って、日本初の等身大の首相だったんじゃないかと思って、けっこう好きだったの。日本人の当たり前のあり方を体現していたんだけど、結局「どうしたらいいか分かんない」ところで壁にぶつかって、九月に辞めちゃった。総理大臣がそこまで落ちてしまったというのが、今の日本のすべてだと思う。つまり、日本人というのは、人間の在り方がみんな等身大であればいいと思っていたから、同じような人がこれまでずっとやってきたんだけど、等身大の人間じゃどうにもならないということを、福田康夫が示しちゃったわけですよ。それで、等身大はダメだっていうことで出てきたのが麻生太郎*で、この人が力は入ってて「俺は等身大じゃないぞ、何かできるんだぞ」なんて言っているからワケ分かんないの（笑）。だからこの先どうなるかって言ったら、「よりワケが分かんなくなる」というのと、「やっぱり等身大に戻ります」というのとの間のキャッチボールの繰り返しなんだろうとしか、ワタシには思えないわけですよ。

天野　この対談が載るころには、次期政権の行方は決まってるんだよね。

橋本　いや、でもさ「首相辞す」ってのは、秋の季語だから（笑）、春には政権交代はないんじゃないですか（笑）。

天野　来年の秋までズルズルと（笑）。でも最近は、中央の政治家よりも知事のほうが面白いとかって、またいろいろ出てきてるじゃない？　あれもまた、何がなんだか分からない。

橋本　そうそう。能力をジャッジするという能力が日本になくなってきちゃったから、威勢のいい人を支持するというヘンテコリンなことになったの。威勢のいいだけの人ってどこか抜けているから、きちんと批判されると猛烈に怒るんだよね。あの大阪の人みたいに。

天野　不透明な時代なんて言うけど、もうこうなるといろんなものがぶっ壊れないと先に進めないという実感が出てきたでしょう。そういうとき、どうするのかを誰かが言わなきゃならないのかな。つまり、メディアというものが、僕の仕事も含めてだけど、どんなことをやればいいと橋本さんは思う？

橋本　「もっとみんなで考えよう」と呼びかける能力は、マスメディアにはもうないと思う。メディアの仕事とは、より多くの人たちに何かを考えさせるようにすることなんだと思うけど、小学校の勉強と同じで、簡単に分かる答えを与えすぎるのね。「そんなに簡単なもんだったら要らない」ってはねられちゃう。そういう意味では、新聞よりもテレビのほうがヤバイと思いますけどね。

天野　テレビは、本当に危ないですね。僕は冗談半分なんだけど、麻生さんとＤＡＩＧＯ*の対談をテレビでやったらいいと思うんですよ。つまり、総理大臣の孫といっても、いろんな孫がいるんだよ、ということをみんなに見せれば、みんな何かを考えるんじゃないかと思うんだけど、テレビの人ってそんなことは考えないよね。

橋本　ついでにそこへ、小渕優子*と田中真紀子*も入れてほしいなあ。そういう座談会、討論会（笑）。

天野　じゃあ、小泉孝太郎*も入れて（笑）。

橋本　何なんだそりゃあ、っていう（笑）。でも、それを見続けるのはそうとう辛そう（苦笑）。政治ってその程度のものだっていうことは、よく分かるかもしれないけど。

天野　その程度の政治かもしれないけど、政権交代はあると思いますか、橋本さんは？

橋本　今、交代して民主党に政権が行ったら、これは民主党の危機だと思いますね。だって、小沢一郎が首相になって民主党がまとまっていられますか。民主党の支持者の中でも、小沢一郎を総理大臣にと望む人はそんなにいないでしょ。ビミョー……ですよね。そういう意味で、さっき言ったけど、等身大の総理大臣か、俺は等身大じゃないぞと言う総理大臣か、それとももっとワケがわからなくなって、古くからいるようなタイプの政治家か、そういうようなもんですわね。

天野　うん、確かに小沢さんが首相になってしまえば、旧態依然というか、ちっとも交代した感じがしないと思う。

橋本　というか逆に、小沢首相では日本はより沈滞するかもしれない。だって小沢さんて人の言うことを聞く人じゃないでしょ。今の日本の政治家にいちばん必要なのは、人の言うことを聞くという能力だもん。

＊福田康夫（ふくだやすお）一九三六年生まれ。第六七代内閣総理大臣福田赳夫の長男であり、第二二代自由民主党総裁、第九一代（二〇〇七年九月二六日〜〇八年九月二四日）内閣総理大臣。自身の内閣を自ら「背水の陣内閣」とネーミングした。

＊麻生太郎（あそうたろう）一九四〇年生まれ。第九二代内閣総理大臣。べらんめえ調の軽

妙な語り口と毒舌も織り交ぜた発言で、街頭演説などで聴衆の人気を博した。一方で過去の失言が指摘されたり、問題視されることがしばしばある。

＊DAIGO（だいご）一九七八年生まれ。竹下登元首相の孫で、ミュージシャン、タレント。二〇〇三年にDAIGO☆STARDUSTとしてメジャーデビュー。竹下登元首相の孫と思えぬ若者言葉で話すギャップ性や、その言動が注目を集め、若者を中心に人気を博している。〇七年のBREAKERZ結成とともに現在の名前にした。

＊小渕優子（おぶちゆうこ）一九七三年生まれ。政治家。第八四代内閣総理大臣小渕恵三（一九三七年六月二四日生〜二〇〇〇年五月一四日没）の娘。父の急逝後に初当選。麻生太郎内閣では、内閣府特命担当大臣（少子化対策担当・男女共同参画担当）を拝命、戦後最年少（三四歳九カ月）での入閣を果たした。

＊田中真紀子（たなかまきこ）一九四四年生まれ。政治家。第六四代、六五代内閣総理大臣田中角栄（一九一八年五月四日生〜九三年一二月一六日没）の娘で、九三年の衆院選で初当選。奔放な発言が注目され、一時は国民的な人気を誇った。小泉内閣時に自らの秘書給与問題が浮上し、議員辞職に追い込まれるも、二〇〇三年に復帰。〇九年八月に夫の田中

直紀参議院議員とともに民主党入りを表明した。

＊小泉孝太郎（こいずみこうたろう）一九七八年生まれ。俳優、タレント。第八七代、八八代、八九代（二〇〇一年四月二六日～〇六年九月二六日）内閣総理大臣小泉純一郎の長男。父親が内閣総理大臣になって時の人となると、その話題性を買われて芸能界入り。以後多くのテレビドラマ、バラエティ番組に出演している。

＊小沢一郎（おざわいちろう）一九四二年生まれ。自民党、民主党のどちらでも要職を務め、二大政党時代を代表する政治家。かつては「剛腕」の異名をとり、「乱世の小沢」と評された。田中角栄を「オヤジ」として慕う。

欲望に走ると知恵は死ぬ

天野　例えばいちばん身近なことで言えば、僕は「後期高齢者」になったから思うんですよ。七〇を過ぎた年寄りの医療費ぐらいタダにしろよって。そう言うと「お金はどこから持ってくるのか」ってことになる。じゃあ、防衛費を多少削ればいいじゃないか、というような発想は絶対に出てこない。そういうことを言って、それに耳傾ける政治家が出てこないと何も変わらない。

橋本　そういうことを、もう政治家がどうにかできる時代じゃないと思う。天野さんには怒られるかもしれないけど、年寄りがみんなタダで病院へ行っちゃマズイと思うのね。「それは病気じゃありません、年齢のせいです」という人まで押し寄せたら、病院は大変なことになる。医療費を減らすためにメタボ健診を、というけれど、その健診のための医療費がまた増える。そんなに自分の体の調子がちょっとおかしいからすぐに病院へ、ということをしなくちゃいけないんだろうかって思うのね。オレって本当に病院へ行かない人だから。

天野　それはその通りなんだけど。金鳥のコマーシャルで、凄くうまい役者さんの加藤嘉さんが病院の待合室にいるんですよ。そこは他にも老人たちでいっぱいなの。みんな退屈そうにしていて「こう歳をとると、蚊も刺しませんなあ」と言う。みんな「はい」って頷くの。そのコマーシャルを見ていておかしかったのは、年寄りって何もすることがないから具合が悪くなくっても病院へ行って待合室でみんなと無駄話をしている……。

橋本　夜中なんかに不安になると、別に大したことがなくても救急車を呼ぶ。

天野　だから、年寄りがもっと生き生きと面白く遊べる場所なり何なりが用意されないとね。

橋本　天野さんは遊びたがる人だから「面白く遊べる場所」とか言うけれど、ほんとうは「お年寄りが生き生きと働ける場所」が必要なんですよ。だって、日本人はそんなに遊ぶことが上手じゃないんだもん。だから、年寄りをちゃんと生かす方法は、きちんと働いてもらうことですよ。

天野　だけど、橋本さんの専門の江戸で言えば、みんな早く隠居したがっていたじゃないですか。

橋本　それは金のある人だけですよ。金のある人で世代交代しないと世の中が澱むというのもあるけど、北斎*だって八〇歳過ぎまで絵を描いているわけだし、馬琴*も北斎も南北も、五〇歳過ぎてデビューするぐらいだから、江戸は成熟社会です。バカで遊んでいたほうがいい奴はさっさと若隠居でもいいんだけど、成熟して腕が立つ人はずっと働いてもらう、というのがいいんです。

天野　そうか、それは納得ですね。でも、働くということで言えば、会社へ入らないと人に非ず、みたいな感じっておかしいと思いませんか。確かに今は産業社会だから、他に働き口があまりないということもあるんだろうけど。橋本さんは就職したこと、あります？

橋本　オレ、ないです。でもね、働くことの原点は、自分で仕事を作っていくということじゃないかと思う。だって、戦後日本はそこからスタートしたわけでしょ。会社も仕事もぶっ壊れちゃって何もないから、それを自分で作っていくというところから始めた。自分のやることが仕事になっていくという方向で考えないと、仕事というものが意味をなくしちゃう。どこかの会社で使ってもらうから働くという考え方になったら、そこでおしまいですよ。

天野　最近、ホームレスが増えていますね。あの人たちも、例えばビール缶を集めて換金したり、というふうに働いている。一日数千円ほどにしかならなくても、なんとか仕事を作っている。

橋本　働いていないと不安になるということもあると思う。いくら安くても、俺は働いている、一日をそれで過ごしているという悲しい充実感なんですよ。貧乏は正しいけれど楽しくないというのは、そこら辺なんですけどね。

職人でいえば、ペイの問題じゃなくて自分の納得づくでの仕事だから、報酬と見合わなくてもいいやということもある。仕事にはそういう方向性もあるんだということを理解したほうがいいよね。会社へ入ると、その考え方が見えなくなっちゃう。

天野　そういう働き方の揺り返しみたいのが、この先、来ますかね？

橋本　もうボチボチ来てるんじゃないですか。不景気で職が見つからないし派遣もダメだしというんで、何らかの形で仕事を探していかなきゃというのがあると思うし。それにしても、そういうことへの政府の対策が起業家への援助というのはどうかと思いますね。
天野　あれ、バカですね。
橋本　会社を起こせばいいという考え方自体が、バブル崩壊後の日本のアホらしさ。起業よりも、具体的な仕事を作るのが先決で、日本の今の一番の問題は仕事がなくなっていることですよね。なにしろ仕事がない。だからろくなことにならない。「小人閑居して不善をなす」という孔子の言葉にもう一度立ち返ったほうがいい（笑）。
天野　だから「産縮」*をして、身の丈にあった仕事を作っていくという、先の話に戻るわけね。そういうことを政策として実現できる政治家は、現れるかしら。
橋本　それは無理です。
天野　しかし、強国としてのアメリカがなくなりつつあるのが見えてきた段階で、これまでべったりとアメリカにくっついてきた日本の在り方も劇的に変化せざるを得ないと思うんだけど、それに対応できる政治家がいないということは悲しいね。
橋本　オレね、日本がアメリカべったりだというの、そうだろうかと思うんですよ。アメリカにくっつかせるだけの力があったから日本はくっついてきたんで、日本は現実主義だから、利があればこそくっついてきたのね。そのアメリカに力がなくなったんだから、くですね。ただ別の意味でやや絶望的に感じるのは、中国を巡る状況っつくことに意味はなくなる。

天野　中国の右肩上がりの成長が、やっと少し止まったようだけど、例えば、中国の人たちが一家に一台自動車を持とうということになったら、物凄いことになる。生活というのは常に最上限を求めるけれど、生存というのは最低限が問われる。最上限と最低限の間には定数があって、これはある一定以上にも開かないんですね。もちろん、中国の人たちが豊かになることを望むのは当然なんですが、むちゃくちゃに最上限を求めたら、生存の条件が崩れてしまう。今やっと環境問題でそういうことが分かってきたのに、まだ「それ行けーっ」って。地球環境にどういう影響を与えるかなんて考えずに、先進国といわれる国はCO_2の取引で買うの売るのと、そんなレベルの話をしている。これは、アメリカの一国主義が崩れても、またどうにも救いのない状況が生まれてくるということじゃないかな。

橋本　天野さんは、中国が豊かになる影響を考えているようですが、オレの心配は逆なんです。中国ってある時期から今まで、景気後退を経験したことがないじゃないですか。市場経済でみんなが豊かになるもんだと思い込んでいるから、不景気になったら、清朝末期とか元朝末期とか、そういう恐ろしいことを、オレは考えちゃうんですよ。豊かになるのが当然だと思っていたのに、自分の取り分がなくなったときの怒り、暴動。それはそうとう怖いものがあるんじゃないですか。

天野　うーん、もうその現象が少しは起きているでしょう。大量解雇なんかへの暴動とか。でも僕は割と楽観主義者だから、中国が資本主義化して発展していくときにも、あそこは儒教の国だから、儒教資本主義みたいな。

橋本　でも、文革で儒教の経典やなんかみんなぶっ壊されたり焼かれたり。それが残っているのは韓国と日本だっていうから。

天野　中国四千年の知恵が出てくるかと思ったけど、あまり出てこない。

橋本　日本の例を見ればよく分かるんで、人が欲望に走ったとき、知恵というのは死ぬんですよ。バブル以降の恐ろしさはそれですね。

天野　という結論ですかね、あまりいいお天気にはなりそうもないこの先の天気予報ですが……。

＊葛飾北斎（かつしかほくさい）宝暦一〇年（一七六〇）頃生まれ。嘉永二年（一八四九）没。江戸時代に活躍した浮世絵師。代表作の《富嶽三十六景》や《北斎漫画》は日本のみならず海外でも高い評価を得ており、世界的にも著名な画家。

＊曲亭馬琴（きょくていばきん）　明和四年（一七六七）生まれ。嘉永元年（一八四八）没。江戸時代後期の読本作者。代表作の『南総里見八犬伝』は二十八年をかけて完結された大作で、全九八巻、一〇六冊にも及び、上田秋成の『雨月物語』などと並んで江戸時代の戯作文芸の代表作とされる。現在に至ってもなお、映画、ドラマ、アニメなど様々なジャンルで題材にされている。

＊孔子（こうし）　紀元前五五一年生まれ。紀元前四七九年没。儒家の始祖。釈迦、イエス・キリストと並び世界三聖に数えられる中国の思想家。シャーマニズムのような原始儒教を体系化し、一つの道徳・思想に昇華させた。「仁」という概念が根本にあり、仁が貫かれることにより道徳が保たれると説いた。

（『通販生活』二〇〇九年春号掲載）

文庫版増補

「リア家」の一時代

宮沢章夫

（みやざわ・あきお）劇作家、演出家、作家。一九五六年一二月九日静岡県掛川市生まれ。多摩美術大学美術学部建築科中退。九〇年、劇団「遊園地再生事業団」を設立、主宰。九二年『ヒネミ』で岸田國士戯曲賞、二〇一〇年『時間のかかる読書　横光利一『機械』を巡る素晴らしきぐずぐず』で伊藤整文学賞を受賞。二二年九月一二日没。

編集部　『新潮』四月号に発表された小説最新作『リア家の人々』は砺波文三《となみぶんぞう》という男を主人公としてその家族（妻のくが子と環、織江、静の三姉妹）を描きながら戦前から戦後の日本史が胎動していく様が感じられるある種の戦後史小説ともなっています。また小説のラストは一九六八年の全共闘運動に直面しており、インターネットでは早くも様々な反響を呼び、旺盛な読みが展開されています。今回は『リア王』からタイトルを取った『リア家の人々』についてその演劇的な側面も含めて劇作家、演出家であり、小説家でもある宮沢章夫さんとお話していただければと思います。

橋本　反響があってと言うけれど、そこらへんはあまりよく知らないんですよね。パソコン持ってないし。

宮沢　僕はいろいろな意味で面白く読ませていただきました。

橋本　しかも困ったことに、『リア家の人々』は深い考えがあって書いたものでもないので。

宮沢　特に面白かったのはやはり時代との関わりですよね。時間がきちんと記されている部分もあれば、そうでないところもあるので、計算しながら読まないといけないんですけど、そうして計算することも興味深いんです。はっきりしているところでは、文三とくが子が結婚するのが一九三五年。その十年後に戦争が終わり、一年後に文三は公職を追放される。くが子が死ぬのが一九五五年と、この五五年が特に意味を感じたんですが、それぞれ節目ごとに出来事が起こっている。意図的に戦後史を書こうとされたという印象を受けました。

橋本　そうじゃなくて、そもそもは『リア王』だから遺産相続の話だったので、娘が大人になっていないといけなかった。そうすると、どの段階で結婚して子供がいてという経緯もあるし、シェイクスピアの『リア王』にはお母さんの話は全然出てこないけれど、日本だから当然お母さん（くが子）はいなくちゃいけない。お母さんをめぐる家族の様子を考えていくとこういう話になっちゃうんですよ。

宮沢　静は橋本さんと同年代、というより小説を細かく読んで計算すると同年齢のはずですが、少なくとも同世代では……。

橋本　ないんです。

宮沢　違いますか（笑）。

橋本　私よりも一つか二つ上、正確には団塊の世代ではないんです。

宮沢　静は六八年に二二歳ですよね。

橋本　私は六八年に二〇歳で、一浪の大学二年だったんです。『リア家の人々』から全共闘世代は外したんです。四年生が卒業していく時期から六八年の激しい時代が始まるという部分もあるから、四年生としてパスする人の世代（静）を一方に置き、そこに入れない従弟の秀和が一人いる。六八年を真ん中から書こうという気はまったくなかったです。

宮沢　僕が読み終わってから考えたのは若い世代を書こうというとき、まず一方に、わからないことを前提に現在を書く方法がありますよね。もう一方に自身の若いときを書く方法があるでしょうし、後者の場合、自分の体験に即して、なんていうか、個別性のようなものを特権的に利用すると思うんですよ。特別な経験というか。だけど橋本さんは、過去に遡ってその時代を背景にすることをしても、個別性ではなく、ある青春の塊のようなものを書こうとされている。

橋本　だってあれ青春小説じゃないですもん。老人小説ですよ。

宮沢　ああ（笑）。まあ、そうなんですけど。文三中心ということですか。

橋本　あくまでもそうです。あの発想がすごく下らないというのは、ちょっと前にある出版社が黒澤明の生誕一〇〇年に合わせて、作家に黒澤作品をノベライズさせるという変な企画が挙がったんです。どうアレンジしてもいいという話だったんだけど、こんなことやって黒澤喜ぶのかな、と思って私はノーと言ったんですが、ふと思ったのは『乱』（一九八五）の主人公が仲代達矢じゃなくて、笠智衆《りゅうちしゅう》だったらどうなるんだろうということです。それが『リア家の人々』の根本アイデアなんです。リア王は頑固な老人で暴君だけれど、今さらそれを書いてもしょうがないし、日本の変な親父というイメージもあるから『秋刀魚の味』（小津安二郎 一九六二）の笠智衆がその後、全共闘の時代に入ったらどうなるんだろうと思ったんですね。

そこまで厳密に時代を突き合わせたわけではなく、ただ、そういう『リア王』を書こうと思っていた。父親の財産をめぐる娘たちの争いを現代の話にすると、法律用語が飛び交うだけで何の意味もないと思っていたし、それと同時に「これは昭和三〇年代ではなくて四〇年代の話だ」とも感じていた。昭和四〇年代か一九七〇年代の話としてぼんやり設定していたんです。それで『リア王』のラストは「嵐だけど嵐って何だ？ 嵐でコーデリアが死ぬわけだろう」と考えていたらお茶の水で全共闘の石が飛んで来て死ぬという手が一つあったなと、嵐として全共闘を持ってきただけなんです。だから初めはラストが一九六八年か六九年、七〇年になるのか曖昧だったんです。書き始めて四分の三くらいに至るまでラストはどうしようと迷っていたのはこの作品が初めてです。ただ、笠智衆となるとものを言わない父親となってしまって、日本の親父は言わないけど、言うときは言うし、話の組み立て上、何も言わないのは変だから「言えないようになっている設定とは何だろう」と考えたら「公職追放」というのが出てきて、公職追放と全共闘の間で年代を刻んでいったらあんな感じになってしまったということですね。

宮沢　設定、というか「面白いと思った状況」、そこではリア王が笠智衆だったらどんな物語になっていったかですが、そうした作り方から書きはじめたとき、僕なんか、あんまり作品の設計はしないで冒頭から思いつきで書くと思うんです。だからそこまで細かく構築しながら書いているというふうには想像していませんでした。もっとも、事件のひとつひとつ、やはり戦後史にとっては大きな意味を持っていますから、どうしても考えるんですよ、読者は（笑）。特に、橋本治という作家を考えるとき、六八年や六〇年代という時代に意味を感じざるを得ないんです。しかし、あまり重きを置いていない……。

橋本　全然置いていないです。

宮沢　置いていないですか。読み手としてはあの時代があったからこそ静という登場人物の変化が起こったのかと思ったんです。それは、まあ一方に幻想としての六〇年代末、もっというなら一九六八年があって、そこでは当時、多くの学生が政治課題や思想に意識的だったろうと思っていたんです。ただ、小熊英二さんの『１９６８』を読むと、そこで資料ごとに語られるんですけど、運動に参加していたのは、むしろ全体のパーセントとしては少ないですね。しかし、静の前に石原という人物が登場し、さまざまな意味で静に影響を与える。時代が静を変えたと言うか、時代の反映としての石原という人物が小説のなかで響いてくる。しかも、石原はいろいろな意味として読める人物です。僕は静が決意するところ、石原を通じてある覚醒にいたる箇所がとても好きでした。石原を男性性の象徴として否定し、しかも、小さな石原を自分のなかに発見して、それがまた大きくなることを嫌悪する。それはある種の女性像を語っているように読めたし、たとえ、六〇年代末を書いてないとしても、そこには時代性を強く感じました。

橋本　私は考えに考えて文章を生み出す人ではないんです。静と石原の関係という展開はあるんだけれど、それを延々とやっていたら終らないし、どうやって片付けようかというときに発作的に出てきたんです。自分の頭で人間を造型しておくのではなくて、こういう状況に置かれた静の眼に事態がどう映っているか、だったらどうするのかを、彼女に全部決めさせたんですよ。私は小説を書くときは基本的に自分で決めるよりも登場人物に決めさせます。

宮沢　勝手に動いていくという感じですか。さっき黒澤の話が出ましたが、黒澤明はどこかで、作者は神ではないと発言してましたね。だから全体の構成から逆算するように書きはじめるのではなく、第一行目から順番に書いてゆくことで、登場人物が勝手にお話を動かしてくれると。僕もそうですね。芝居を書いていると、登場人物が勝手に動くというのは当然あって、作者と離れて全然違う世界が動くことがある。こちらの思惑とはまったく異なる方向に動くこともあるし、思ってもみなかった行動もする。静はかなりそういう書き方をされた。

橋本　静というよりも実は全員そうなんです。静が自分は「ブロンテ姉妹だ」と発見するのもあらかじめ構想があったわけではなく、長女の環はどういう女か考えているときに彼女の生きてきた時代で父親とうまくいかなくなる理由として、ベースに『チャタレイ夫人の恋人』とい作品が存在する時代なんだという意識があったから、姉がチャタレイ夫人なら妹はブロンテ姉妹というそういう対照なんです。

実は私の処女作は戯曲ですから、登場人物がはっきり色づけされていないと舞台では話が出来上がらないことはわかっているので、どこかで色づけのようなものが生まれるんです。戯曲は、演者が出てきたときからその人の役柄がわかっているからいいんだけど、小説の場合は書き手以上に読み手が混乱するから、なるべくその混沌のなかからちょっとずつ立ち上がるようにしています。私は書きながら考えていく人なので、思いつきで全部やっていったみたいな部分もあるんです。

宮沢　繰り返しになりますが、時間の処理や十年おきに何かが起き、それがたまたま戦後史の特別な出来事とリンクしているのはかなり計算されて書いているように読めました。たしかに、ある読者にしたら六八年のことなんてどうでもいいにちがいないし、あるいは若い読者にしたら六八年に何も思わないかもしれない。それでもやはり、ある種の読み手にとって六八年はひっかかる。これは絶対、特別な読み方になります。なぜそれは六八年なのか。しかし、あれは六八年でなければいけなかった。たとえ『リア王』における「嵐」をそれに象徴したとしてもそうです。つまり、いく通りもの読み方があるし、さっきの石原のこともそうですけど、六八年を特別だとして読むからこそ生まれてくる意味はあるというふうに僕には読めるんです。

橋本　それは一向に構わないです。なぜ六八年かというと、六九年に東大の入試が中止になるから、秀和があの家から出て行かなくちゃならないという設定のために必要だったんです。秀和は『リア王』における道化なんですね。

宮沢　あるいは、時代の区分の綿密さと同じように、建物の空間の分け方が細かいじゃないですか。環と織江が一つの部屋をどう取るかを争うのは『リア王』の領土分割の話に重ね合わされているのかなと思ったんですけど。

橋本　あまり重ね合わせてはいないです。家の中の話というだけです。あのことによって姉妹の性格分けをしておかないとあとが利かないので。そうすると「そのとき静はどうしていたのか」ということも出てくる。あることによってある人の性格を書き、その描写から何かが見えるという、わりとそういうことばかりしていますね。

宮沢　全部、否定されちゃうな（笑）。たしかに、技術的な意味においてそれが丁寧なタッチでなされているのはよくわかります。あの部屋をめぐる、環と織江のやりとりがあとまでずっと響きますからね。それから細かい描写が作品の全体にちりばめられていますね。そのとき、その人は何を手にしているか、あるいは、正月に環の家族が来ると、環はどんなものを身につけ、その夫や子供がどんな雰囲気だったとか、こうしたことも人物を浮かび上がらせるのにとても効果的です。でも、それもまた、そのときイメージとして浮かび上がってきたものを直感的に書かれるんですか。ものすごく細密じゃないですか。この描写の細かさは何だろうと感じました。

橋本　もはや私の癖ですね。『窯変源氏物語』をやっているときに紫式部は女性で心理作家だから描写のディテールは細かくないんですが、光源氏の一人称に変えてしまうと、男の人は描写を細かくしたがるので、平安時代の描写は衣装がどういうものか、調度の文様の一々からできるものはすべて創りました。そういうふうにやらないと小説は立ち上がらない部分があるし、基本的に私はそういうことが好きな人間でもあるなというのがあるから、思いつくと書けますね。だけど全部細かくすると量が多すぎるから、やってない部分もあるんですよ。

正月にやってきたときの環の着物のことだけ書いたのは母親との関係を匂わせたかったんです。妹の織江はどういう着物をもらったかというのも頭の中にはあるんですよ。洋裁をやった人だからあの時代ならひまわり模様の銘仙をもらったんだというところまで考えているんですけど、そこまでやると話がややこしくなるのでやめました。「車で来た」という、新生活に生きているという方向にいったほうがいいなと。

宮沢　何かがやってくることによって時代が変化している。自家用車がふっと登場することでライフスタイルの変化が表現される。具体性を積み重ねてゆくことが、たとえば、思想の変化を語ってしまうより、ずっと大事ということになる。

橋本　時代の変化というのはある意味で補助材料みたいなもので、何年に何があってというのは書かなくてもいいことなんですけど、主人公が何も語らない人で、しかも官僚という世界に属している人なので背景として必要なんですよ。だからそれをやっていたら、ありゃまあ、俺は戦後をそのまま小説にするようなことやってんの、と途中で気がついちゃったんですけど。

宮沢　ですから、最初から申し上げているように明らかにそう思いました（笑）。

橋本　三分の二くらいでそうなってしまっているので、当人が驚いたくらいです。

宮沢　僕も「戦後史」という言葉を安易に使ってますが、そうした言葉で語られるような、いわば太い幹ではなく、そこから枝が伸び、さらにその先にある小さな葉っぱみたいなものを丹念に描写する。その積み重ねによって色合いが変化することで、歴史の教科書とは違うものとして、ある時代相が見えてくる。小説というものがそもそもそういうものなのかもしれないですが、それをこの家族、ひとりひとりに強く感じたんですよね。

橋本　六八年になって全共闘が出てくるんだけど、砺波家の人たちはみんな全共闘の周辺かもっと外にいる人なわけです。中からではなく外にとってどう見えるんだろうと考えたときに、その媒体として新聞記事が中間にあるんですよね。どっちを書こうというのはなくて、戦後史を書く気もなかったんです、できちゃったからしょうがないですけど（笑）。

宮沢　結果としてそうなっている。

橋本　根本は日本のリア王ってなんだろう。父親が笠智衆みたいに大人しくても女たちはやいのやいのをやるだろうなと、それをやりたかっただけなんです。もしかしたら初めに頭にあったのは日本のリア王以前に山崎豊子さんの『女系家族』だったかもしれない。ただ、「そういうものはもうあるな」と思うとどんどん自分の頭からのけていっちゃうんですよね。のけた結果、残った材料で作っていくんです。

それに自分では書いていて演劇的とは思っていなかったんですよ。これは映画にはならないものだよというのはあったんですけど、演劇だったらあるのかもしれないと思っちゃった。舞台の真ん中に六畳間が二つあって、周りは全部暗く覆われていて、そこに新聞記事がバババっと映っていく、そのなかでそれとは無関係に砺波家の人間たちのホームドラムがある。それもいわゆる新劇的なドラマではなくて、新派的な細かいドラマだから娘はしょっちゅうお茶を入れるために立ったり座ったりしてなきゃいけない、それが徐々に庭まで広がっていくようなものなのかなとは思いましたね。

宮沢　そこで大事なのは仕種《しぐさ》ですよね。お茶を入れるというような細かい仕種、では小説に、そういった表現が具体的にどこにあるかって探すとあまりないかもしれないけれど、それが見えてくるような言葉とか、あるいは仕種を感じさせる表現が橋本さんの文章の中にある。家庭の中で、父親はこういう佇まいでここに座っているだろうとどこかで感じさせるんですね。以前、知人の劇作家の作品を観たんですけど、戦争中に時代が設定された作品で、客が来たり、夫がそこに腰を降ろすたびに、女たちはいちいち座蒲団をひっくり返すんです。しつこいくらいそれをさせる。そういった仕種のなかにある思想、って言ったら大げさですけど、座蒲団をひっくり返してそこに座る父親像がある。父の姿ですね。それは日本人の歴史の一側面だと思います。

橋本　そうなんです。歴史を書く前に昔の父親はどういうものだったかをはっきりしない

と この話は成り立たない。昔の父親は家に帰ってきたら何もしないし、外の仕事先で何があっても仕事の話は家に持ち込まない、しても奥さんに話す程度で子供には何も言わないから、あのホームドラマのなかで父親にどんな背景があるのかを家族は何も知らないんです。『リア家の人々』は『巡礼』を書いた後に寂しい爺さんを書いていいんだったらもう一個書きたいというそれだけだったんですけどね（笑）。

ただ、『巡礼』だと時代の外側にいる人だけど、「リア家」は細々ながらも時代の真ん中にいて、「いかにも官僚の考えそうなことだよな」という官僚の視点みたいなものを入れたかったんです。官僚の視点はいつも大体ずれてしまうから。その点では六八年でいちばん問題にしたかったのは明治一〇〇年の話なんです。

宮沢　ああ、なるほど。僕は小学六年生だったと思うんですけど、明治一〇〇年は単なる行事として学校で強制的になにかやらされたという記憶だけ残っていますね。それと同時に、家に帰ってテレビをつけるとニュースでは学生と機動隊が衝突し合う映像が流れていました。それらが並行して存在したのはよく覚えてます。

橋本　明治一〇〇年というのはそういう意味で何の意味もないんですよ。何の意味もないんだけど、あの時代では両立している。つまり全共闘は全共闘のお祭りをやるとすると、佐藤（栄作）内閣は佐藤内閣で自分たちのお祭りをやっていてそれが明治一〇〇年なんです。同じ頃に吉田茂の国葬があり、それらがシンクロしていると見てしまうのが文三の視点だと思うので、戦後史をやるのだとしたら私はそれが欲しかったんです。

宮沢　だから、「リア家」では明治一〇〇年と全共闘運動がまったく接点がない、そういった時代の性格が描かれてるんでしょうか。むしろ、国家的なお祭騒ぎが、時代のある側面なら、言ってみれば、全共闘運動もある側面に過ぎない。その面同士は触れ合わずに何も起こらなかったと描いていますよね。ただ、それを同時に歴史のなかで見つめているのは文三のような特別な人たちですよね。

橋本　見つめているんじゃなくて気がついちゃうんですよ。彼は別に何も見つめているわけじゃなくて、思考の方向がそうなんです。東大出の人間は、卒業して自分とは関係がなくなっているのにいつの間にか東大は自分のものだと思い込んでいるから、そういうフィルタで見るのと同じで、東大出の官僚だから東大の話になると目が行っちゃう、文部省の人間だから文部省が何かしたら目が行っちゃう。自分のいた時代にも造船疑獄という何かごちゃごちゃしたものがあったよなと記憶しているから佐藤栄作の名前は頭にある、しかも吉田学校の優等生だというのが官僚の基礎知識としてあるわけですよね。だから何かあるとそっちに目が行っちゃうんです。全共闘の学生の内部になんか文三は目が行かないんですよ。

宮沢　だからそこはあまり描かなかった。読者として、まあ、ある種類の読者は、それを期待している部分もあったし、橋本さんの世代はどう描くのかという興味はあったんですが、ただ、作家としての橋本さんの視点はそれにはほとんど具体的に触れない。

橋本　描く必要を感じなかったんですよね。というか、それは皆さん様々にお考えがありでしょうし、官僚的なものとのドッキングみたいなものはやられていないから私はそれをやりたかった。それに、私は一九六八年当時に明治一〇〇年ということにすごく怒っていた人間なので。基本的に明治が好きじゃない人間なものですから。

言葉の流れ

宮沢　文化の側面からはどうだったんでしょう。怒っていた、というと政治的な話として受け止めてしまうんですけど、当時の若者たちがそうした感性で文化に反映させていたのか。小熊英二さんは『１９６８』のなかで当時の六〇年代の文化の作り手は若者ではなかったと書いています。むしろ、全共闘をその当時、担っていた若い人たちが文化を新たに担うようになるのは八〇年代になってからだと言うんですが、たしかに、そういった意味では、橋本さんが『桃尻娘』を書かれたのは七七年ですから、小熊さんの言葉の通りですし、六〇年代の世代が次の時代を作ったのはたしかでしょう。ただ、その時代に享受したさまざまな文化潮流が、橋本さんたちの背景にあると思うんですよ。だから次の時代が担えたと。

橋本　俺は次の時代を作ったという実感はないんですよね。昭和軽薄体がその頃から出てくるけど、俺はそこにも入れてもらえないし。

宮沢　高橋源一郎さんとの対談〔短篇小説を読もう〕では、小説家になるために書いた、書くことで考えてきたという意味のことをおっしゃられていますけれども。

橋本　それは『桃尻娘』以後の十年二十年の話です。一個書いてしまったら小説家になれるけど、あの一冊が終わった段階で書くものがなくなっちゃったとはっきり自覚しましたから。じゃあ何が書けるんだろうというときにとりあえず書くということを続けていくしかないなと思ったから、多作の人なんですよ。

宮沢　たしかに、橋本治という作家を遠くから拝見していると、ものすごく書いている人という印象が強いです。失礼な言い方になってしまいますが、感嘆しているという意味で聞いてほしいんですけど、異常な量をお書きになるじゃないですか（笑）。たとえば、『ひらがな日本美術史』にしても全七巻ですからすごい。そこから書き出すかっていう。そこまで書くかっていうか。

橋本　最初の単行本も二段組だから薄く見えますけど、五〇〇枚あるんですよね。卒論も

五、六〇〇枚あります。作文を書くのが好きだったわけでもないんですよ、それまで何も書く気はないし、ぐちゃぐちゃ書くのも嫌だと思っていたけど、あるとき突然そういうものを全部出していいんだったら書けることがわかって、そうなったら今度は五〇〇枚以下のものは書きたくないという変な思いにもなって、最初に書いた戯曲も三、四〇〇枚あるんです。

宮沢　長いですね。演出にもよると思いますが三時間は軽くあるでしょう。僕はたいてい二五〇枚くらいです。上演時間はあまり考えないで戯曲として成立させようという書き方だったんですか。

橋本　上演時間も考えていましたよ。昔の演劇は上演時間が四時間というのも別に珍しくなかったですから。今は長くても二時間半でしょう？　それで何ができるのかなとも思うし、二時間半でシェイクスピアをやろうというのは無茶ですよね。

宮沢　ピーター・ブルックの『ハムレットの悲劇』は原作を再構成した作品で、すでに高齢のブルックが軽快なテンポで演出するのに驚いたんですが、ロンドンの若い演出家たちはどうやってシェイクスピアを短く上演するか、競い合うように演出を考えるという話を聞いたことがあります。

橋本　私はフランコ・ゼフィレッリの『ロミオとジュリエット』を見て大感動したので、

シェイクスピアでも『ロミオとジュリエット』だけはやってみたいんですけど、英語だったら速く言っても通る、でも英語でやっているテンポを日本語でやられたら何がなんだかわからなくなるのでシェイクスピアは苦手ですね。

宮沢　時間にも文化はあると僕は思うんです。たとえば、ベケットの戯曲には「沈黙」という卜書きが多く書かれています。あの「沈黙」の時間はどれくらいか、解釈によってかなり変化するはずです。アイルランド人のベケットが考えた時間があるだろうし、フランスで上演されたときもまたちがうだろう。英語だからこその速度はそういった意味でたしかにありますね。英語じゃなきゃできないような速度。だからこそ、橋本さんは、日本語は日本語としての発話の方法があると。

橋本　そう思います。だから坪内逍遥から始まる翻訳そのものに疑問を感じちゃうんです。シェイクスピアを訳す人たちは「欧米人はこういう考え方をするんだぞ」という意味を発見したいからそういう丁寧な訳をしているんだけど、日本語としてはどうかなあ。日本でドラマをやるんだったらこのセリフいらなくないかというのも多々あって、ゼフィレッリの『ロミオとジュリエット』もずっと見続けているんだけど、ここ二、三年の間に舞台っぽいところが若干くさいけど、シェイクスピアだからしょうがねえやと思っちゃいましたね。

宮沢　まあ、もとが舞台ですから（笑）。

橋本　初めて見たときは『ウエストサイド物語』よりゼフィレッリの『ロミオとジュリエット』のほうが全然現代的だと思ったんですけどね。だって一〇代の少年少女がシェイクスピアの原語のセリフをちゃんと喋れるというのは尋常じゃないじゃないですか。やっぱりネイティブランゲージの国はいいなと思いましたね。それをテレビの洋画劇場とかの日本語の吹き替え版は雅俗《がぞく》折衷のわけのわからない日本語になっていて、そういうものが実はいちばん嫌いなんですよね。

宮沢　今の若い世代の演劇、といっても、たとえば平田オリザをはじめ、この十数年の演劇の潮流ですが、こうであらねばならないと考えられてきた「演劇の言葉」を疑うようになっています。美しい言葉はもちろんあるし、演劇だからこその特別な言葉ももちろん意味があるけれど、しかしそれだけじゃないんじゃないかっていう問いです。できるだけ口語に近い、普段われわれが使っている言葉をあえて舞台上に乗せることのほうが演劇として、むしろ異化できるんじゃないか、いまを表現するのに相応しいんじゃないか、いわゆる若者言葉みたいなのをあえて使うことが、現在の身体性にぴたっとくるんじゃないかってことなんですけど、橋本さんはそういう動きはどう思われますか。

橋本　それは相応しいかもしれないけど、それだけだとドラマが平板になっちゃうから私はやっぱりどこかで歌わせちゃうんですよ。普通の言葉は歌えないと思っているけど、普通の言葉と歌える言葉のドッキングも音だったら全部混ぜこぜにできるから、うまく混ぜこぜにすればばれないし、「ここは盛り上がって欲しい」という欲求はあるんだから、盛り上がる言葉を使おうぜとは思う。問題は盛り上がる言葉に関するボキャブラリーがないと出てこないというだけじゃないかと思いますね。

宮沢　『桃尻娘』の女子高生たちが喋る言語は、もともと特別ではなかったはずなんだけど、文章として小説になったとき特別な言語になっている。それは小説の言葉、というものがあるとして、それを、どこかずらすと受け止めていたんですけど、でも、今のわれわれが演劇などでやっている口語体の演劇とか、日常的な言葉とは、明らかに違うということになりますか。『桃尻娘』の彼女たちの言葉はむしろあれこそが歌っていると言っていいんですかね。

橋本　私はやっぱりオーラル言語の人なんですよね。『桃尻娘』も突然出てきたわけじゃなくて、あれを書くために影響を与えられたものはありますかと言われればいくつかあるんです。ジャン・コクトーの『声』というオペラになった作品と谷崎潤一郎の『卍』、久生《ひさ》十蘭《おじゅうらん》の『姦《かしまし》』、それにレイモン・クノーの『地下鉄のザジ』、もしかしたら全体の構成は久生十蘭の『我が家の楽園』が近いのかなという気はしますけどね。そういうものばかりを選んでいたわけじゃなくて、読んでいて向こうから声が聞こえてくるようなものが好きなんです。「世界文学全集」の類を私はほとんど読んでいないんですけど、高校生のときに最初に読んだのが『世界の文学』〔中央公論社〕第一巻「シェイクスピア」で、戯曲を読むのが嫌いだという人ってけっこういるじゃないですか、私は戯曲のほうが声が聞こえてくる、読んいても声が出せるから好きだったので、声の聞こえてくるものって何でないんだろう？　と思っていた。登場人物が出てきて、その一人が喋っている。そこから物語を伝えるためにどういうテクニックがあれば人を飽きさせないかを、書き手が競い合っている。そういうテクニックの仕掛けみたいなものがすごく面白かったですね。

宮沢　そういうときの声、オーラルというときに橋本さんのなかで流れている声にもいろんな質があると思うんです。かつて僕は演劇を作り手ではなく観客として観ていたとき、なぜこの人たちはこんな声で台詞を発するのかが不思議でならなかったんですね。あるいは、唐十郎さんでもいいですけど、とても詩的な台詞があるとして、戯曲を読んだとき、いったいこの台詞はどんな声で発するかよくわからない。だって、日常で、僕らが出してる声でこの詩的な言葉を発したらどこか変だとしか言いようがないですから。

だから、たとえばシェイクスピア劇だったらシェイクスピア劇の声の出し方がある。というか、そうじゃないとシェイクスピアは成立しません。新派だったら新派、能だったら能、歌舞伎だったら歌舞伎の声があって、それぞれ全然違うと思います。おそらく、橋本さんが言葉を書くときもまた、べつに外に向かって出すわけじゃなく、内的な声、書きながら意識のなかで発している声があるんじゃないでしょうか。

橋本 いちばん大きな声はもしかしたら『鶴屋南北全集』かもしれない。あれは当時の俳優の声を聞いているつもりでいますね。聞いたこともないのに五代目岩井半四郎の声が聞こえるみたいな、明らかにそういう声の持ち主を前提に作者が本を書いているから、読んでいるとそういうふうに聞こえてくるところがあるんですよね。

宮沢 となると逆に、『リア家の人々』におけるきわめて日常的な世界で発せられる言葉はまた違うものとして書くということになりますね。そうでないと成立しないというか。

橋本 『リア家の人々』の登場人物はそれほど長く喋らないので、どうしても作者が喋る分量が多いわけですよ。そうすると、喋らない人たちを書くための文体なんて考えてみたこともなかったわけです。それこそ三人称の文体を書くってどういうこと？ って二十年くらい悩んでいたようなものだから。三人称で地の文章を書くとすると、個性があっちゃいけない声のときもあるし、けっきょく文章の内在的なリズムになるのかなと思いましたけど。『窯変源氏物語』も光源氏の一人称というある種のオーラル化をしないと成り立たなくて、光源氏の声ってどういうものだろう、絶世の美男が書く文章だから近代日本語のいちばん格調高いかたちでいくしかないんだなと思って、そうなって初めて三人称の近代日本語の文章が身についたような気がします。

宮沢　その話はとても示唆的です。僕も小説を書くときわからないことがいくつもあって、教えてくれる人がいるわけではないですから、いまおっしゃった、「三人称の近代日本語の文章」を橋本さんが獲得された方法、それ自体が、とても興味深いです。つまりそれは、修行というと言葉が古いですけど、書きながら試されたということになりますね。

橋本　私はいきなりできない人なんです。いきなりできないから恥をかきながら同じことを延々と経験していって、いつの間にかわが身にいろんなものが宿っているからじゃあやってみようかとなって。できるようになっていて、それから〝できる〟がスタートするという人間なんです。二〇歳くらいまで文章を書きたいなんて気は全然なかったんですよ。そういう才能もないし、書きたくもないと思っていたんだけど、ふと気がつくと自分が異様にお喋りなんですよ。これだけお喋りなのに文章を書けないのはどうしてなんだろうという気づき方をしたんですよね。それ以前に学校をどたばた走り回っていてちっとも落ち着かないのにどうして体育の成績が悪いんだろう？　というひっくり返しをしていたからそれに近い部分もあるんですけど、マスターする方法としてはものになるまで延々とやり続けるということですね。小説におけるある種の確信というのは『チャンバラ時代劇講座』という本を書いていたときにわかったんですね。一四〇〇枚あるんですけど、チャンバラ映画の話だから若い人相手に書いてもしょうがないと思って、講談口調の語りで始めちゃったんですよ。それを書いているうちに、これは評論だかなんだか知らないし、小説じゃないことは確かだけれど、語っていくこと自体が実は小説なんじゃないのと気がついちゃったんですよね。同じ頃に三島由紀夫を読み返していたら、あっ、この人こんなに説明してるやと気がついて、小説は説明なんだと思って、説明する能力を発達させるために何をするんだと言ったら、やっぱり「こういう説明もあり、ああいう説明もあり」でしつこく本を書いて、説明する能力をわが身に養っていくしかないと思ったんですね。

宮沢　説明と言っていいのかわからないんですが、小説の地の文で、人物を表現するとき、さっきの話に出てきたような、身につけているもので描写するのとはべつに、しばしば橋本さんは、なんていうか、評論的な語りで描いてると思うんですけど、それが説明という方法に繋がるわけですか。

橋本　いや、それはあえて入れていると思う。均質な織り方でやっているとつまらないから、突然ここにブリキの板みたいなものが入り込んだらどうなるんだろうと考えちゃうんです。だからあえて異質な硬質な言葉を入れちゃうこともあります。評論の説明の言葉と小説の言葉が違うというのは、評論のときはどんなパーソナリティであっても私自身が説明しているんです、でも小説を書いているときに私はいないんです。『巡礼』を読んだ編集者に「途中から橋本さんの姿がまったく見えなくなるんですよね」と言われたときに俺はすごくうれしかったです。作者の姿は見えずに物語だけが語られていくというふうになってないといけないんじゃないかと思っていて、それがあるから何を意図して書いたみたいなことを考えてしまうと「私《わたくし》」が出てしまうから極力何もなくすんです。『巡礼』のときもわりとそうだったんですけど、『巡礼』以後は「こういうことをちょっと書いてみたい」というだけで、緻密な構成もへったくれもないです。

宮沢　でも、読みながら、何年に何があってというように、砺波家の家族の歴史のようなものをメモしていたつもりなんですが、ただ、環と織江の結婚の年がはっきりしなかったんですね。ほかの人は大体この年にこうというのがあったんですけど、でも、小説の表面には表れていない、そういったこと、たとえば、子供が何歳のときに生まれたとか、橋本さんの頭の中では組み立てられていたわけですよね。

橋本　織江の結婚は秀和が高校に入った年の四月ではっきりしているんですけど、環のほうは文三のなかにはっきりした記憶がないんですよね。覚えていたくないから抹消してしまったというか。

宮沢　ああ（笑）。だから、読む者としては文三の視点になっていて、同じように記憶が曖昧になってしまうんですね（笑）。

カメラアイの場所

橋本　『リア家の人々』における作者の位置は文三のポジションなんです。ただ、文三の視点で見ているかどうかはわからないです。映画だとすると、六畳の居間を庭のほうからカメラを据えっ放しで撮っているんですね。必ず画面の左端に襖を背にして文三が座っているのを込みでそこを中心にしてカメラが動く。奥の階段だったら襖を開けてその向こうとか、基本的にお父さんをなめて画面に入れるんです。環や織江がいつ結婚したという話は書かないだろうけど、あの家にいつテレビが来たのかという話は単行本にするときに書き足します。そのことが文三のちょっと悲しいセンチメンタルな部分を癒すというか、そういう部分を書いてあげるようなかたちで登場すれば良いなと思っています。

宮沢　そうした文三の視点のことで言えば、突然、静のなかに女を発見するじゃないですか。その書き方ってすごいなと思ったんですよ。

橋本　ミニスカートでしょう？　不思議なのは、当時の人はスカートが短くなると女を発見するんですよ。

宮沢　（笑）その後に静と石原の関係があきらかになってゆきますね。すると、静についてより細密に描写されるようになる。それまであまりからだが浮かび上がってこなかったのが、からだの輪郭というか、肉体的なもの、身体そのものが、艶かしい姿をしてはっきり出てくるという感じがするんですね。

橋本　膝小僧を出すにはそれくらいあったんでしょうね。ツイッギーが膝を出しても肉体の感覚は全然しないんだけど、日本の女はまだ足が太い時代だから膝を出しただけで何か変わるんですよ。

宮沢　僕は子供だったのでふと気がついたらミニスカートだったなという感じですけど。ただ子供心に、エロティシズムは感じましたね。それまでなかった種類のエロティシズムというか。

橋本　当たり前にミニスカートだと何にも感じなくなるんですよ。でもあるとき短くなってしまう、しかもそれが自分の手で裾短に切ってしまってとなると、当人は意識していないけれどどこかで意識しているというややこしい心理なんですよ。

宮沢　ということはつまり、ミニスカートについて描写された場面はかなり意識していたわけですね。

橋本　そう、どこで出すかという。

宮沢　それと、「どこ見てるのよ」と静が秀和に言いますよね。強い調子で。そうした言葉を秀和に発するようになる静の変化も僕は面白かったんですけど、ただそこで、石原とのかかわりのなかで、彼女がどう変わったのか、男をどう意識したのか、そのあたりをどう理解したらいいのかなと思ったんですよね。秀和の中に「小さな石原」が生まれて、その視線が静には煩わしかったと書かれています。それはわかる。そのあとの言葉がとても魅力的でありながら、難しい。

しかしその静のなかにも、やはり「小さな石原」は生まれていた——男の秀和の中に生まれた「小さな石原」よりも、もっと大きな「石原」が。

これをどう理解するか。とても印象的な部分だけに難しいし、人によって全然受け止め方が違うんじゃないかなと思ったんですけど。

橋本　好きに受け止めてください。

宮沢　（笑）それでまた名前が石原だったので、どうしたって都知事を思い浮かべるしかないじゃないですか。

橋本　あのねえ、そうなのかもしれない。途中で俺もそういうふうに気がついたんですが、そういう意味で石原を出したわけじゃないんです。ただ、文三は『浮雲』の主人公の文三です。なぜ『浮雲』の主人公かというとそのときに「失われた近代を求めて」で『浮雲』のことを書いていて、俺は名前を平気で勘違いしちゃうから文三とかお勢とか登場人物の名前を書いてあるメモが机の上に残っていて、あっこれでいいじゃんって思ったっていうだけの話だから（笑）。そういう考え方をすると、石原の名前が出て来た背後には、戦後青年の代表としての『太陽の季節』はあったかもしれない。

宮沢　僕もこの間全然関係なく、べつの必要があって『浮雲』を読み直したんですね。小説を読んだあとに。あっ文三だって思ったんです。ここに文三やっぱりいたんだって。

橋本　『浮雲』の文三だからうっかり近代の、と重ねる人もいるかもしれないけど、重ねられてもいいや、余分な意味生まれてしまえという気持ちがどこかにあるんですね。評論だと意味の焦点が合わさっていかないと困るんだけど、小説は拡散してくれていったほうがいいので、わりとそういう変なことはやりますね。

宮沢　『リア家の人々』の舞台となっている場所だけはちょっとわからなかったんです。細かく読んでいけば、時間のことがわかるし、環や織江の結婚相手のことや、現在の境遇も想像できる。ただ家がある場所が難しくて、東京のどのあたりなんだろう、郊外なのかそれとももう少し西のほうなのかとか……。

橋本　私のなかではいちおう文京区辺なんですよ。ただ文京区というと東大が近くなって話が接近してぐちゃぐちゃになるのはいやだなと思って、市ヶ谷の辺りとかも考えてあえて曖昧にしたんです。その曖昧さで言えば隣の家が見えないんですね。周りに家があるはずなんだけど、隣の家の話が全然ない。垣根の外側には何もないかもしれない。静が二階の窓を開ければ外に風景は広がっているんだけれども、何にもない。それはそれでいいんじゃないのと私は思っています。小説は言語マジックでもあるから、そこは演劇と同じだろうと。演劇だったら二階の窓を開けて外の風景が出現するというシーンは書けないけど、小説だったら突然窓を開けてもそこに景色があるというのも書ける。常に隣近所を意識している人たちではないんだからあえてそれはなくていい。『巡礼』だと隣近所ぐるみの話になるから落ち着かないという部分もあるんですけど、ものによってですね。

宮沢　僕もそうなんですけど、あることを「あえて書かない」という方法には、二つの側面があると、読みながら感じていたんです。わからなくて書かなかったわけではないですよね。意図的に省略する。一つは、そのことによって、むしろそれ自体を際立たせる。書かれてないと、読む者は想像するんだろうと思うんです。なおさらそれが印象に残る。もう一つは、そこを書かないことで別のものの輪郭をはっきりさせる。僕は戯曲を書くとき無意識にそうしてるっていうか、そんなふうにしかできないんですが、橋本さんには、もっと計算されているのを感じました。たとえば、静が大学のクラス討論などに参加すると言っても、そこで大学の細かい描写はないわけで、キャンパスに銀杏並木があるとか、校舎はレンガ造りだったとか、教室の床の素材はなんだったか、あるいは、学生たちの雰囲気はどうだったのか。

橋本　大学の様子は新聞記事でいいし、六八年くらいになるとテレビニュースもあるから東大の入学式や卒業式はカメラで見るという視点の取り方をしますけど、静が大学にいるときの見方は「彼女が思い悩んでいるときに構内をそんなにじろじろ見るわけはない」。すーっとなめていってその横に立て看板が並んでいるというそのスピードで書かなくちゃいけないなとは思っていました。基本的に俺は自然主義の人間なんだと思うんですけど、自然主義で全部書いてしまったら焦点がどこにあるかわからなくなるから、なれるところだけは新感覚派なのかもしれない。この用語の使い方は恣意的ですけどね。ある意味で読者の側に立って書いているところはあります。こっちに小さい流れがあり、こっちにも小さい流れがあって、それがいずれ一つになって大きな流れになるという複雑なところもあるんですけど、「ここはさーっと流れる」みたいに流れ方ばかり問題にしています。たとえば、法事のときの座敷のシーンも襖に何の模様が書かれているのかとか窓の向こうは障子なのかとかも書いたほうがいいのかもしれないし、実際俺の頭の中には障子は閉じてあって昼の光が畳に差していて、床の間には紫色の花が活けてあるというイメージまであるんですけど、そこを細かくすると話のトーンがどこかにいっちゃうんですね。一〇何人も人間が座っていて誰かが何か言えばそれに対するリアクションがあってと一々やっていたらそれに付き合わされる読者は話が混乱して流れなくなるし、途中で関係ない人が割り込んだりすると書いていて本当に苛々しますね。

宮沢　読者の視点になるというのは、そこで書き手であると同時に、ある判断が働く、というのか、単純なことで言ったら、読みにくい、読みやすいという何かしらの基準がまずあるということなのか。それで、「あえて書かない」がある部分では働き、あるいは、必要がないと捨てる。

橋本　自分という読者を抱えて書いているという変な人かもしれない。ここで異質な文章が続くけど変えられるかなという考え方は年中していますね。

宮沢　それは彫刻を彫り上げていくような作業にも通じますね。あるいは粘土を手でこねながら形を作ってゆくような。

橋本　そうですね。大雑把な骨組みがあってディテールをべたべたつけていくという作業に近いですね。

宮沢　どうやって書いているのかなということはエッセイや評論でもしばしば思うんです。平易な文章で、すごくとっつきやすいにも関わらず、よく読むと難解だということが、橋本さんの書かれたものにはしばしばあります。それは謎なんですよ。

橋本　胃袋が巨大だから平気で何でも取り込んで消化しちゃうんじゃないですか。

宮沢　『桃尻娘』とは違うことをしなければいけないというように、これまでの仕事に対してまた異なったことをする意識はその時どきであったわけですよね。
橋本　何かやりたいというのはありましたね。やりたいとやらねばならないの混ぜこぜです。「何であんなものをやるのにねばならないと思うんだ？」というのも色々あると思うんですけど。やりたいよりもねばならないのほうが7：3の7で大きいかもしれない。
宮沢　ねばならないというのは、なにかに対する責任の取りようにも取れますし、あるいは、作家としての使命感にも感じます。
橋本　使命感と言うと大げさかもしれないけど、それに近いかもしれない。『桃尻娘』を書いた後に次書きなさいと言われたときに、夏目漱石や森鷗外とか知っている限りの作家の名前を全部挙げてその人たちと同じ仕事をしなくちゃいけないんだ、こりゃえらいことになったと思ったから、使命感というよりもそういうことができていないとプロじゃないんじゃないのという職人根性のほうが強いと思う。職人根性だからけっきょく慣れが第一で、理屈はともかく、できないやつが理屈言うんじゃねえみたいなのはありますね。

小説作法？

編集部　演劇的なものと『リア家の人々』について少しお聞きしたいんですが、各章にエピグラフがあって第三章までは小田島雄志の訳で、第四章だけ坪内逍遥の訳になっているのは何かしらの意図があったんでしょうか。

橋本　全部小田島さんの訳で通すか坪内逍遥にするのかという迷いはあったんですけど、全部同じ人の訳で通す理由は何？　という思いもあったので、最初は小田島訳と坪内訳の入れ子みたいにしようかと思ったんです。でも坪内逍遥の訳を引用すると何を言ってるのかわかりにくくなるんだよなという箇所があったので止めちゃいました。

宮沢　順番もばらばらですよね。べつに『リア王』の時系列に沿って引用されているわけではないですね。

橋本　『リア王』の書き換えというのと同じことで、順番がばらばらというのも私がいちばん深く馴染んだ演劇は歌舞伎ですから、そういうことには何のためらいもないんです。それからすると、第一章には初め引用はなかったんです。「柿の木」というわけのわからない章題で何を始めるんだという感じを出しながら、あえてそういう日本映画っぽい雰囲気で始めて、娘たちが出てきてから『リア王』にしようかと思っていたんですけど、原稿を全部渡した後で、編集長に第一章にもやはり何か引用が欲しいと言われて「適当なの探します」というそれだけです。そこらへんは和歌や俳句の付け合いみたいなものでこれとこれは合うかなとやっていましたね。

編集部　今回は戦後史が背景となっているので余計に気になるのかもしれませんが、イメージを発端として書かれていくというお話ですが資料はどうされていたのでしょうか。

橋本　『リア家の人々』は何日刻みの話になる部分もあるので新聞の縮刷版は見ましたね。以前『二十世紀』という本を出していますから二〇世紀一〇〇年分は一年刻みで大体頭に入ってるんですよ。大体入っていないでこれは無理だと思うんです。『双調平家物語』だとしてもそんなことは無理なので、資料を切り貼りで作りながら「大体こういうものか」とアウトラインを作って話を作って、資料を作るのに七日、執筆三日みたいな感じでしたね。

宮沢　そこも頭が下がるんですけど、作品の背景に、自身で編纂した資料が存在することの厚みがやはり大きいですよね。だから、橋本さんは否定なさるかもしれないけど、やっぱり戦後史として読むしかないと思うんです。というのも、無意識のうちに読者はその「時間」が記入された資料を読んでいるわけですから。そこで面白いのは、大きなトピックになるその一日があり、けれど出来事として出てくるのは、微妙にずれた、たとえば前日になっていることなんですが、このずらし方が興味深いですね。

橋本　いきなりその日になってしまうと渦中の話になってしまうから、知っている人にとっては当たり前の話かもしれないけど、全然知らない外部の人にはいきなりその話を始められても「ある平穏な日常の流れの中でそういうことが生じる」という経緯がわからないので、あえてそういう書き方をしますね。だから気がついたら第三章までずーっと一九六七年の一二月一二日の話なんですよ。その日の居間の話なんだけど、そこに回想などが入っていてその日がどういう日だったのかという説明が第三章になってようやく現れるくらいなんですが、それは意図的にやっていたわけではなくて、やっているうちにそうなっちゃったから、その日がどういう日か気を持たせすぎているかなとも思ったんですけど、これはこういう構成でいいや、と構成を後追いで容認するという変なこともやりますね。

宮沢　たとえ小説の登場人物だとしても歴史的に存在していますから、どうしても史実に忠実に書かなければならない作品もあります。一方、そのことに縛られたら自由にならないからこそ、小説的な飛躍も必要だと思います。『リア家の人々』に関しては、やはり「時間」は必要だという判断が働いたと読めるし、それぞれの作品ごとに、そこでも判断しながら書いているんじゃないかと想像するんですが。

橋本　別にそういうわけでもないんですけど、この人がこういう年頃でこういうことをやっているんだとしたら過去に何があったのかということをあらかじめ振っておかないとぶれちゃうんですよね。いま五〇歳の人を書くのと十年前に五〇歳の人を書くのでは五〇歳の内実は違ってくるわけじゃないですか。ただ、そろそろ年代記的な小説は若干飽きてるかなとは思います。

宮沢　作家によっていろいろですが、『リア家の人々』というのはタイトルが先なのか、それとも、この話にはこうでなければならないとあとからタイトルを決めたのか。というのも、『リア王』を参照しつつも、べつのタイトルでもよかったと感じるからです。そこは興味深いですね。この強引さがあったからこそ、作品が成立した感じも受けますが。

橋本　そうです。いきなり強引なんです。『巡礼』が終わった翌月くらいにまた来年もと言われて別に時代物にするつもりはなかったんですけど、タイトルを聞かれたから『リア家の人々』と。『橋』もそうですね。

考えるというよりも書こうと思った段階でまだ書かれていない何かが自分の中に溜まっているわけで、それを出すためには下手に細かいことを考えないほうが出てくるだろうという、そういう度胸はいい歳だからつきましたね。昔は出てくるためのきっかけをこうだろああだろと細かくいっぱい考えていたと思うんですけど、今はそういう意味ではほとんどないですね。わからないから書いてみますと言っちゃう人だから。頭の中で考えている以上まとまらない。書いていく段階でまとめながらやっていくと考えもまとまっていくという感じです。

宮沢　それは僕もあります。むしろ、タイトルが先にないとうまく書けないし、あとからタイトルを考えるのはすごく難しい。では、タイトルだけあってその先をなにも考えていないから書けないかっていうと、そうでもない。そのタイトルによってなぜそうした決着になったのか、自分でもわからないんだけれど、書いていたらなぜかそうなっている。

橋本　書こうとするもののテーマを聞かれると困るでしょ？　書いた後であぁ、こういうテーマだったかもしれないと気づくことはあるかもしれないけど、テーマ第一主義ということは俺には起こり得ないと思うんです。『リア家の人々』というタイトルを言ってから一年経って編集者にどうでしょうと言われると、いちお何か考えていると示さなくちゃいけないから「こんな感じ」と小出しに言うんだけど、小出しにする材料はあるけどそれがどうなるか何も考えていないというのはいくらでもありますね。こういうことをバラすと、「まだなんにも考えてないな」と編集者に思われて困るんですけど、頭の中で考えているときに考えが勝手に走り出されてしまうと収拾がつかなくなってしまうので、だったらそれは原稿を書いているときに溢れ出してくれと思いますね。

宮沢　先ほど、橋本さんは膨大な量を書くという話になりましたが、こうした作品、『リア家の人々』のような作品に関しては枚数はあらかじめある程度の設定があると考えていいんでしょうか。

橋本　いちおう考えます。『巡礼』のときは二五〇から三〇〇枚という依頼だったんだけど、けっきょく四〇〇枚近くなっちゃって、「リア家」のときも依頼は同じくらいの枚数だったんですけど、書いていて「あと一〇〇枚くれない？」とか。ディテールの問題があるから書いてみないと実際の分量がわからないんですよ。二〇〇枚でやらなければいけないとなるともっと緻密に細かいセンテンスで繋げていくことになるだろうけど、ディテールが動き出して小さなドラマが生まれるとそこにはある程度の長さが必要なので、動き出した役者がノっているときにそこをカットできないじゃないですか。やれるだけやらせてみよう、その良さを活かして次の構成に持っていこうと考えますよね。

宮沢　ここまではとにかく書いて後で直そうという感じなんですか。

橋本　それはないですね。編集者が読んでもう少しここを書き込んでもらえますかみたいなメモ書きが入っていて、何かわからないのか思って書き足すときもあるけど、ここは曖昧なままにしておくのが身上で、書き足してしまうと話のトーンががらっと変わってしまうのでダメというときもありますね。

宮沢　まったく描写しないというか描かない人物を僕も芝居のなかで時どき作るんですね。この人のことはそれほど深く考えないほうがこの場面を描く上では重要ではないかということも出てくると思うんです。

橋本　主要人物と点景人物という違いはありますね。ただ、点景人物も点景人物なりに生きていないと意味がないと『窯変源氏物語』をやっているときに気がついたんですけど。

『源氏物語』は出てくる人たちに名前がない上に名前が途中で変わる人もいるというややこしいことをやっている上に長いので、「三巻前にちょっとだけ出てきたあの人がいまここにいますよ」ということをはっきりさせるためには、印象に残ってもらわないと困るわけです。三巻前では背景のような人だったんだけれども、三巻経って出てきてまた別のことを展開しても「なるほどわかる」になるというのは、出てきたものはエッセンスで読み流すものであっても何らかのかたちで印象に残るようにしなければいけないなと思っていて、『源氏物語』をやっているときは千体仏を彫っているみたいでしたね。出て来た人間はなんらかの形でみんな立体化するという。少なくとも光源氏は主人公だし語り手だから自分が語っていることに彼の心理も出てくるし、書かなくてもいいじゃないですか。日本人は心理を語らないものだと『源氏』をやっていてわかったんですけど、場景を語るそのなかに心理も含まれているんですよね。私はこう思っているとくどくど言うというよりも「私の目にはあの風景がこう見えた」と書くほうが余程的確だという前提があるから、そういう土壌のなかで人間を書き分けるというのは入りやすいと言えば入りやすいですね。今度は誰？　どういう人間？　と一々考えながら書いていくというのは面倒くさいことでもあります。

宮沢　そういう意味では「リア家」に出てくる環や織江の夫が絶妙に書き分けられている

のが面白かったんですが、彼らにはモデルがいるのか、あるいはやはりイメージによって出現するんですか。

橋本　モデルはいないです。そこらへんはまったく演劇的なんです。舞台にBという男が出てきて、前に出ているAと似ていたら舞台が映えないから、それぞれが引き立つようなキャスティングはしていますね。

宮沢　それは役者をイメージしているようにも読めますね。

橋本　役者というよりも「これだったらこういうパーツが必要じゃないか」とか、環と織江という女が存在すると「それに対する配偶でこれくらいのものだろう」と。夫のほうが大きくなっちゃうと環と織江の像が死んでしまうので、あくまでも服装の一種みたいな感じでやるんですけどね。

宮沢　背景にいる人物って絶対あると思うんですよ。ミステリーを読んでいると、謎解きよりむしろ、まず最初に登場する死体の発見者が好きなんです(笑)。発見が終わるとそれっきり登場しなくなるのがなによりいい(笑)。短い登場なのに人生が描かれて、背景にいながら、それがあるからこそ世界ってものの奥行きをより感じるんですよね。だからそこでもう先は読まなくていいというか、その人の話だけ読みたいと思うっていう、かなり間違った読みなんですけど。

橋本　俺は人のリアリティというのは思いもよらない変な要素を持っていることだと思っているんですよ。だから「この人に存在する変なものはなんだろう」と想像することで、人物を造形していますね。特徴を強調するんじゃなくて、変なものを入れ込んでいってそれが自然に収まるようにする。絵を描いていたときの感覚にも近くて、色ってどこかで突然ぶつけるような色を入れると全体の雰囲気ががらっと変わるんですよ。着物を着た女の人の絵を描くときでも口紅の赤だけはいちばん最後に塗るとか、〝収めるための色〟があって、何か一つの色を入れると全体の印象は変わるものだと思っているから、キャラクターの特徴もそうだろうなと。「この何の特徴もない人の変なところってどこなんだろう」と考えますね。環が好きになる男の人はやっぱり美青年に近くないとダメだな、手が届きそうで、電気屋で働きながら定時制に通っていて環の目から見ればしっかりしている人に見えるけれど、当人からすれば若干ぐらぐらで、それを引きずっていて会社に入ったはいいけど、会社で何をやってるんだろうきっと変なことをやってるんだろうと思って、ああ、労務担当ってすごくいいなと。できるのかどうかわからないけど、彼は労務担当をやっている。しかもそれをやらせた上司は「君は夜学に行っていて働いていたから労働者の気持ちもわかるだろう」くらいで、押し付けられたんだろうなと。

宮沢　そこで労務担当という単語がパッと出てくるんですか。あるいはそういう突然の思い付きが愉楽《ゆらく》というか、ものを作るときの楽しみになっているとか。

橋本　いつも必ず見つかるという自信があれば愉楽にもなるかもしれないですけど、切羽詰まって出てくるものだからあまり楽しいものではないですね。何とかなるんだという程度のものです。

宮沢　いまの話を聞くと労務担当はなかなか出ないなって（笑）。そもそも「労務担当」という言葉になじみがないですからね。だけどだからこそ設定で人物が別の見え方をしますから。

沈黙と告白

宮沢　文三は公職追放された時代のことをあまり語らなかっただろうと想像するんですね。僕の知り合いの祖父にあたる方が戦前満鉄に勤めていたそうです。まず家族を先に日本に戻す。もちろん家族も悲惨な経験をして東京に戻ったんですけど、父親が戻るまでに一カ月以上のタイムラグがあるんです。そのタイムラグの間に何をしていたかは一切語らなかったらしいんです。満鉄が業務整理に、つまり隠さなければならない書類を処分するとか何かあったんじゃないかと想像できる。文三が語らないのと同様、そうして隠されたものには何かもっと違ったリアリティがあるんじゃないでしょうか。

橋本　語らないという事実はとても重要なんだと思うんです。だから「語れないようになってしまうシチュエーション」を書きたかった。運命の転変というのはある意味で瞬間的に訪れるじゃないですか、そんなバカなと言っている間に一年二年の時間が経ってしまうから、その間自分が何をしていたのか、もしかしたら当人に記憶がないのかもしれないという気もする。主人公だからすべて自分のことを把握してわかっていて説明できるというのはあり得ないと私は思うので、自分を説明する能力がない人を書くのが好きなのかもしれないですね。

宮沢　文三は再婚しようと思っていたけど娘に反対される。だけどなぜそこで言った？と言いたくなる（笑）。というのも再婚したほうがずっと幸福だと読む側は通俗的に考えますから。なんというか、期待する。それで、言わなきゃ良かったのにと思うんですけど、あそこでどうしても言わせなければいけなかったんでしょうか。

橋本　愛の告白ができる男ってそんなにいないんですよ。相手の女に再婚してくれという話は、まだしていないんです。「正式に迎えるんだとしたらその窓口を用意しなくちゃいけない」と思う彼にとって、愛しているかどうかの心理的な問題は後回しで、まず手続きが必要なんです。文三はその手続きをやりたかった。手続きをやることが自分にとっては誠意だと思っているからそれがどう取られるかはわからない。娘たちは手続きを問題にしているわけじゃないし。
夏目漱石が"I love you"の代わりに「月が綺麗だ」と言うという伏線があって、妻のことは愛しているんだけど妻に「愛している」という言葉は語れない。でも語れないことは文三にとっては愛していると言うことだから。俺が「リア家」のなかでいちばん好きなのは、役所に戻った文三が妻に縫い物をしている前でじーっと黙っているというシーンなんですね。何もしていないから愛情がある。そういう妻が危機に陥ってしまったときにどうやって言葉をかけていいのかわからない、わからないことが彼にとっての愛情表現なんだというややこしさはあるんだけど、それは夏目漱石の言葉を前に置いておかないと書けないことですね。そもそも日本の男は口説き文句を持ち合わせていないんです。『ロミオとジュリエット』みたいなものが出てくるから男も愛の言葉を持ってなきゃいけないかと思うけど、日本の場合は最大の口説き文句は女が持っていて、女が持っている愛の告白の一言はただ「ねえ」なんですね。
宮沢　"Love"は難しいですよね、単純に「愛」と訳していいのか不明です。たとえば、アメリカ映画を観てると娘が父親にごく普通に"Love"を使う。親しい人にも"Love"だったりする。これ、日本語には正確に訳せないけど、「愛してる」って正直、恥ずかしいことを口にできるかですよね。だからこそ、「ねえ」が出てくる。

橋本　小津安二郎の『早春』で岸惠子と池部良が個室のお好み焼き屋に入って岸惠子が口説くんですけど、小津はここで何を言わせるんだろうと。ここで存在する言葉は「ねえ」しかないんだけどなと思っていたら、岸惠子が池部良のほうにちょっと身を寄せて「ねえ」と言う（笑）、それだけなんですよね。「ねえ」という言葉で関係が成り立つかどうか。決定的な言葉が発せられる前に関係が醸成されているかどうかが問題なのであって、言葉があるからどうこうという問題ではないんです。だから言葉の周りにある情景を書くのが大切なんだと思います。

宮沢　しかもお好み焼き屋というシチュエーションがなければそこにいたらなかったと。ほかの店だったらまたべつの言葉、というか、手続きが必要になるでしょう。だからそれは、小津安二郎が意図的に作り出し、その言葉をどのような場所で発するのが正しいか吟味した結果だと思うんです。

橋本　それは小津の照れでもなんでもなくてあの当時の人間のいたって当たり前の姿だと思う。ただ、いたって当たり前の姿でやってしまうと話が面白くないから、そこで何か会話を成立させようと普通の映画作家だったら考えるんでしょうね。

宮沢　小津安二郎と、脚本家の野田高梧のコンどはほとんど説明しないですよね。あれはなんの映画だったか忘れたんですけど、妻に先立たれた笠智衆が、ガス料金の集金が来ると、イヤな顔一つせず、手際よく料金を払うという場面があった。そのシチュエーション一つで、この人物が、妻を亡くしてかなり時間が経ち、生活全般の些事《さじ》に慣れているのがうかがえる。

橋本　でも同じ昔の『旗本退屈男』だとか『遠山の金さん』でも、町で市川右太衛門や片岡千恵蔵が遊んでいると色気のある女が「ねえ、旦那」とか言って寄り添うけど、それ以上は何も言わないわけで、あの人たちは愛の告白なんてしないんですよね。芝居でもそうだと思うんですけど、セリフを言う前のためらいの間って重要じゃないですか。そのためらいの度合いによって、書かれていないその人のパーソナリティが出てくるんだけど、俺は小説にもそれがほしいんです。ためらいの間になるような情景を全部書いてしまえば、舞台と違ってそんなに喋らなくて良いから「そうか」の一言で片がつくところがあるんですけど、やっぱりいまは当人の言ったことで全部片付けすぎちゃうなと思いますね。そうすると情景的なニュアンスが薄らいできて「そうかもしれないけど、何かピンとこないんだよな」というものになりそうなんです。「何だかわからないけどこれはピンと来たからこれは何なんだろう」と考えさせるほうが好きですね。

宮沢　ためらいの時間にもかなり意味がありますよね。「ねえ」と言うまでにどれくらいの時間があるかということによって相手に対する意識も違うでしょう。僕、そういうのを心情を相手に伝えるための迂回と言ってるんですけど、いきなり、"I Love You."は日本人の文化にはなかったでしょう。すると、遠回しに、少しずつ、"I Love You."に近い言葉になってゆくとしたら、たとえば、これよくワークショップなんかで話してるんで諳《そら》じられますが、「俺、なんというか、おまえのこと、なんだろう、つまり、気に入ってるっていうか、いつもそばにいたいっていうか、好きっていうか、そんな、なんか、感じなんだけどさ」とどこまでも歯切れが悪くなると思うんです。

だから、はじめの話に戻れば、英語でシェイクスピアをやるとき、英語だからこその速度はそうしたところにもある気がしますね。

橋本　これ言っちゃったらいけないかなと思いながらでも言ってしまうという面もあるし、やっぱり記憶が出てくる順序というのはいくつかあるんだと思います。必ずしも同じ順序ではなくて、たとえば、環が母親の着物を正月に着てきたときも、娘としては「正月だからお着物で」くらいの考え方なんだけど、父親としては何よりもまずそこに死んだ妻がいるように思ってしまう。妻が何を着てたかには詳しくないんだけど、印象だけで匂いのように、着物を見た瞬間に「妻がいる」と思ってしまってハッとして、見てから「娘か」と気がついて、娘に言われてそう言えば「そういう着物を持ってたかな」と過去に戻るような、そういう変な思い出し方はあるんだと思います。順当にやると着物を着てきた娘を見て父親が亡き妻を思い出すという感情がうまく伝わらない気がするから、カードをシャッフルするみたいに入れ替えちゃったりするんですけど。

宮沢　記憶というのはすごく曖昧なものですよね。だから単なる印象でしか記憶していないものが着物を通じてふっと文三のなかに、着物が象徴していた妻の姿がよみがえった。ところが、そこに妻がいるという漠然としたなにか、記憶ですらないものがよみがえってくるというのは、いま説明を聞いてようやくわかるんですけど、着物が意味する「もの」、というのか、「こと」ですかね、そこではじめて逆転して過去が蘇ってくる。

橋本　人のなかに残っている印象をどうやって美しく再現するかということになったら、それは演出の問題だと思うんです。

宮沢　この部分はなぜ何も書かないのか。言ってみれば、母親の記憶を通して父と娘のつながりが再生するとでもいうようないい話になったはずなのに、むしろ冷たく放り出しちゃう。これ、橋本さんの印象がなかったとか省略の問題ではなく、登場人物にとって関係なかったからですね。

橋本　私はそうだと思います。私は負けず嫌いの人だから、俺にとっては見えない話だから書かずに逃げるということは多分しないと思うんです。

宮沢　たとえば、一九六八年のときは橋本さんは渦中にいたと思うんですが、作中ではけっこう運動に対して、醒めているというか、もっというなら冷たいじゃないですか。ほんとはそうじゃなかったはずなのに、六八年に対してそれほど深くコミットしなかった橋本さんを想像させられます。

橋本　だって当時の外にいる人だったら新聞記事で読むのかもしれないけど、私はスト中の駒場に行って毎日駒場祭の公演に使う大道具を一人でカンカン組み立てていたから。本当に静かで呑気だったんですよ。駒場祭の当日かその前日くらいに突然慌しくなったんです。逆に「ストだとこんなに静かでのびのびしていていいな」と思いましたね。そういう当事者がいるという話になってしまうと当事者を書く上では不都合になるからもういらないやと。大学に行った静が立て看板の前を素通りして行くというのも、その感覚ですね。あの事件は当事者の問題ということもあるけど、外から見ていてどうだったんだというのがいちばん大きくて、「そう見られるのは我々にとっては心外だ」という、メディアとのギャップが生まれた最初の時代でもあるので、だとするとメディアの客観描写みたいなものをとりあえず背景として置いておいたほうがいいなと思ったんです。

宮沢　僕はメディアでしか知らないし、東京にもいなかったのでまったく実感はないわけですけど、ただ、こういうふうに僕のところにも事態は伝わってきたなという記憶だけは共感できるんですけどね。東京にいても同じように人々はテレビを見て、駒場で、あるいは安田講堂でこういうことが起こっているという感じ方だったんだろうと思います。近くにいたって、興味を持たなければ、それはないに等しいですよね。

橋本　そういう意味では全国同じだと思います。

宮沢　けっきょく物語ってそうじゃないですか。本物は確かに面白いかもしれない。不謹慎な言い方だけど、目の前で人が銃で撃たれたという衝撃的な事件を人は好奇の目で見る。だけど、誰もが目撃できるわけではない。五メートル、いや、一メートル離れていれば、いまそこで何が起こっているかわからないはずなんです。なんだか急に騒がしくなった。何かが起った。だけどわからない。そのことをどのようにして伝えていくかというのが物語ですよね。

橋本　逆に渦中にいた当事者が次の日に新聞を読んであのこういうことがあったのかということは当たり前にありますからね。

宮沢　六八年の出来事を僕たちは圧縮されて、たとえばニュース映像や新聞の記事として、残された記録を読んでいる。だけど、本当はもっと長い時間が流れていたはずだし、劇的なのはほんの少しの時間だったでしょう。合間合間にいろんなドラマが当然のようにあったけれど、その多くはほとんど伝わってこない。

橋本　あるんですけど、合間があり過ぎるから緊張感がないんです。圧縮されると緊張感で一本筋が通って見えるというところもあるんですよ。でも時間が空いているから、その合間にどういう筋を通せばいいのかわからない。当人たちが「筋を通すんだ」と思い込んでいるという不思議なドラマはあると思うんです。けれども、「全然わからない知らない」と言っていて、あるとき突然ドラマに参加するという人もいると思う。だって私は、あるとき突然それまで「別にどうでもいいや」というふうにしていた人が表情をがらっと変えて立場を鮮明にするということを見ているから。ただ、羽田闘争から後の六八年くらいまでの話というのはいろんなことが起こり過ぎるんです。起こり過ぎてそれを全部凝縮しない限りあの時代の転変みたいなものはわからないなというのもあるんですよ。このてんこ盛りをどうやって段取り良くタタタッと並べていくかとなったら問題は背景でしかなくて。その背景のなかを主人公がどうやってよぎっていくのかという感じ方ですけどね。だから静が石原と関係を持ってからの変貌ってわりとあっという間じゃないですか。でもあれは当人のなかでは絶対あっという間じゃないんですよね。一週間くらいのものを一年くらいの感じで生きているわけだけど、それをそのままの感覚で書いてしまうとまた全然別の小説になってしまうので書けないというのもあって、人の思考のサイズはそれぞれ違うと思いますね。

一人の主人公にピントを合わせてやっていくと時間の流れが均一になっちゃうので、それぞれに異物であるような人たちが相互に動いていて一つの時間が複雑に伸び縮みするゲームみたいな感じになればいいかなと思っていますけどね。羽田闘争の段階で、文三は「誰かが文部大臣に教えたな」とかあれこれ考えるわけですよ。でも実際問題として東大の卒業式が中止になってしまうと「困ったことになったな」というくらいで何も言わなくなるんですよ。全然話題として出てこなくなるというのは判断停止になったからで、なぜそうなったかというと考えてみれば「俺に関係ないからな」と言って考えなきゃいけない面倒くさい問題から逃げる口実がもうできちゃってるんですよね。できたからこそ娘と秀和が動き出すわけです。それに秀和が大学生だったらまた動き方が違うんですよね。合格じゃなくて落第して打ちひしがれているから、その中からのたのたと「どうしようかな」になっていく。そのどうしようかなというところが、静には若干癇に障るというところもあるわけです。

宮沢　秀和には絶対に合格させなかったじゃないですか（笑）。合格したら違うんだろうなと思いつつ、というか、読みはじめてやはり時間を計算すると、彼こそが、全共闘世代として動くんじゃないか、ある意味、活躍するのかと思ったらあっさり浪人しちゃう。さらに次の年は入試がなくなってしまうし、入試がないんならって京大を受けると言い出して、そのまま家を去っていくというのは何だろうなと思ったんですけどね。あっさりし過ぎじゃないかと。

橋本　明るく何にも考えていない屈託のない子がそうしていられるのは子供だからだというのがあって、ちょっと年上のお姉さんと同居していてその屈託のなさにどういう濁りが生まれてくるのか、その濁りが足を引っ張っていくというのが彼のパートなんです。伯父さん相手に適当なことを言っているときは平気なんだけど、そこに静がやってくると軽い口を叩きながらどこかで何かが重くなる。

宮沢　そうすると、静がまた別の顔になって秀和を見るんでしょうね。それもまた秀和に、なにかを促したと読める。「小さな石原」が秀和のなかにも、そして静のなかにも存在しはじめたんですからね。

橋本　そうなっているときに静は「あなたが何を考えているかは知らないけど大切な時期だから私は面倒を見る」となってしまうところが、彼からすれば距離を置かれたみたいで、逆に強く意識せざるを得なくなってしまう。ある種自縄自縛《じじょうじばく》の穴にはまっていくんですよね。本当だったら、落ちたのならさっさと駿台の入学試験を受けるとかしていてもいいんだけど、そうじゃなくて田舎に帰っちゃうというのが微妙なところなんです。全部言葉にできてしまえば話は簡単だけど、言葉にできなくて人間たち全体が汗ばんでいた時代があるから、その汗臭くなってしまった人間の中身はこうなんじゃないかという言葉にはならない人間のあり方みたいなものをいま感じるべきなんじゃないかとどこかで思っていますね。今はみんな説明しちゃうから。

宮沢　人物の一人一人をとても丹念に書き込まれますよね。微妙に変化した色を何重にも重ねて深く塗りこんだ絵画のような奥行きを感じるんです。さきほど「労務担当」という言葉を出してくる手続きは大変だという話になりましたけど、それは書くという行為、あるいは描写するという行為が一方にあって、同時にそこで「労務担当」という言葉から出現するイメージの表出がある。だからこそ、そうした一つ一つの言葉を虚構で塗りこむ行為に喜びがなければこれだけ書きこめませんよね。そうした喜びゆえの細密さだと思うんです。

橋本　うん。好きなんだと思います。疲れたとか当分いやだとか言っていても、一カ月か二カ月すれば「飽きたからまたやる」と言い出すに決まっていますから。慣れるというのは好きにならないとできないことでもあるから、初めて原稿用紙にフィクショナブルなことを書き始めた段階で、ああ俺はこれがやりたかったのかもしれないと思ったくらいですから。多分それは持続するんでしょうね。

（二〇一〇年四月一九日収録／『ユリイカ』二〇一〇年六月号掲載）

『TALK　橋本治対談集』二〇一〇年一月　ランダムハウス講談社刊

編集付記

一、本書は『TALK　橋本治対談集』を改題し、文庫化したものである。文庫化にあたり、新たに宮沢章夫との対談「『リア家』の一時代」（『ユリイカ』二〇一〇年六月号掲載）を収録した。

一、明らかな誤植と思われる箇所は訂正し、〔　〕内に編集部による注を付した。

中公文庫

対談集《たいだんしゅう》
六人《ろくにん》の橋本治《はしもとおさむ》

2024年5月25日　初版発行

著　者　橋《はし》 本《もと》 治《おさむ》

発行者　安部 順一

発行所　中央公論新社
〒100-8152　東京都千代田区大手町1-7-1
電話　販売 03-5299-1730　編集 03-5299-1890
URL https://www.chuko.co.jp/

ＤＴＰ　嵐下英治
印　刷　三晃印刷
製　本　小泉製本

Published by CHUOKORON-SHINSHA, INC.
Printed in Japan　ISBN978-4-12-207521-4 C1195

中公文庫既刊より

各書目の下段の数字はISBNコードです。978-4-12が省略してあります。

は-31-39
黄金夜界　橋本治
許婚者に裏切られ、一夜にして全てを失った東大生・貫一。孤独な心を満たすものは、愛か、金か、それとも——。橋本治、衝撃の遺作。〈解説〉橋爪大三郎
207249-7

は-31-4
窯変　源氏物語1　橋本治
千年の時の窯で色を変え、光源氏が一人称で語り始めた——原作の行間に秘められた心理的葛藤を読み込み壮大な人間ドラマを構築した画期的現代語訳の誕生。
202474-8

は-31-5
窯変　源氏物語2　橋本治
平和な時代に人はどれだけ残酷な涙を流すことが出来るのか。最も古い近代恋愛小説の古典をこの時代に再現してみたい。〈著者・以下同〉（若紫／末摘花／紅葉賀）
202475-5

は-31-6
窯変　源氏物語3　橋本治
光源氏という危険な男の美しくも残酷な、孤独な遍歴ドラマを今の時代に流行らないようなものばかり集めて華麗にやってみようと思った。（花宴／葵／賢木）
202498-4

は-31-7
窯変　源氏物語4　橋本治
源氏はJ・フィリップ、葵の上はR・シュナイダー……フランスの心理小説と似通った部分があるから、配役はフランス人で構想。（花散里／須磨／明石／澪標）
202499-1

は-31-8
窯変　源氏物語5　橋本治
横文字由来の片仮名言葉を使わず心理ドラマを書くのは辛い作業だ。でもこれが今一番新鮮な日本語ではないかと自負している。（蓬生／関屋／絵合／松風／薄雲）
202521-9

は-31-9
窯変　源氏物語6　橋本治
源氏物語の心理描写は全部和歌にあり、それを外すと何もわからなくなる。だから和歌も訳したし当時の歌謡も別な形で訳している。（朝顔／乙女／玉鬘／初音）
202522-6

は-31-10
窯変 源氏物語7
橋本 治
源氏物語をただの王朝美学の話ではなく、人間の物語にしたかった。『赤と黒』のスタンダールでやろうと思った。（胡蝶／螢／常夏／篝火／野分／行幸／藤袴）
202566-0

は-31-11
窯変 源氏物語8
橋本 治
口絵はモノクロ写真。50年代ヴォーグの雰囲気でいきたかった。エロチックで、透明度がありイメージ通りの出来上がりだ。（真木柱／梅枝／藤裏葉／若菜上）
202588-2

は-31-12
窯変 源氏物語9
橋本 治
執筆中は光源氏が僕の右手の所にいて、それをコントロールする僕がいるという感じ。だから源氏物語を書いている万年筆で他のものは書けない。（若菜下／柏木）
202609-4

は-31-13
窯変 源氏物語10
橋本 治
日本語の美文はどうしても七五調になるが、平安朝のものはどこか破調が必要。七五調になる前の際どい美しさ。（横笛／鈴虫／夕霧／御法／幻）
202630-8

は-31-14
窯変 源氏物語11
橋本 治
女の作った物語に閉じ込められた男と、男の作った時代に閉じ込められた女――光源氏と紫式部。虚は実となり実は虚を紡ぐ。（雲隠／匂宮／紅梅／竹河／橋姫）
202652-0

は-31-15
窯変 源氏物語12
橋本 治
平安朝の美人の条件は、身分が高いこと。後ろ楯がしっかりしていること。教養が高いこと。だから顔の造形は美人の第一要素にはならない。（椎本／総角／早蕨）
202674-2

は-31-16
窯変 源氏物語13
橋本 治
僕には古典をわかり易くという発想はない。原典が要求するものしか書かない。古典に対する変な扱いを取り除きたい、それだけのこと。（寄生／東屋／浮舟一）
202700-8

は-31-17
窯変 源氏物語14
橋本 治
美しく豊かなことばで紡ぎ出される、源氏のひとり語り。現代語訳だけで終わらない奥行きと深さをもって構築された「橋本源氏」遂に完結。（浮舟二／蜻蛉／手習／夢浮橋）
202721-3